Johannes Bobrowski

LEVINS MÜHLE

34 Sätze
über meinen Großvater

Roman

Union Verlag Berlin

Der Abdruck folgt, wie schon derjenige in den Gesammelten Werken, Band III, der Satzvorlage des Autors und macht damit Angleichungen an die Rechtschreibung des Dudens in der Erstausgabe von 1964 rückgängig.

ISBN 3-372-00367-5

8. Auflage · 1990
© 1964 by Union Verlag Berlin
Lizenz-Nr. 395/4057/90 · LSV 7001
Printed in the German Democratic Republic
Satz, Reproduktion und Druck: Graphischer Betrieb Jütte, Leipzig
Bindearbeiten: Buchbinderei Südwest, Leipzig
Umschlaggestaltung u. Typografie: Horst Albrecht
699 060 1

Es ist vielleicht falsch, wenn ich jetzt erzähle, wie mein Großvater die Mühle weggeschwemmt hat, aber vielleicht ist es auch nicht falsch. Auch wenn es auf die Familie zurückfällt. Ob etwas unanständig ist oder anständig, das kommt darauf an, wo man sich befindet – aber wo befinde ich mich? –, und mit dem Erzählen muß man einfach anfangen. Wenn man ganz genau weiß, was man erzählen will und wieviel davon, das ist, denke ich, nicht in Ordnung. Jedenfalls es führt zu nichts. Man muß anfangen, und man weiß natürlich, womit man anfängt, das weiß man schon, und mehr eigentlich nicht, nur der erste Satz, der ist noch zweifelhaft.

Also den ersten Satz.

Die Drewenz ist ein Nebenfluß in Polen.

Das ist der erste Satz. Und da höre ich gleich: Also war dein Großvater ein Pole. Und da sage ich: Nein, er war es nicht. Da sind, wie man sieht, schon Mißverständnisse möglich, und das ist nicht gut für den Anfang. Also einen neuen ersten Satz.

Am Unterlauf der Weichsel, an einem ihrer kleinen Nebenflüsse, gab es in den siebziger Jahren des vorigen Jahrhunderts ein überwiegend von Deutschen bewohntes Dorf.

Nun gut, das ist der erste Satz. Nun müßte man aber dazusetzen, daß es ein blühendes Dorf war mit großen Scheunen und festen Ställen und daß mancher Bauernhof dort, ich meine den eigentlichen Hof, den Platz zwischen Wohnhaus und Scheune, Kuhstall, Pferdestall und Keller und Speicher, so groß war, daß in anderen Gegenden ein halbes Dorf darauf

5

hätte stehen können. Und ich müßte sagen, die dicksten Bauern waren Deutsche, die Polen im Dorf waren ärmer, wenn auch gewiß nicht ganz so arm wie in den polnischen Holzdörfern, die um das große Dorf herum lagen. Aber das sage ich nicht. Ich sage statt dessen: Die Deutschen hießen Kaminski, Timaschewski und Kossakowski und die Polen Lebrecht und Germann. Und so ist es nämlich auch gewesen.

Nun steht noch an, glaubhaft zu machen, daß die Geschichte erzählt werden soll, weil es anständig ist, sie zu erzählen, und Familienrücksichten keine Rolle spielen. Ob es anständig ist, sagte ich vorhin, hängt davon ab, wo ich mich befinde, das muß ich also vorher noch feststellen, und dann muß ich die ganze Geschichte eben erzählen, sonst bekommt man kein Urteil darüber.

Feste Urteile hat man schon gern, und vielleicht ist es manch einem egal, woher er sie bekommt, mir ist es jetzt nicht egal, deshalb werde ich die Geschichte auch erzählen. Man soll sich den klaren Blick durch Sachkenntnis nicht trüben lassen, werden die Leute sagen, denen es gleich ist, woher ihre Urteile kommen, und das hat schon etwas für sich, die Kunst zum Beispiel wäre ohne dieses Prinzip nicht so heiter, wie Schiller sich das denkt, aber wir werden doch lieber Sachkenntnis aufwenden und genau sein, d. h. also, uns den klaren Blick trüben.

> Immer trübe, immer trübe,
> nur man ja kein' Sonnenschein,

hätte Prediger Feller gesungen, der Glaubensheld, doch das führt jetzt zu weit. Wir fischen hier im Trüben diesmal, wir fangen etwas, ohne vorgreifen zu wollen, etwas, was uns ganz wunderbar leicht eingeht, es sind ein paar Figuren dabei, von denen wenigstens eine ganz so schön aussieht wie wir, aber sicher noch ein paar mehr.

Ich sitze – das ist die Beantwortung der Frage: Wo befinde ich mich? – einige hundert Kilometer Luftlinie westlich von jenem Weichseldorf. Ich weiß nicht, ob es das Dorf noch gibt; es ist unerheblich. Die Leute von damals gibt es nicht mehr, nur uns, Enkel und Urenkel. Und es könnte ja sein, daß es völlig nutzlos wäre, die ganze Sache jetzt zu erzählen, genau so nutzlos, wie wenn ich sie damals meinem Großvater aufgetischt hätte – später, als er in Briesen saß und noch immer genug hatte, als alter Mann, dasaß in drei Zimmern und Küche, mit seiner Frau allein, mit den Kindern entzweit, die auch alle genug hatten für sich und ihrerseits die Entzweiung mit den Enkeln betrieben. Mit Erfolg, wie ich weiß. Und hier, wo die Einleitung zuende ist, abgeschlossen mit der Andeutung einer Besorgnis, von der ich hoffe, daß sie grundlos ist, fängt die Handlung an. Gewissermaßen der zweite Satz.

Rechts Glaubensstimme, links Evangeliumssänger, zwei schwarze Bücher, in schwarzem Kaliko, gut erhalten, einen knappen Meter über dem Sandweg. Man kann das gut erkennen, obwohl die schönen Bücher hin und her geschwenkt werden von dem lächerlich langen Mann, der sie an den lächerlich langen Armen trägt. Ein schwarzer Mann mit kleinem Kopf, auf dem ein schwarzer Hut sitzt. Aber was wäre der Kopf ohne den schwarzen, lang herabhängenden, in zwei blanke, steife Schnüre auslaufenden Schnauzbart, dieser kleine, schmale Kopf mit den Kalmückenaugen, dieses blasse Gesicht wie saure Milch, Prediger Feller kommt über den Fußweg von der Chaussee, wo sonst die Schafe entlangkommen, abends, wenn die Schwalben zum letzten Mal in den Wind schießen, und jetzt ist es Vormittag, später Vormittag, wo die Schwalben noch einmal kurz unterwegs sind, ehe es heiß wird.

Das Haus sieht aus wie zugeschlossen, aber es ist auf. Wenn man herumgegangen ist um den Garten und durch die Pforte neben dem Hoftor, das zu ist, sieht man: Die Haustür ist offen, auf dem Schwellenstein steht der Ganter Glinski und sieht sich seinen Gegner an, seinen Feind Feller, der ihn auch erblickt hat und vor lauter Entschlossenheit die Glaubensstimme in die linke Hand tut, zu dem Evangeliumssänger, um die Rechte frei zu haben. Er ist ein Streiter und wird diesen Glinski, diesen leibhaftigen Satan, überwinden, wird sich den Eintritt ins Haus erkämpfen, nicht einmal einen Stock braucht er dazu, nur ein bißchen Polnisch. Das verträgt Glinski nicht, ein deutscher Ganter, so wenig wie der richtige Glinski, der Malkener Pfarrer, der so laut schreit.

Da steht der Satan. Brabbelt unruhig und heiser vor sich hin. Noch einen Schritt, Feller, dann wird Glinski die Trompetenstimme erheben, daß dem wilden Schafbock hinter der Scheune der Hintern hochgeht, weil er den Kopf gesenkt hat, das ganze Gewicht auf die dünnen Vorderbeine drückt und gleich losgeht gegen die Zaunpfähle und dann gegen die Scheunenwand, und die Truthähne mit an die Erde gedrückten Flügeln um das Stallende herum auf den Hof stürzen, rasselnd wie mit Kettenpanzern behängt und ihre unordentlichen Tonleitern kollernd, unter Dampf gesetzte Wasserorgeln.

Ich komm dir, du Satan, sagt Feller finster, sagt es auf Polnisch und hat den bewußten Schritt getan, dieser Glaubensheld, und jetzt bleibt er doch stehen, weil Glinski ganz falsch reagiert. Der Trompetenstoß ist erfolgt, so weit war alles richtig, die Kurrhähne sind da, die ganze Streitmacht, mitten auf dem Hof, aufgereiht vor dem abgeladenen Leiterwagen, und hinter der Scheune bullert es gewaltig in immer gleichen Abständen, weil Mahlke, der alte Hammel, immer schön fünfzehn Schritt rückwärts macht, ehe er wieder seinen Schädel gegen die Bretterwand haut. Aber Glinski müßte jetzt den Hals vorstrecken, den Kopf bis fast an den Boden, er müßte anfangen zu zischen, plötzlich daherfahren gegen den Feind, mitten im Lauf den Kopf hochwerfen, die Flügel ausbreiten und die herrlich breite Brust zeigen, ein großer Held in strahlendem Weiß, vor dessen Anblick die Hunde den Schwanz einkneifen und die Pferde einen steifen Hals kriegen und einen Schritt seitwärts machen, ein Zucken läuft ihnen übers Fell.

Glinski steht auf der Schwelle, gleichmütig, wie es scheint, das eine Auge halb geschlossen. Komm mir nur, du Zieper, du schwarzer.

Das mußt du dir merken, Feller, dazu ist die Kreatur fähig. Sie ist so und so, wie man weiß, dies und das kann man erwarten, aber nicht jedesmal. Natürlich läßt sich die Welt einrichten, schriftlich sogar, dann paßt eins zum anderen: Gänse also sind so und Pferde so, aber plötzlich paßt es doch wieder nicht, weil ein Ganter namens Glinski keine Gänsemanieren hat oder zeigt. Er steht da, der Glinski, blinzelt und weiter nichts.

Feller, der die Teufel austreibt, aber nur bei den Menschen, der seine langen Hände in den heillosen Wirrnissen der ihm anbefohlenen Seelen herumfingern läßt, der Feiertag für Feiertag den Malkener Gottesmann einen Verführer und Belialssohn und Jerobeam oder Rehabeam nennt, mit lauten Tönen, bei denen es den Frauen, alten und jungen, am meisten den Witwen, kalt den Rücken hinunterläuft, Feller läßt den Arm sinken, er hält die Bücher vor den Leib, es ist ihm mit einmal ganz kalt, er richtet den Blick zum Himmel und ruft mit verstörter Stimme hinüber und meint Himmel und Haus zugleich.

Da hat er also aufgeblickt und Christina gerufen, und Glinski muß natürlich bemerkt haben, daß der schöne Augenblick dagewesen ist, dem Schwarzen dort in die Beine zu fahren, ein Augenblick, der das Dasein herrlich macht und das Leben der Helden bis ins Alter beglänzt. Glinski hat ihn vorbeigehen lassen. Steht da, blinzelt ein bißchen, sieht freundlich aus, jetzt schließt er sogar ein Auge ganz, und jetzt biegt er den Hals, blickt in den Flur hinein, macht sogar noch einen Schritt zur Seite. Na hau ab, sagt Christina und füllt die Tür und tritt in die Pantinen, die neben der Tür stehen, und kommt Feller entgegen und sagt: Tag, Bruder Feller, und Feller antwortet mit mildem Verweis: Gott zum Gruße.

Komm man rein, sagt Christina, und Glinski, der alte Held, blickt diesem schwarzen Kerl da nach, wie er vor Christina im Haus verschwindet. Dreht sich um und marschiert los über den Hof, auch die Truthähne ziehen ab, die Schwalben sägen noch an den letzten Spitzen für ihre Muster in der Luft, und Christina kommt mit zwei Körben aus dem Haus und läuft zum Schuppen. Ein Korb Holz und ein Korb Torf.

Das ist also der zweite Satz. Ein bißchen lang, aber noch nicht einmal zuende. Der Feller ist jetzt im Haus, in der Stube, wo es ihm auch nicht gleich warm werden kann, wo mein Großvater sitzt, und er ist gekommen wegen einer Taufe. Und das ist nun aber schon wirklich das schönste Thema, das man unter Baptisten anschneiden kann, da stehen gleich Erzengel und Erzväter in der Stube, die Münder kreisrund, und Evangeliumssänger und Glaubensstimme mischen sich mit Posaunen ein, gegen die ist Glinskis Trompete rein gar nichts, eine Jammerflöte.

Mein Großvater also sitzt da und brummt etwas. Als Feller eintritt, mit erhobenen Händen, und nur und ganz laut Johann sagt. Betonung auf der zweiten Silbe. Johann!

Und wie weiter?

Hör mich erst an, ehe du redest, sagt Feller beschwörend, hast du das gesagt: Ich und mein Haus, wir wollen dem Herrn dienen? Voriges Jahr Pfingsten? Hast du das gesagt? Was willst du, du kommst mir so komisch, antwortet mein Großvater.

Da seufzen wir erst einmal.

Der Alwin, aber nein, geht ihm das Maul wie dem Scheren-
schleifer der Hintern.

Das sagt Großmutter Wendehold. Sie sitzt am Ofen, jetzt im
Sommer, und Feller hat sie gar nicht beachtet, sitzt da und
sieht aus wie ein Bild, solch eins aus den Herrenhäusern. Die
leicht geschrägten Vertikalen, die den feinen Ernst solcher
Darstellungen garantieren, ergeben sich bei ihr aus dem
Fehlen der Zähne und daraus, daß die Arme dicht beiein-
anderliegen, und der schwarze Streifen am Hals, zwischen
dritter und vierter Querfalte, ersetzt das Samtbändchen, man
gerade, daß das Medaillon fehlt.

Sie sitzt auf der Ofenbank, hat sich den Tisch herangezogen
und legt Karten, ein dreckiges Spielchen, das sie immer in der
Schürzentasche mitführt, und weil sie für Ordnung ist und
für schnelle Ordnung, geht es auch mit den Karten immer
gleich über den kurzen Weg. Der Herzkönig also ist immer
zur Hand, und so gehandhabt passen die Karten schon zum
menschlichen Leben, so gehandhabt schon.

Olga, du sei man still, sagt mein Großvater.

Die haben einmal etwas gehabt miteinander, die beiden,
sagt man jedenfalls, damals als der Großvater ein Jüngling
war, was man sich gut vorstellen kann, und Olga Wendehold ein Mädchen, da wird es schon schwieriger, es ist auch
zu lange her und kleine zehn Jährchen wird sie auch älter
sein als der Großvater, aber nachher, wenn überhaupt etwas
gewesen ist, war natürlich nichts mehr, weil Oma Wendehold bei den Adventisten ist, schon lange, und mein Großvater bei den Baptisten, auch schon lange, und als Ältester
sogar, und auch das schon lange. Und daß Großmutter
Wendehold trotzdem hier in der Stube sitzt zwischen Ofen
und Tisch, die Karten vor sich und zum Reden aufgelegt,
das ist wegen der Schweine. Weil der Alte denkt, sie werden Rotlauf kriegen, und weil gegen Rotlauf ein bestimmtes dickblättriges Kraut gut ist, aber am sichersten Oma

Wendehold, die es mit diesem Kraut versteht. Feller setzt sich.

In der Malkener Kirche gibt es einen Altar, wie ihn vielleicht nicht jeder kennt. Aus Holz geschnitzt und bemalt und ziemlich hoch, ein altes Stück. Da sind in der Mitte lauter Wellen, schön blau wie Wasser sein soll und manchmal auch ist, wenn nicht im Drewenzfluß oder in der Weichsel, dann aber doch sicher im fernen Jordan. Wellen, in Schlangenlinien angeordnet, immer eine über der anderen. Und rechts steht groß und mager der heilige Johannes, der Täufer. Da ist weder Gestalt noch Schöne, er streckt einen Arm aus, der ist magerer als man denken kann, am magersten sind die behaarten Beine, die im Wasser stecken und kurz vor den Knien nach oben in das berühmte Kamelshaar übergehen.

Wie man Kamelshaar aus Holz schnitzt, das weiß wohl keiner. Dieses hier ist nur einfach zottig, mit kleinen Spitzen und Buckeln und Striemen und Zottelchen, grau angestrichen, und soll ganz unordentlich aussehen, aber eben: wie sich ein Handwerker in Holz Unordnungen vorstellt, heilige Unordnung außerdem. Es ist also gut geraten, alles wohlüberlegt. Trotzdem, der Johannes sieht noch schrecklich genug aus. Vom wilden Honig, der ihn ernährt hat, ist ihm vor allem die Wildheit angeschlagen, besonders um die Augen und an der weit vorspringenden Nase, am Kinn auch. Er blickt nach vorn, aber auch nach der Seite, nach seinem Täufling, der auf dem Ufer kniet. Das ist wohl nicht anders als mit einem Schielen zu erreichen gewesen. Und sonst ist er eben sehr mager und dürr, man weiß ja, daß er sich, außer mit wildem Honig, noch und vielleicht noch mehr mit Heuschrecken durchgebracht hat. Schön, daß der Altar an ihn erinnert, dem es schlechter gegangen ist als irgendeinem Kossäten im Polendorf, der immerhin zwei Schweine hat und wenn schon keine Kuh, dann wenigstens drei Ziegen. Allerdings ist es auch eine Weile her. Und die Deutschen – also

Ragolski und Wistubba und Koschorrek, um ein paar andere Namen zu nennen – wissen, daß es an der Tüchtigkeit liegt, wenn man etwas hat, und die Polen denken, es kommt von der Muttergottes. Aber freilich, die wirkt mehr ins Gemüt als ins Portemonnaie, sagt man, und deswegen haben die Polen, sagt man, weniger.

Also der heilige Johannes der Täufer. Er steht in Malken auf dem Altar, bei den Evangelischen, und der Kniende neben ihm ist Jesus, der Vorgang hat sich am Jordan abgespielt, damals, und Jesus auf seinem Ufer ist bescheiden und ziemlich klein und lange nicht so abgezehrt wie der gewaltige Heuschreckenmann im Wasser. Der Künstler hat den Boden, auf dem er kniet, noch mit vielen kleinen runden Steinen versehen, da knie mal erst einer.

Aber auch das hat sich inzwischen ja gebessert. Die Eltern heutzutage, wenn sie einen Täufling in die Kirche bringen, sehen das schöne Taufbild gar nicht, weil sie zu tun haben, ihren Brüllsack mit Schaukeln und Zureden und Vorweisen von Klappern und Zeigefingern zu zermürben, damit er einschläft. Der Pfarrer sieht es auch nicht, weil er reden muß und ihm sowieso alles hier gehört, immerhin zeigt er auch einmal mit langem Arm auf die Szene: so war das, damals! Nur die Paten sehen es und sind zufrieden mit dem Weltlauf, und die Baptisten die haben es sich auch angesehen, Jesus ist ja wohl der unverdächtigste Zeuge, von Kindertaufe kann überhaupt keine Rede sein, da soll man gar nicht erst von Taufe reden, wenn sie so ein kleines Kind an den Taufstein schleppen, das weiß ja nicht, wie ihm geschieht, das Kind. Taufe?

Besprengung sagt deswegen auch Prediger Feller. Und noch einmal nachdrücklich: Besprengung.

Und mein Großvater, der ihm beipflichten müßte, mein Großvater als Ältester der Baptistengemeinde Neumühl, sagt: Nun hör man auf.

Sonderbares Benehmen. Da muß er, Feller, doch gleich hinauf aufs Roß und in den Kampf, und er fummelt gewissermaßen schon den linken Fuß in den Steigbügel, bloß den Zügel hat er noch nicht, dazu muß er Glaubensstimme und Evangeliumssänger aus der Hand legen, und das tut er gerade, da setzt Oma Wendehold zu einem hübschen Angriff aus der Ofenflanke an. Also Alwin, das gibt mir zu denken.

Was? fragt Feller ahnungslos, doch da hat ihn das hinterhältige Weib schon, und er merkt es nicht.

Also Alwin, sagt Oma Wendehold, deswegen, mir scheint, schreien auch die kleinen Kinder so, wenn sie getauft werden.

Na natürlich, fährt Feller sogleich daher, na natürlich, und noch einmal: natürlich. Schützenhilfe von dieser Seite, das kam unerwartet, aber da liegt er schon quer auf dem Schlachtfeld, aufs Roß kommt er jetzt nicht, denn Oma Wendehold lacht, und mein Großvater lacht auch, und Feller weiß nun, sie meinen die letzte Taufe in der Baptistengemeinde, wo Schwester Marthchen, der Spättäufling von vierzig Jahren, so entsetzlich geschrieen hat, als ihr das kalte Wasser an den Leib kam.

Trautstes Fellerchen, versauf mich nicht! Das hat sich schön angehört in der Kapelle. Und alle haben herumgestanden um die Tonne, ganz vorn die Ältesten, und die hinten haben gezischt, damit Marthchen sich beruhigt, und die andern, damit die hinten still sind, und mein Großvater, der ganz vornean war, als Ältester, hat gesagt: Aber na Marthchen, ist ja schon gut, aber na ja, ist ja bloß das eine Mal.

Was soll Feller jetzt sagen? Vielleicht, daß es an der Tonne liegt und also daran, daß die Gemeinde noch immer nicht solch eine Einrichtung hat wie die Kapelle in Briesen: in den Fußboden eingelassen und mit Treppen, die von beiden Seiten hinunterführen, ganz bequem und mit Anschluß an die Wasserleitung.

Hört euch bloß an: Wasserleitung!

In Amerika, belehrt Feller, haben alle Gemeinden so was, aber da kommt auch was zusammen, aber da gibt jeder den Zehnten, ohne zu reden, aber ihr redet bloß und geben gebt ihr nichts.

Amerika, sagt Christina, die mit den Pellkartoffeln herein-kommt, und mein Großvater vervollständigt stillschweigend: Arschloch hoch Amerika. Was landesüblich ist. Sagen sagt er nichts. Auch Olga Wendehold kann jetzt nichts sagen, erstens geht es diesmal nicht auf mit den Karten, da sitzt immer Kreuzbube zwischen, und zweitens hat jeder fromme Mensch, der auf sich hält, Verwandte in Amerika, und auf Verwandte, die etwas haben, läßt man nichts kommen, und wer so weit weg wohnt, hat immer etwas, steht zu lesen in jedem Brief. Es sollen ja welche zurückgekommen sein, die haben wirklich etwas gehabt, – das, was ein frommer Mensch für den sichtbaren Segen Gottes hält und auch so benennt.

Christina ist hereingekommen und hat die Schüssel mit den Kartoffeln auf den Tisch gestellt. Was noch nötig ist, Teller undsoweiter, räumt sie dazu, geht ihr alles flott, zuletzt kommt die Specksoße.

All wieder Eingepökeltes, eß ich nicht gerne, sagt Oma Wendehold.

Brauchst auch nicht, sagt mein Großvater.

Aber nein, Johann, sagt Christina, du immer gleich wie Borstenschwein.

Da denkt Prediger Feller vielleicht, er muß jetzt den Frieden im Haus retten, doch es ist nicht nötig. Christina stellt die Soße hin, mein Großvater rückt mit dem Stuhl heran und furzt dabei, allerdings ohne Vergnügen, mit einer gewissen Verschämtheit sogar, ein scharrender Stuhl könnte es schon auf sich nehmen. Aber man denkt sich soetwas leicht, und dann trifft es gar nicht zu, und mein Großvater sagt deshalb ganz betont munter: Na dann wollen wir mal.

Olga Wendehold schiebt die Karten zusammen, es wird jetzt doch nichts, immer Kreuz und dann noch Pik, und Herz gar nicht mehr, und stemmt sich hoch von der Ofenbank, weil die Adventisten aufstehen, weil es heißt: sich zu Tisch setzen, Matthäus am Sechsundzwanzigsten, und weil man das bloß kann, wenn man vorher gestanden oder gegangen ist, oder so etwas, und Feller hat sowieso gestanden, noch von seinem Glaubensritt vorhin, wo er eigentlich aufs Kreuz gefallen war, also bleibt er stehen und faltet die Hände, im Stehen, und mein Großvater und Christina, die sich eben erst gesetzt haben, müssen auch aufstehen, nun stehen alle.

Und Feller sagt seinen langen Spruch, und Olga Wendehold macht ein schönes Gesicht mit geschlossenen Augen, die Nase etwas gesenkt und den Mund klein wie ein Knopfloch, bloß als Feller sagt: Schmecket und sehet, wie freundlich der Herr ist, schnauft sie ein bißchen, die Augen öffnen sich unversehens, sie sieht wieder vor sich, was ihr nicht schmeckt, aber das hat sie schon gesagt, also sagt sie, leise, wie die andern auch, Amen, nur Prediger Feller sagt es laut, und jetzt kann man sich wieder setzen.

All wieder Krillkartoffeln, sagt mein Großvater. Ich pell dir schon ab, sagt Christina.

Die Gottesgabe, sagt Feller und hat eine Kartoffel angefaßt und zieht die Finger gleich wieder zurück, ist noch ein bißchen sehr heiß.

Siehst du, hättest du lieber in der Schmiede gelernt, sagt Oma Wendehold verächtlich. Aber nun reden wir mal Deutsch.

Feller hat die Kartoffeln Kartoffeln sein lassen, nach einer abweisenden Bemerkung gegen Oma Wendehold, versteht sich, die ja wohl etwas ganz anderes ist, nämlich Adventist, er hat sich zurückgelehnt, er hat sein Ziel im Auge, er sagt: In Malken dein Bruder Gustav läßt ein kleines Kind besprengen, vom Glinski.

Nun ist es also gesagt und auf Deutsch, es ist gesagt, und wir werden jetzt weiterreden, wenn auch lieber nicht auf Deutsch, denn was das heißt, mit jemand Deutsch reden, das wissen wir. Da lieber schon friedlich.

Du denkst vielleicht, es geht mich nichts an, sagt Alwin Feller, es geht mich schon etwas an, und du gerade als Ältester.

Ach was, große Rosin', sagt mein Großvater.

Ihr nehmt das alles so leicht, sagt Feller, voriges Jahr, wie du bei deinem Bruder in Malken warst, bist du beim Glinski zum Abendmahl gewesen, red mir nicht, ich weiß Bescheid, es gibt Brüder, die machen das, aber wir machen es nicht. Offene Kommunion, wie das heißt, das ist bei uns nicht Sitt und Brauch, das wird auch nicht Sitt und Brauch werden, solange ich lebe.

Sitt und Brauch, ich denk, ihr werdet lieber was essen.

Nein, Christina, sagt Feller, erst wird der Johann hier vor uns beiden – er rechnet, wie man sieht, Olga Wendehold nicht einmal mehr unter die Anwesenden –, erst wird er sagen, ob er nach Malken geht oder nicht.

Also, Bruder Feller, ich werde dir mal was sagen.

Und jetzt sagt ihm mein Großvater etwas. Von Frieden und was das heißt: der Stadt Bestes suchen hier auf dem Dorf, und daß die Friedfertigen selig sind. Alles gute Sprüche, die einem Gemeindeältesten anstehn, doch Feller ist nicht gekommen, den Frieden zu bringen, sondern das Schwert, und das führt zu nichts, da machen sie sich besser ans Essen, die Kartoffeln kalt inzwischen, die Soße mit einer Haut, Christina ärgerlich, alles wegen diesem Feller. Sie sagt: Wenn der Gustav in Malken taufen läßt, ist das seine Sache, soll ich meines Bruders Hüter sein! Steht geschrieben.

Das ist nun also ganz falsch. Die maulfaule Ausrede Kains paßt höchstens als Eingeständnis, zur Verteidigung nicht. Dafür paßt nun aber mein Großvater: Du bist jetzt ruhig,

Tante Frau! Und dann, um alles gleich auszubügeln: Hat man schon mal gehört, daß eine Frau ein vernünftiges Wort geredet hat? Nicht einmal den Seufzer dabei vergißt er, er gerät ihm ganz überzeugend, sogar seinen dunklen Blick kriegt er fertig, die Unterlider schieben sich ein bißchen hinauf, die Augen, die sonst etwas von dem stillen Ausdruck der Gewohnheitstrinker haben, verändern sich deutlich, das Weiße wird weißer, das Dunkle dunkler, man sieht die feinen rötlichen Äderchen gar nicht mehr, dafür wird die Iris, die sonst einen bräunlichen Schimmer zeigt, beinahe schwarz, da kann Feller nichts mehr sagen, nur: Du überlegst dir das noch, Johann.

Was tust du nun mit dem Alten? Wie willst du mit ihm kämpfen, wenn er sich nicht stellt? Und das in deiner Gemeinde, Feller! Fährt er wirklich nach Malken und macht die gottlose Prozedur mit, womöglich noch als Pate, was dann? Der Älteste! Und dann noch der, der das meiste Geld hat. Auf den alle, die etwas haben im Dorf, hören. Wenn ich, der Prediger, ihm kräftig komme, antwortet er: Dann geh ich unters Blut, dann kommt er also zum Abendmahl, und ich kann ihn nicht zurückweisen, das geht nicht, ich mach mir die Gemeinde kaputt, das weiß der Alte so gut wie ich.

Feller, steh auf, dir schmeckts nicht mehr. Hau ab, berate dich noch einmal mit Barkowski und Rocholl, aber was soll da schon herauskommen?

Feller, kein Kampftag heute. Das ließ sich schon mit dem Glinski, dem Satansganter, nicht richtig an. Wenn ich bloß wüßte, warum der Alte nach Malken will, wann kümmert der sich schon mal um Verwandtschaft, hat er ja auch nicht nötig. Es steckt etwas dahinter, laß ich mir nicht ausreden. *Der* und Frieden! Und da hast du recht, Feller, da hat es doch etwas gegeben, im Frühjahr, das weiß das ganze Dorf, und keiner spricht davon, höchstens die Polen, und jedenfalls nicht laut. Du wirst auch nicht davon sprechen, Feller.

Und jetzt steht mein Großvater auf, das Schweigen um den Tisch ist schon wirklich lästig, wer weiß, wo der Feller mit seinen Gedanken hingerät, wenn man ihn noch länger hier herumsitzen läßt. Ich geh mal zur Mühle rüber, sagt mein Großvater, und du kannst nach Hause gehen, Bruder Feller, sonst schimpft die Mutter.

Das sagt er ganz lustig, und Tante Frau lächelt dazu, wenn auch ein bißchen säuerlich, sie steht auf und nimmt Olga Wendehold mit, wir müssen mal nach den Schweinen sehen.

Der Feller zieht also los, und der Großvater geht zur Mühle. Fünfhundert Meter Weg. Den Feller braucht er nicht mitzunehmen, der Mühlenweg führt vom Dorfe ab, an Pilchs Häuschen vorbei, geradeaus zu einem Nebenarm der Drewenz. Na denn Aufwiedersehn, Alwin. Gott zum Gruß, Johann.

Pilchs Häuschen. Vier Stuben. Strohdach. Wohnten früher Pilchowskis Leute drin. Pilchowski, der nach Osterode gezogen ist und sich Pilch nannte, was ebenso polnisch ist, aber nicht auffällt. Hat verkauft, was er noch hatte, bloß das Häuschen nicht, weil keiner Geld für solche Buden hat. Deshalb gehört es, denke ich, keinem, deshalb wohnt der Zigeuner Habedank dort und seine Schwester oder Tochter oder Großtante, da kennt man sich bei den Zigeunern nicht so aus: diese Marie.

Mein Großvater steht da wie ein Strolch. Er reckt den Hals vor. Alles ruhig. Die treiben sich wieder herum, diese Zigeuner. Mein Großvater macht zwei, drei Schritte auf das Fenster zu und redet irgend etwas, aber mehr mit den Händen, und bleibt gleich wieder stehen und dreht sich um. Und wieder zurück auf den Feldweg und weiter zur Mühle. Um die Stallecke herum, dann taucht er auf. Für die Männer, die vor der Mühle sitzen.

Hund verfluchtiger, sagt Korrinth zu Nieswandt, da kommt er all wieder angeschissen.

Gehn wir mal rein, sagt Nieswandt zu Korrinth.

Also wird er nicht wissen, daß sie herumgesessen haben, so weit sieht er nicht, er wird es bloß an den Säcken abzählen, daß sie nichts tun, wenn er nicht dabeisteht, aber das weiß er sowieso.

Der Deiwel, sagt Korrinth zu Nieswandt.

So also reden sie von meinem Großvater. Die Polen.

Der Weg geht nicht gleich auf die Mühle zu, er macht einen Bogen und kommt von Südwesten, also gegen die Strömung, vorbei an der Stelle, wo sie das Stauwehr gebaut hatten, da liegen noch die Pfähle herum und Stangen und Bretter und die Faschinen aus Strauchwerk. Alles so hingeschmissen, sagt mein Großvater, und nun ist er an der Mühle. Ich hab doch gesagt, ihr sollt das wegräumen. Damit kommt er durch die Tür. Er redet so laut, daß er die Tür offen läßt. Aber Korrinth hat auch eine kräftige Stimme, er sagt: Ohne Fuhrwerk, so auf dem Kreuz, dem selbsteigenen, wie? Und stellt sich hin, breitbeinig, und fingert in der Jacke herum nach Schnupf-tabak und zieht schon die Nasenflügel hoch und bringt die linke Faust vor, läßt den Daumen hochspringen, daß sich eine Delle hinter der Daumenwurzel bildet, da kommt der Tabak hinein, aber ehe er die Prise vor dem rechten Nasen-loch hat, schreit mein Großvater los: Was heißt auf dem Kreuz, ist wohl keiner dagewesen heute?

Ach was, sagt Nieswandt, die laden auf und hauen ab, die werden gerade den Dreck mitnehmen. Und dann fügt er freundlich hinzu: Der Levin war da. Und Korrinth hat das Prischen in der Nase untergebracht, zieht schniefend ein paarmal Luft und sagt, weil bis zum Niesen noch ein bißchen Zeit ist: Läßt auch schön grüßen.

Mein Großvater hält sich noch zurück. Er kriegt bloß seinen schwarzen Blick: Also der Levin war da, und das ganze Zeug liegt noch herum, besser kann er das ja alles gar nicht haben. Aber nun ist es schon beinahe gleich. Höchste Zeit, daß ich nach Malken komme. Und auf die Polacken ist kein Verlaß. Jetzt niest Korrinth, und mein Großvater sagt: Ihr werdet mir den Kerl nicht in die Mühle lassen.

Wollte auch nicht reinkommen, sagt Nieswandt. Nun möchte man, als mein Großvater, gerne wissen, ob der Kerl, der Jude, etwas geredet hat. Und was er überhaupt hier wollte. Aber man weiß, als mein Großvater, schon, wie die Antworten aussehen, die man hier kriegt: Er hat nichts gesagt, bloß Guten Tag. War bei der Marie.

Ja, wir wissen, Pilchs Häuschen. Diese Marie, mit der sich der Kerl herumzieht. Sinnlos, das ganze Gerede. Also: schwarzen Blick weg, Säcke gezählt, für morgen alles besprochen.

Wenn man sich nicht um jedes bißchen selber kümmert! Da hängt der Aufschlag, na sieh doch, na doch nicht an der Welle, na da unten, na da am Rad natürlich, geh dir mal ansehen, na wo sonst, verflucht nochmal, na die Aufschläge müssen doch fest sein, sieh mal, wenn das Wasser reinfaßt, dann geht es doch vorbei, wenn die Aufschläge hängen, müßt ihr doch selber sehen, aber na ja, ist euch ja egal.

Manchmal, wie jetzt auf dem Heimweg, denkt mein Großvater, er hätte sich auf den ganzen Mist – Mist sagt er schon – nicht einlassen sollen. Aber dann: Nanu! Und gerechterweise wieder die Überlegungen: Hätte mir da also glatt noch gefehlt, daß sich der Jud da breitgemacht hätte. Das ist so im Mühlengewerbe: wer sein Korn selber von wer weiß wo heranholen muß, der hört bald auf, aber der mußte ja nicht, sie haben es ihm ja hingeschleppt, die Neumühler auch, da hätte ich mich wohl auf die Lauer legen sollen, wie der Poleske.

Da taucht nun in dieser Geschichte ein gewisser Poleske auf. Den wir noch nicht kennen. Der ein Urahn ist, eine Art Haustier von einem Urahn, wir erklären das gleich: Na ja, sagt mein Großvater, na ja, der!

Und nun ist es Nacht. Und nun liegt der Großvater im Bett. Christina schläft, aber er ist wach, und nun kommt da eine

Geistererscheinung, wenn soetwas überhaupt möglich ist,
also:

1. Geistererscheinung

Die Republik Polen war ein Königreich, in dem der ganze
Adel etwas zu sagen hatte. Möglichst jeder dasselbe, wie die
Konstitution von Radom das vorsah, und das geht ja nicht.
Jeder etwas anderes, das wäre schon leichter gewesen, in
Polen und früher. Und da jeder Pole von Adel und jeder mit
einem seiner Königshäuser verwandtschaftlich verbunden ist
und jede Familie eigentlich viel älter als diese Königshäuser,
sind sie alle einander ebenbürtig, wie man das nennt. Die
Polen sind es, und die Deutschen, die früher Polen waren,
aber jetzt schon möglichst lange deutsch sind oder deutsch
fühlen, die sind es womöglich noch mehr.
So jedenfalls bekommt man die Geschichte der Republik
Polen aufgetischt, wenn man nur zuhören will und den richtigen Gewährsmann hat. Zum Beispiel einen wie meinen
Großvater. Der lange Enden daherredet, so über ein Gläschen, über ein zweites, drittes, viertes hin: so etwas von alten
Zeiten.
Die Geistererscheinung kommt ja aus der älteren Geschichte,
da haben wir es mit dem Adel zu tun, der stolz ist, weil er
seinen Wert so gut kennt, wie er ihn sich ausgedacht hat, und
da eben jeder von Adel ist, weiß es die ganze ritterliche
Nation samt Nachfahren, Hintersassen, Verwandten, Ange-
heirateten, Witwenhäusern, Fräuleinstiften in Krakau, Fidei-
kommissariaten, Kindeskegeln, Findelkindern und Deutschen. Hohes Geschichtsbewußtsein zeichnet all und jeden,
man kennt sich also mit seinen Voreltern und Ahnen, und
man hat Geistererscheinungen, das ist wie gar nichts und
nicht solch eine Sensation wie in Berlin oder in Mecklenburg-
Strelitz, wenn dem Hohenzoller seine weiße Frau in Seide
oder Barchent, je nach der Jahreszeit, oder dem Junker sein

Sadrach von Ur- und Erzahn in Leder oder Ketten, je nach dem Fluch eines Dorfmädchens oder eines Hirten, erscheint. Man hat das, man bemacht sich nicht deswegen, es haben das eigentlich alle und mein Großvater natürlich auch.

Er liegt im Bett, der Großvater, und sinniert und murmelt so irgendetwas, und da kommt die Geistererscheinung und hat einen kurzen schwarzen Bart und heißt Poleske und ist ein Urahn und steht in der Schlafstube und sagt etwas. Und der Großvater sagt auch etwas, und dann ist wieder der Poleske dran, es geht immer um ein und dasselbe, das kommt immer wieder, das hört sich an wie ein Zauberwort und lautet schlicht: Mein Recht. Beides groß geschrieben. Ganz klar, daß die Welt damit nicht bestehen kann. Mein Großvater hat also Sein Recht, es gehört ihm, aber natürlich soll es für alle gelten, weil es sonst nicht Recht wäre und das heißt: für meinen Großvater nutzlos, also: Mein Recht. Und dann geht der Poleske wieder, durch die Fensterläden oder durch die Tür.

Der Poleske hat sich etwas gedacht und hat danach gehandelt. Und ist für etwas eingestanden. Und mein Großvater wird aus der Geschichte seines Urahns schon irgendeinen Honig saugen, einen, der zu Seinem Recht in Beziehung steht.

Nun aber zuerst die Geschichte mit dem Poleske. Sie stellt sich, aufs kürzeste erzählt, folgendermaßen dar:

Poleske liegt auf dem Block, angebunden, das Gesicht nach unten. Der Nachrichter hebt das Schwert bis in Dreiviertelshöhe, senkt es schnell und trennt Poleskes Kopf ab. Die Richter bleiben noch einen Augenblick stehen, das ging ein bißchen schnell und geschah auf einem öffentlichen Platz, aber die Leute, die Zuschauer fehlen. So etwas ist bedrückend ohne Zuschauer. Nur vor Frauen und Kindern.

Dann wird alles flink eingepackt, Sägemehl und Sand ausgestreut. Die Frauen gehen nach Hause, die Kinder an der

Hand. Der Priester schließt sich ihnen an. Der Mattern hat sich selber gerichtet, im Peinhaus, weiß er zu erzählen.

Es ist ein heller Tag, fast kein Wind vom Meer, die Stadttürme stehen rot in den wasserblauen Himmel. Wie schön Gottes Gnadensonne Poleskes Haupt beschien, sagen die Frauen zu ihren Kindern.

Die Krähe, die quer über den Weg marschiert, nachdrücklich, mit schwerem Tritt, legt plötzlich ein paar Stottertakte ein, stutzt, streckt die Flügel und macht einen Hüpfer zur Seite, steht einen Augenblick auf der Stelle, dann geht es weiter, so ruhig wie vorher, an der Esche vorüber und auf das Feld zu. Mattern, einige seiner Leute hinter sich, steht mitten auf dem Weg, die Hand auf Poleskes Sattel gelegt, und sagt friedlich: Die Alte wollte bloß tanzen, na ja, hat nichts zu bedeuten, aber Poleske, von seinem Roß hinunter, knurrt: Soll sie tanzen, du bist mir ein schöner Räuber, und: Da zieht sie los.

Die Krähe ist kein Habicht, denkt er, ehe der nicht schreit, ist der Tag nicht herum, und der muß erst herum sein.

Sie sind ein bißchen weit auf Danziger Gebiet geraten. Aber der Platz ist zu gut, soetwas gibt man nicht auf, darum liegen die Späher schon ein paar Stunden im Waldstück nach Norden. Meine Habichte, denkt Poleske, die so schön schreien können, kurz und scharf, das hören nur wir. Dann heißt es: seitwärts.

Ich bin drüben, sagt Mattern, dreht sich um und stapft den Weg hinunter. Die Männer folgen, einer nach dem anderen. So ist das jedesmal, Warten, immer die gleichen Anordnungen, Standplatz für Matterns Haufen: Hinter den Kusseln, die gibt es überall. Die Pferde weiter zurück, im Fichtenwäldchen. Wenn die Danziger kommen, geht man auf die Straße und hält sie an – die üblichen vierzig Wagen –, und dann schreien die Habichte, und Poleskes Knechte kommen vom Wald her über das Feld, und Poleske selber reitet langsam heran. Verhandelt oder gedroschen, immer dasselbe. Mit siebzehn Hakenbüchsen. Aber so haben wir an der Oder nicht gelebt, der Alte zahlt, und die Hälfte der Beute kommt dazu. Diesen Winter machen wir es uns noch in Polen warm, überlegt Mattern, es ist auch schon Herbst.

Poleske mit seinem Pferd, allein auf der Straße. Es wird dunkel. Jetzt kommen sie nicht mehr, die Herrschaften. Als ob sie das riechen. Dabei sind wir hier noch nie gewesen. Mattern hat abgeraten: zu nah an der Weichsel, man hat nur eine Seite offen. Dabei sind es zwei. Der versteht schon was. Den zieht es immer nach Westen. Weil er von da her ist.

Poleske, der Habicht, hebt ein wenig den Zügel und reitet die Straße hinauf zum Wald. Jetzt ist es finster. Der dritte Tag ist vorbei, und sie kommen nicht.

Der alte Gregor humpelt ihm entgegen. Nichts, Herr.

Schick mir den Martin her, sagt Poleske. Es muß einer nach Dirschau zum Scholz. Die andern nach Hause. Nehmt die Matternschen mit.

Die Nacht ist wie das Haus, das Poleske nicht mehr betritt. In das Poleske zurückkehren wird, wenn er den Danzigern die Lust ausgetrieben hat, mit ihren Planwagen die Republik zu überziehen. Wie Ungeziefer frißt sich das weiter und weiter über die Länder, das Thorner und Krakauer Schacherervolk schwänzelt ihnen entgegen, der König sieht zu und hält die Hand auf, er braucht etwas für seinen Handel mit Prinzessinnen und hier ein bißchen Licht und dort ein bißchen Dunkel auf den Schleichweg. So wackelt die Krone Polen daher: ein dicker Bauch und ein Rotweingesicht, pacta conuenta und vota aller Sorten um den Speckhals gehängt. Ihm, Poleske, ist da etwas aufgegeben.

Doch wohl die Ehre der Republik, könnte man denken, und das Recht, Polens Recht, Ehre und Recht, denen mit Tagfahrten, Insurrektionen, Investiturentscheiden und Einsprüchen und zuletzt mit großer Frömmigkeit in Gnesen oder Tschenstochau aufgeholfen werden mag. Oder doch vielleicht besser hier, wo Poleske das Gesockse auslaust, das sich breit um die Bucht herumgesetzt hat und den Hintern ausstreckt gegen die Republik? Dazu hat er den Matternschen Haufen von der Oder herübergeholt, dafür alles stehen und liegen lassen, eines schönen Tages, sollen die Weiber unterdessen leben, wie sie wollen, dafür liegen sie hier im Sand und hinter den Kusseln, vierhundert Mann. Und sie kennen ihn jetzt, die Herren Danziger, sie kommen nicht mehr.

Ich soll nach Dirschau, sagt Martin.

Du gehst zum Scholz. Er wird dir alles sagen. Und nach Schönsee zum Priester. Wen der Pampowski, der königliche Richter, nach Marienwerder befohlen hat, will ich wissen.

Am andern Abend ist Martin zurück. Die Danziger kommen nicht mehr. Auf seinen, Poleskes, Kopf stehen 600 Gulden, ebensoviel auf Matterns schwarzen Schädel, und ein Freibrief hängt auch noch an der Geschichte.

Also kann ich den Poleske verkaufen, für 600 Gulden, grinst Mattern. Lebend, sagt Poleske und reitet los.

Der Pampowski hat alles zitiert, was Beine und Ohren hat, da kommt nichts heraus, nur wieder eine kleine Schiebung mit Bischofsstühlen, an der die Danziger verdienen und Majestät auch, und der Weisselrode hält weiter seinen Krummstab in den gichtigen Knochen.

Einen halben Tagesritt vor Marienwerder wird Poleske gefangen. Er ist allein. Der Pritschmeister nimmt ihn in Danzig in Empfang. Er hat schon gewartet.

Der Gerichtstag ist kurz. Der Bürger Scholz oder der Priester in Schönsee, überlegt Poleske. Zwei Tage später sagt ihm der Wächter durch die Tür, daß der Mattern im Verlies nebenan liege. Wie lange schon, fragt Poleske und erhält keine Antwort. Oder der Mattern, überlegt er.

Am folgenden Mittag wird er hinausgeführt auf den Platz. Keine Ketten. Die Stadtwächter in weitem Abstand.

Poleske geht langsam. Aber die Stadt, dieser ganze trockene Steinhaufen, scheint an den Blicken vorüberzusausen. Wie im Mondschein sieht alles aus, keine Schatten. Nur, jetzt, in der Luft ein Schrei. Poleske blickt hinauf in das zerflossene Licht, legt die Hand über die Augen und blickt wieder hinauf. Ein Habicht jagt eine Lerche. Er schießt von oben herab. Verfehlt. Die Lerche ist über ihm. Keinen Augenblick hat sie aufgehört mit ihrem Zittergesang.

Der Zug hat gehalten. Nun setzt er sich wieder in Bewegung. Dort hat sich der Rat postiert. Dort ist die Richtstätte. Hier wird er stehen, er, Poleske, dem etwas aufgegeben war, der sich im Besitz einiger Fortune erzeigt hat, ein paar Monate lang, und den die Fortune verließ.

Er steht auf dem weiten Platz. Es ist Mittag. Der 28. September 1516. Ein heller Herbst. Poleske tritt vor. Wieder der Habichtschrei. Aber jetzt blickt niemand mehr hinauf. Und jetzt ist es ganz still.

Man kann das hören: es ist ganz still.

Jetzt müßte man erzählen: vom Mond, vom Wasser, wo die Mühle steht, wo das Stauwehr war, eine Mühle, aber die andere nicht mehr.

Christina schnauft ein bißchen im Schlaf.

Na ja, sagt mein Großvater, und vielleicht denkt er: Das waren noch Zeiten damals, und mir will der Jud an den Hintern, so weit kommt das noch, aber ich geh nach Malken, sie werden alle das Maul halten, die Polacken aus der Mühle schick ich weg, die sollen abhauen, ins Russische hinüber, kostet natürlich Geld, dann soll er reden, der Levin, soviel er will.

Kriech du man nach Briesen aufs Gericht, du langer Laban. Anpinkeln werden sie dich, wir sind hier Deutsche, wenn du das noch nicht gewußt hast. Er jedenfalls, mein Großvater, weiß schon, wer pinkeln und wer alles mitpinkeln wird. Mein Recht, sagt er.

2. KAPITEL

Nach Malken braucht man mit Fuhrwerk gute drei Stunden. Und da Malken ein ziemliches Stück nördlich von der Drewenz liegt und die Nebenflüßchen und Mühlenfließe alle, obwohl das Land flach ist, im Drewenztal bleiben, kommt die Chaussee auch nirgends ans Wasser, nicht einmal an eines der kleinen Flüßchen heran, wer tränken muß, der tränkt in Gronowo an der Pumpe vor dem Krug oder in Trzianek, oder er besorgt es ausreichend vorher, dann langt es für die vierundzwanzig Kilometer, sogar noch im Juni.

Die Chaussee heißt Chaussee, und wir lassen ihr den Namen.

Erst kommt mitten im Dorf und für einen guten halben Kilometer ein Kopfsteinpflaster, die linke Straßenseite ungepflastert, als Sommerweg, dann hört das Pflaster auf, ein schlichter Sandweg folgt, im Dorf Gronowo ist eine Art grober Schotter angestampft, dann kommt, weil es die Gegend so hergibt, eine glatte Lehmchaussee, kurz vor Trzianek fängt wieder ein Kopfsteinpflaster an, so wechselt das, immer wenn man sich gerade an eine Sorte Chaussee gewöhnt hat, ist die nächste dran, und die ist immer, auch wenn sich die Art des Pflasters oder Nichtpflasters wiederholt, schlechter als die vorherige, womit denn auch die zunehmend schlechte Laune meines Großvaters hinreichend erklärt ist.

Der Großvater befindet sich auf der Fahrt nach Malken. Mit Fuhrwerk. Er hat schlechte Laune, er sitzt da, Tante Frau zur Rechten, und erklärt die Gegend, Besitzverhältnisse und

Preise pro Morgen Acker oder Weide und wer verkaufen würde und wer nicht. Obwohl Christina darüber viel besser Bescheid weiß, je näher sie nämlich nach Malken kommen, denn dort ist sie her, genauer gesagt: aus Brudzaw, aus Klein Brudzaw. Also: Brunowskis Schwiegervater hat dem Konarski in Dombrowken, damals, das wird zweiundsechzig gewesen sein, für 70 Taler – aber wer will das wirklich hören? Christina sitzt neben dem Großvater, sie hat ihren Hut auf, das erste Mal in diesem Jahr. Erzählen wir von Christina.

Christina, geborene Fagin, angeredet in der Gemeinde mit Schwester oder mit Christina, von meinem Großvater mit Tante Frau, ist runde zwanzig Jahre jünger als der Groß-vater, seine zweite Frau, kinderlos, ausgestattet seinerzeit mit 7000 Talern, die noch da sind, Kreiskasse Kowalewo-Schönsee; auf die also die Kinder aus erster Ehe, die Stief-söhne und die Stieftochter also, keinen Anspruch haben, aber doch erheben, wobei sie sich darauf berufen könnten, daß Christina nichts dagegen hat, bloß die beiden Alten, der Fagin in Klein Brudzaw und mein Großvater, der auch. Trotzdem sagen die Stiefsöhne Tante zu ihr, die Stieftochter sagt Christina, und mein Großvater sagt Tante Frau, das hört sich, gegenüber der Familie, versöhnlich an und ist es nicht. Erzählen wir von Christina.

Sie ist eine hübsche Frau. So ein bißchen rund, so ein bißchen kleiner als üblich bei den Fagins, aber noch immer um einen halben Kopf länger als mein Großvater, was man ihr in der Gemeinde nachträgt, weniger allerdings die Länge, die der Herrgott verleiht, dafür jedoch den Tatbestand, daß Christina dieses ihr offensichtlich zur Versuchung, zur geist-lichen Prüfung auferlegte Körpermaß nicht mit der ge-hörigen Demut in Leibeshaltung und Redeweise auszu-gleichen trachtet, daß sie es also versäumt, zu korrigieren, womit sie der liebe Gott begabt hat, was man allerdings doch wohl eher mit Hochmut als mit Demut, möchte man meinen, bewerkstelligt, wenn man es tut, – Christina jedenfalls tut es nicht, und gerade dieses Versäumnis wird nun jeder fromme Mensch, in Neumühl jedenfalls, mit Hochmut bezeichnen. Und der betreffenden Person nachtragen. Erzählen wir von Christina.

Sie ist laut und lustig und singt. Herz, mein Herz, sage an, wann wirst du frei ... Solch ein Lieblingslied, wie man es in der Küche oder im Holzstall oder im Keller hören kann, und wenn es nicht am Sonntag auch in der Kapelle gesungen würde, mit einer hübschen Verteilung der Stimmlagen, mit Pausen für den Sopran und kurzen Solostellen für den Baß, während Alt und Tenor nicht recht wissen, wo sie sich an-schließen sollen und nur so undeutlich herumsuchen, was ebenfalls einen ganz guten Effekt macht, – wenn es nicht auch am Sonntag in der Kapelle gesungen würde, aus Glaubens-stimme oder Evangeliumssänger, aber am meisten auswen-dig, könnte wohl auch das als unpassend empfunden werden: von frommen Menschen, denn was heißt schon frei! Geht es ihr nicht gut? Ist das nicht der reinste Segen beim Johann? Die Kinder aus dem Haus und noch immer soviel Geld! Und jetzt erst, wo der Levin abgesoffen ist mit seiner Mühle!

Ach nein, so denken nicht alle, nicht einmal alle in der Ge-meinde. War so bequem mit dem Levin, denken sie, er kaufte und bezahlte, jetzt kann man wieder wer weiß wohin fahren mit dem Korn, wenn man nicht mahlen lassen will, sondern bloß verkaufen. Man braucht doch Geld in diesem neuen Kaiserreich, das heißt: man muß doch alles bezahlen, mit Groschen und Talern, und möglichst vielen. Das einzige war, daß der Alte nicht merken durfte, daß man an den Levin ver-kauft hatte, das wollte er nicht haben, kann man ja verstehen. Jetzt ist es aus damit, das ist ein Schlag, doch man wird es nicht sagen, man sagt: Na Johann, dem hast du es aber ge-geben, der kommt nicht wieder. Und: Gott sei Dank! Also was sollen wir von Christina erzählen?

Christina ist, wie gesagt, aus Brudzaw, aus Klein Brudzaw, was gleich hinter Malken, nach Strasburg zu, liegt. Es ist ganz hübsch dort. Der Höhenzug, der vom nördlichen Bogen der Drewenz herankommt, fällt mit zwei oder drei Ausläufern ab in die Wiesen, und nach Westen, wo es ganz flach ist, geht gleich der gute Boden los, für Weizen und Zuckerrüben, es gibt einen runden See dort und ausgedehnte Fichtenwälder dahinter, es ist ganz hübsch dort, Christina kommt dorther, und es paßt alles zu ihr.

Nun ist der Wagen drei Kilometer vor Malken. Es geht auch schon auf sechs. Um drei sind sie losgefahren. Der Feller hat sich nicht sehen lassen.

Der Großvater ist auch nicht durchs Dorf gefahren, sondern hat die Pferde gleich um die Scheune und über den Feldweg auf die Chaussee zugelenkt, also gar nicht hoffärtig zunächst, aber dann auf der Chaussee, vor Gronowo, wird die Peitsche quergelegt, er steckt sich eine Zigarre an, fühlt sich wie der Landrat oder der polnische Graf in Ciborz oder als hätte er eben erst ins Schwarze Meer geschissen.

So sind sie also durch Gronowo gekommen, und durch Trzianek auch. In Trzianek hat mein Großvater zweimal halten müssen, weil Christina mit der Tante vom Rocholl und mit noch einem alten Weib reden mußte, man bringt die ja leicht durcheinander, eine sieht aus wie die andere, und jetzt also ist man drei Kilometer vor Malken.

Hinter Trzianek hat es aufgehört mit den Chausseebäumen, jetzt sieht man, über die Pferdeköpfe hinweg, das ganze Flachland ausgebreitet vor sich.

Die Straße zieht geradewegs auf das Dorf zu, das vorerst zwischen dem linken Ohr des linken Pferdes und dem rechten Ohr des rechten Pferdes Platz hat. Links vom rechten Ohr des Braunen, also des linken Pferdes, taucht der Kirchturm auf, und jetzt erkennt man, genau zwischen den Ohren des Schecken, also des rechtes Pferdes, den Dorfkrug und daneben, nach dem linken Ohr zu, das Ziegeldach der Schule, dazwischen steht Gustavs Wohnhaus, und dann ist da noch das, was man nicht sieht, wenn man mein Großvater ist: Kastanien und Linden, zu Gruppen zusammentretend, Hekken und Baumgärten, Flieder und Holunder. Aber so ganz läßt sich das nun alles zwischen den Ohren der Pferde doch nicht mehr unterbringen und einteilen, man kommt schließlich immer näher an das Dorf heran, zwei Störche, sieht man, kreisen über dem Kirchdach, und dann halten auch die Pferde die Ohren nicht mehr ruhig genug, sie hören also etwas, und auch daran könnte man merken, daß es nicht mehr weit ist bis Malken.

Aber da wir vorhin Christina beschrieben hatten, Christina, geborene Fagin, 7000 Taler schwer, Schwester und Tante und Tante Frau, so werden wir, für den Rest der Fahrt, nun wenigstens kurz noch meinen Großvater beschreiben, und warum eigentlich kurz? Es sind noch gute zwei Kilometer bis Malken.

Mein Großvater war, wie man hört, in seinen jüngeren Jahren ein schmalbrüstiger, ein bißchen unansehnlicher Mensch, hört man, Militärmaß einseinundsechzig, aber mit den Jahren muß er immer größer geworden sein. Ob er tatsächlich gewachsen ist, weiß ich nicht, es wird die Würde gewesen sein und überhaupt der Wohlstand, jetzt jedenfalls ist er ganz stattlich, sonntags vor allem, wenn ihm die goldene Uhrkette über dem Bauch hängt, am stattlichsten, wenn er betrunken ist, links, von vorn gesehen, da schwillt ihm die Leber auf. Ein Mann und Deutscher und mein Großvater.

Er sitzt auf seinem Wagen, oben drauf, und schmeißt den Stummel weg, drei Zigarren heute, und nimmt wieder die Peitsche. Er denkt.

Was wird er schon denken! Erst den Gustav an die Seite nehmen, heute abend noch, und morgen dann den Glinski, schon vorher ein bißchen Guten Tag sagen, nachmittags zwischen Kaffee und drei Schnäpsen alles weitere, gute Worte, womöglich noch Geld, man wird sehen.

Wir kennen jetzt ein bißchen die Gegend: den Winkel zwischen Thorn, Briesen und Strasburg, wo die Drewenz, die von Nordosten herab aus dem Löbauer Kreis kommt, südlich von Thorn, ein Stückchen hinter Leibitsch, in die Weichsel mündet, nachdem sie etwa von Cielenta an, was gegenüber von Strasburg liegt, die Grenze gegen das russische Polen oder Kongreß-Polen abgegeben hat, das Culmerland also, eine Gegend alt und fromm, wo man, sofern man etwas besitzt, Geld oder Ehre, deutsch ist und stolz auf seine edle Herkunft, die aber wiederum polnisch ist, doch das war früher, jetzt, und ganz genau gesagt 1874, ist man, als mein Großvater, fromm – also Baptist – und fährt dennoch – mit Pferd und Wagen – zu den Feinden des Glaubens – also den Evangelischen – und steht zu seinem Recht – als Deutscher – und das, weil man etwas hat: eine Mühle bei Neumühl, an einem rechten Nebenflüßchen des Drewenzflusses, der immer im Polnischen, aber zwischen Deutschland und Rußland verläuft, eine Wassermühle mit Mühlenteich und, wenn man will, auch mit Stauwehr.

Der Dreck liegt noch immer auf dem Ufer herum: Pfähle, Stangen, Bohlen, Bretter, Faschinen aus Strauchwerk, – verdreckt und verkommen, und mit diesem verkommenen Dreck sind wir bei unserer Geschichte, nach der wir immer auf der Suche waren mit all dem Gerede über meinen Großvater.

Der Levin liegt im Gras auf der Böschung, liegt da, die Arme unter dem Kopf, auf dem Rücken, so lang und dünn er ist. Er sagt: Du mußt nicht immer anfangen damit. Und diese Marie, die der Levin Marja nennt, diese Marie sagt: Ja ja. Der Tate hat geschrieben, sagt Levin, ich soll gehn nach Briesen und alles zurückziehn und soll kommen nach Rożan, dort sind unsere Leute alle, und Marie liegt neben ihm im Gras und sagt: Ja ja. Und das ist so ungefähr der dritte Satz in unserer Geschichte.

Wenn sie sich aufrichten würden, die beiden, sähen sie unten an der Böschung die Bohlen vom Laufsteg, halb im Wasser, den ausgetretenen Sandplatz, auf den die befestigten, mit Knüppeln und Brettern abgestützten Stufen hinunterführen, wo Levins Mühle war, aber das brauchen sie ja nicht, das wissen sie ja noch: da ist sie gewesen, ein Jahr lang, und ist davongeschwommen mit dem Stauwasser, das von der anderen Mühle herkam, ist zerbrochen und in die Drewenz getrieben, im Frühjahr, als das Wasser kalt war, an ein paar Dörfern vorbei, Treibholz und weiter nichts.

Nur die Mahlsteine sind nicht mitgefahren. Da schimmern sie herauf aus dem eiligen Wasser, das den Sand gegen sie heranführt und einen Wall vor sie hinbaut, von dessen Höhe die Körnchen wie mit einem Sprung über die Steine hinfliegen.

Ja ja, sagt diese Marie, und nun wird es dunkel in diesem Juni, der Mond hängt über Russisch-Polen, was soll er auch über den Fluß kommen! Diese Marie sieht ihn und der Levin auch, sie sagt: Bleib man lieber da.

Also: Du, Mond, bleibst in Russisch-Polen, und du, Levin, bleibst hier und gehst nicht nach Rożan zu deinen Leuten.

In vierzehn Tagen ist der erste Termin.

3. KAPITEL

Wird all duster, sagt dieser Habedank. Sitzt vor Palms Krug auf der Holztreppe wie ein Zigeuner, nämlich nicht aufgestützt, die eine Hand oben auf dem Geländer, die andere auf dem schwarzen Geigenkasten, der sieht aus wie ein Weichselkahn, stabil und lang und, wie gesagt, schwarz und mit einem Deckel drauf wie ein Hausdach.

Und was will dieser Habedank in Malken?

Vorige Woche ist er hier durchgekommen, kam von Cielenta, irgendein Pferdegeschäft ohne Geld, Expertise oder Zigeunereid, was also heißt: Schwurhand nach oben und den anderen Arm ableitend nach unten, aber hinter dem Rücken wohlgemerkt. Und ist beim Gustav vorbeigegangen – bei meines Großvaters unfrommem Bruder, wie man sich erinnert – und der Gustav hat ihm Bescheid gesagt wegen der Musik, für Sonntag, wenn abgetauft ist, für nachher, für die Begebenheit, so gegen Abend.

Wird sein Musik, sagt dieser Habedank und zieht ab.

Und jetzt ist er wiedergekommen, am Sonntag früh, mit Geige, wie er meistens kommt zu Begebenheiten, weil er die Musik ist, die weltliche Musik, die lustig ist oder traurig, eins von beiden und nichts dazwischen und also ohne Übergang: lustig oder traurig. So wie dieser Habedank ja auch redet: entweder Mist oder Sehr schön. Wenn er das Kind gesehen hat, sagt er: Schöner Knabe und so zuversichtlich.

Drüben, nur ein paar Meter weiter, wohnt der Gustav, zwischen Kirche und Krug, heute wird das Kind getauft, das siebente, Nachzügler oder Nachschrabsel, was soll man sagen? – getauft beim Evangelischen, beim Glinski, der so laut schreit, – dieses Kind, das meinem Großvater so gelegen kommt mit seiner evangelischen Taufe und dem Prediger Feller so ungelegen mit seiner gottlosen Besprengung.

Die anderen Kinder, Gustavs andere Kinder, die Sechs, spielen im Garten, daß man es hört. Habedank, der die Musik ist, hört sogar heraus, daß es sechs sind. Sie singen:

> Abel Babel
> Gänseschnabel,
> Gänsefüßchen
> schmecken süßchen.

Das ist ein Begräbnislied. Die tote Schwalbe, die man dazu braucht, findet sich immer und wird begraben, umständlich und traurig und mit Gesang.

So laufen einem die Kinder nicht immer unter den Füßen herum.

Das sagt Gustavs Frau in der Küche, sagt es zu Christina und hüpft um die acht Töpfe, die auf dem Herd stehen, und Christina hört auch den schönen Gesang und kennt natürlich das schöne Lied und denkt gleich an die Begrüßung gestern abend.

Da kamen sie in die Stube, mein Großvater und Christina, da standen die beiden ältesten von Gustavs Sechsen, der Christian und die Emilie, und sagten Guten Tag, aber die andern Vier steckten unter dem großen roten Sofa, die Augen, viel mehr war nicht zu sehen. Bis Christina dann die Tüte mit den Anisbonbons aus dem Beutel wühlte. Da kamen sie also vor und standen einen Augenblick da, alle sechs, aufgereiht, der Christian vornean, dann die Emilie, nach der Größe, immer anderthalb Jahre Unterschied, und nun aber schnell auf die Tüte zu, eine Handvoll für jeden, in die Tellerchen der vorgestreckten Hände hinein, und dann Rückzug, unter das Sofa, die Vier, die Größeren zur Tür hinaus. Da hatten sie gesessen, die Kleinen, in Sicherheit mit ihren Bonbons. Wie die Hundchen hatte mein Großvater gesagt und dagestanden, ein bißchen verwundert, bis Gustav sich an den Dreijährigen erinnerte, den er vorführen wollte. So waren die Männer hinausgegangen, zum Pferdestall.

Als es anfing dunkel zu werden, gestern, als die Kinder hereingeholt wurden oder unter dem Sofa vor, um in die Betten gesteckt zu werden, da war schon das erste passiert.

Gustav hatte die Frau Pfarrer vorbereitet, über den Zaun weg, und dann hatte mein Großvater am Amtszimmer geklopft, und eine halbe Stunde später hatte ihn Glinski selber bis ans Hoftor geleitet und Aufwiedersehn gesagt und: Na denn auf morgen, und daß alles richtig gelaufen ist bisher, das sieht man an der Bewegung, mit der sich mein Großvater jetzt morgens um halb acht das weiße Hemd über der Brust zuknöpft und ein Härchen, das sich aus dem Knopfloch vorwagt, einfach abreißt, mit Kleinigkeiten halten wir uns nicht auf. Tante Frau, sagt er, wo sind die Socken?

Die Socken sind da, Frühstück ist da, alles da, der Täufling eingewickelt und garniert, die Trude, die Schwägerin, hat die Töpfe übernommen, Christina und Gustavs Frau stecken in schwarzen Kleidern wie eingenäht. Alles da. Und dieser Habedank sitzt noch auf Palms Treppe.

Jetzt geht die Glocke los und hört sich an wie ein Blecheimer, und drüben hinter Wyderskis Scheune taucht der Willuhn auf und hat den Habedank gleich gesehen.

Gibt der Palm nicht? schreit Willuhn und kommt schräg über die Straße. Wie ich noch an der Schule war, hohoho.

All wieder besoffen, der Willuhn.

Habedank nimmt seine Geige und legt sie eine Stufe höher hinter sich.

Willuhn, das soll man sich merken, war einmal Lehrer, hier in Malken. Und könnte es noch sein. Weil ein Lehrer so besoffen eigentlich gar nicht sein kann, jedenfalls nicht dauernd. Woher denn? Willuhn aber hat reich geheiratet, da ist es also gegangen, zehn Jahre lang, dann haben sie ihm die Schule abgenommen, das Geld war alle, der Willuhn wurde lästig, nun ist er bei einem Altenteiler untergekrochen, auf dem Abbau, der hat auch nichts, da sind sie beide besoffen, ewig, man weiß eigentlich nicht wovon.

Der Willuhn macht auch Musik, aber so häufig sind die Begebenheiten ja nicht, und er spielt ja auch nicht lange, er ist ja immer gleich betrunken, was kann da herauskommen! Wundern wir uns ruhig, woher und wieso, der Willuhn jedenfalls hat heute morgen schon gehabt, was er braucht, nun steht er vor diesem Habedank und beugt sich gefährlich vor und sagt viel zu laut: Der Christina ihrer ist da. Gestern abend gekommen.

Na ja, sagt Habedank, da geht er.

Mein Großvater. Zur Kirche. Und Christina auch und Gustav und Gustavs Frau und der alte Fagin, und Gustavs Frau macht plötzlich kehrt und rennt wieder zurück ins Haus und kriegt erst vor der Haustür einen Schreck über ihre unfeierliche Eile, hält an und geht jetzt langsam hinein. Und kommt kurz darauf noch langsamer wieder aus der Tür und sieht: da stehen sie und warten, und geht also langsam auf die Gruppe zu, die sich wortlos in Bewegung setzt.

Die hat sich aber, wie so Talglicht, sagt Willuhn. Ach was, sagt dieser Habedank, schwarze Talglichter gibt nicht. Wo hast du dein Instrument?

Habedank sagt Instrument, Willuhn sagt Recksack, also ist es eine Ziehharmonika, eine altertümliche, mit zahllosen Riestern und Pechdraht zusammengehalten, was auch nicht die Seligkeit ist und immer mal nachläßt, dann gibt es so leise, aber ganz unangenehm überraschende Töne, Nebentöne, selten daß einer zu der vorgetragenen Melodie paßt.

Hab ich schon beim Gustav, das Ding, sagt Willuhn und läßt sich auch auf der Treppe nieder.

Und mein Großvater drüben hat schon gesehen: dieser Habedank sitzt da, was will der Zigahn?

Kommt heute abend spielen, sagt Gustav, ich hab ihm gesagt, wieso fragst du?

Nein nein, soll er meinetwegen, sagt mein Großvater, aber es gefällt ihm nicht. Habedank – diese Marie – der Levin – so gehen die Gedanken, nein, es gefällt ihm nicht, meinem Großvater, aber da sind sie vor der Kirchentür, da kommen die andern, Willutzkis, Witzkes, die Lehrerfrau, Jendreizycks, Palms und wer weiß noch alles, nun also Guten Tag sagen und ein bißchen reden und alles schön und gut, jetzt keinen Ärger zeigen, und hinein in die Kirche, ehe das Geläut aufhört.

Nun sind sie drin, sagt dieser Habedank.

Was der Alte in Malken will? Er hat so seine Gedanken, der Habedank. Ob der Willuhn etwas weiß? Was kann er schon wissen!

Doch der Willuhn weiß.

Gestern war er beim Glinski, sagt Willuhn, gestern abend noch, der Baptist beim Glinski, gibt wieder schönen Krach bei euch Neumühlern.

Hat schon gegeben, sagt Habedank, hat schon gegeben, der Feller rennt rum wie angestochen.

Also was weiß der Willuhn?

Der Alte ist beim Pfarrer gewesen, gestern schon, heute geht er zur Kirche bei ihm, er läßt den Glinski nicht aus den Fingern, das tut er doch nicht ohne Absicht.

Ob man den Willuhn ausfragen kann? Ohne daß der gleich überall herumposaunt: Der Habedank hat, und der Habedank hat nicht? Aber wenn er etwas weiß, ich denke, wird er schon reden. Eine vorsichtige Frage: Was meinst du, Willuhn, vielleicht hatten sie was vor mit Pferden?

Ach was, mit Pferden, du immer mit Pferden, sagt Willuhn. Ist doch sein Bruder! Wird er Pate stehen.

Also der Willuhn weiß doch nichts? Habedank nimmt seine Geige unter den Arm, zieht sich am Geländer hoch und geht.

Wart doch, sagt Willuhn, was rennst du so!

Doch dieser Habedank hat es eilig. Heute abend beim Gustav, Glock fünf bin ich da.

So bleibt der Willuhn nach ein paar Schritten stehen, dieser Habedank rennt ja wirklich, und schreit: Na denn hau doch ab, du Zigeuner. Mußt wieder ein Pferd im Arsch jucken, mit der Geige?

Bleib stehen, Willuhn, das geht dich alles nichts an. Laß den Habedank rennen, du hast den Ärger nicht, und wenn du ihn hättest, reichte er wohl nur bis zur nächsten Flasche. Du kennst dich nicht aus in all dem Durcheinander, das die Leute Leben nennen oder Frömmigkeit oder Recht, du hast damit abgeschlossen, damals vor sieben Jahren, als du die Schule loswurdest, fang nicht erst wieder an mit solchen Sachen, du bist im Stande der Unschuld, vielleicht als einziger hier in Malken, vielleicht bis nach Briesen als einziger, du fragst nicht, wo der Schnaps herkommt, irgendwoher kommt er schon, sieh du die Lilien an auf dem Felde und die Vögel unter dem Himmel, geh Willuhn, steh nicht herum, heute abend sehen wir uns wieder, beim Gustav. So, nun ist die Straße leer.

Nur die Störche fliegen umher. Denen es gegangen ist wie dem Willuhn. Denen der Küster Gonserowski, das alte Mannchen, gestern mit einer Stange das Nest vom Kirchdach heruntergestoßen hat, die beiden Störche. Das gibt auch nichts Gutes.

Die Störche, davon könnte der Habedank erzählen, kommen alle aus Osieczna, was Storchennest bedeutet, das liegt im Posenschen, dort stammen sie her, und man legt ihnen, wie bekannt, ein Wagenrad aufs Dach, damit sie kommen und es bequem haben und bleiben und nächstes Jahr wiederkehren, das tut man. Ganz neu, daß sie nicht mehr aufs Kirchendach dürfen, ganz neue Moden.

Unten in der Kirche, unter dem Dach, das nun leer ist, aber umflogen von zwei Störchen, sind sie beim Predigtlied. Der Glinski stampft die Kanzeltreppe hinauf, nickt meinem Großvater freundlich zu, dann überblickt er erst einmal seine Herde. Und wir lassen ihn reden, soll er unsertwegen auch schreien, wenn er die Abkündigung nur nicht vergißt, Gustavs Siebenten, die Heilige Taufe empfängt heute –, soll er ruhig schreien. Und wenn die Kirche aus ist, gehen sie zurück, jetzt der Gustav und Gustavs Frau vorneweg, mein Großvater und Christina und der alte Fagin, der aus Klein Brudzaw, hinterher, ein bißchen schneller als vorhin. Und dann wieder in die Kirche, diesmal aber mit dem Täufling, das Weitere kennen wir schon. Johannes der Täufer, oben über der Szene, in seinem hölzernen Jordan, hölzerne Beine und hölzernes Kamelhaar, aber doch ganz natürlich in den Farben. Da oben tauft der Johannes, unten tauft der Glinski.

Eigentlich nicht so schön wie bei den Baptisten, findet Christina, nicht so feierlich. Da steht der Großvater und hält das Kissen mit dem Würmchen und gibt es nach einer Weile ab an den Fagin, den anderen Paten. Aber schmeiß nicht hin. Das Kind bekommt einen Namen und weiß nichts davon, denkt mein Großvater. Aber na ja, sagt er so laut, daß Glinski aufblickt und sich unterbricht, mitten im Satz.

Er wird schon wissen, wie er weiterkommt. Mein Großvater regt sich da nicht auf, er sagt: Reden Sie man ruhig, Herr Pfarrer, und der Glinski schiebt nur mal die Augenbrauen hoch, ziemlich hoch allerdings und mit einem deutlichen Ruck, ehe er seinen Satz zuende bringt, aber mein Großvater denkt: Hab dich nur nicht so, mit meinem Prediger mach ich das kein bißchen anders.

Das wissen wir schon.

Das Kind bekommt also seine Namen, Christoph nach dem Schwiegervater Fagin und Johann nach meinem Großvater. Und darüber ist es doch noch feierlich geworden, Christina jedenfalls weint, und Gustavs Frau kann das nicht mit ansehen, sie weint auch, und es hält vor bis zu Hause, es tut dem Menschen gut.

Palms Krug bleibt heute zu. Nicht nur am Vordereingang, das ist jeden Sonntag so, sondern auch hinten. Palms sind zur Taufe geladen, da kann der Willuhn noch dreimal kommen und an der Küchentür klopfen, wegen einem Viertelchen Spiritus. Er steht da, der Willuhn, und schüttelt den Kopf. Meine Zeit! Das hat die Welt noch nicht gesehen, sagt er erschüttert und macht eine so kurze Wendung, daß er ins Stolpern kommt und längelang hinschlägt.

Wer das sieht, sagt sofort in freudiger Empörung: Der Willuhn, nein, schon wieder, und am heiligen Sonntag, voll wie eine Fichte.

Dabei war es bloß die Enttäuschung. Man tut dem Menschen sehr schnell unrecht, dem Menschen Willuhn. Der sich jetzt langsam mit den Händen hochstützt, auf die Knie kommt, sich erhebt, dasteht, und ohne viel nachzudenken losmarschiert, um Palms Haus herum, durch die Einfahrt, rechterhand den Zaun entlang, auf Gustavs Haus zu.

Er steht vor der Tür. Er geht hinein. Er kommt in die Diele und hält plötzlich erschrocken, denn Kathrinchen, Gustavs Kleinste, steht in der Stubentür und schreit entsetzt auf bei seinem Anblick. Ganz zu Unrecht übrigens, denn der Willuhn hat sich feingemacht, kommt mit Socken und mit Hut, die schwarze Schleife vorgebunden, was will das Kind!

Aber das ist doch der Herr Willuhn, sagt Gustavs Frau, der Herr Willuhn, haben Sie Kaffeedurst, Herr Willuhn?

Ja ja natürlich, Kaffeedurst, sagt Willuhn verdrießlich, was anderes schon gar nicht.

Da ist die Taufgesellschaft beisammen.

Willuhn, wie in alten Zeiten, geht auf die Frau Pfarrer zu, kein Gedanke jetzt, daß der Willuhn hinfallen könnte, Lehrer a. D. Willuhn.

Gedienter Mann, sagt Glinski wohlgefällig. Sieht man gleich.

Lassen wir den Glinski reden. Unsere Geschichte bekommt Konturen. Wir nähern uns dem vierten Satz. Auf Umwegen. Und wir sind in der Guten Stube.

Vor das neue Sofa mit dem braunen Trumeau ist der lange Tisch gerückt. Da thront der alte Fagin, meines Großvaters Schwiegervater, und neben ihm Christina, als seine Tochter, und auf der anderen Seite sitzt der Palm, Arme auf dem Tisch, der Parobbek, daneben im Sammetstuhl Frau Palm, diese Schwarze mit dem langen Hals und Locken bis auf die bekannt schönen Schultern hinab, das magere Gestell, wie mein Großvater sagt, die sich der Palm irgend woher aus dem Polnischen geholt hat, rein deutsche Familie übrigens, Hecht oder so ähnlich, weiter Gustavs Schwägerin und ihr gegenüber der Tethmeyer, und oben an der Tafel Pfarrers beide, in zwei Sesseln, und mein Großvater, im dritten Sessel.

Muß man das beschreiben?

Eine Gute Stube, wie man sie überall findet, und Kindtaufe wird gefeiert, nicht sehr üppig, wie man sieht, weil ein Nachzügler immer ein bißchen genierlich ist. Als das Kind besehen wurde, vorhin, und die Frauen redeten und Ähnlichkeiten fanden, vor allem mit meinem Großvater, und der Gustav sich ein bißchen in die Brust warf, hatte der Tethmeyer diesem Vater ins Kreuz geschlagen und nur gesagt: Den hättest dir sparen können.

Nein, man muß wohl nicht.

Sie sitzen noch alle um den langen Tisch. Noch sind sie lange nicht fertig mit dem Kuchenzeug, mit den weißen Torten und den dunklen Napfkuchen.

Und die Kinder sind nicht unter dem Sofa, die gehen um den Tisch herum und sehen genau, was da verschwindet und was da bleibt, und sie singen natürlich, man hört es schon, aber man hört es nicht genau oder man achtet nicht so darauf, dabei könnte man es schon hören, denn Louischen singt es ganz deutlich: Für uns wird schon nichts bleiben, für uns wird schon nichts bleiben.

Gustavs Frau schwenkt mit der Kaffeekanne in die Küche, mein Großvater und Christina trinken noch ein Täßchen mit, aller guten Dinge sind sieben, und die Frau Pfarrer auch, zur Gesellschaft.

Willuhn, zwischen Großvater und der Schwägerin, bekommt also den Kaffee und nippt auch dran, aber der Rest wird kalt werden, denn da sitzt dieser Tethmeyer ihm gegenüber, der große Spaßmacher, da kommt er gleich ins Gespräch. Wie man mit Tethmeyer ins Gespräch kommt: als ob man mitten in einem Satz, in dem Satz, den man gestern oder vorgestern nicht beendet hatte, fortfahren müßte: über die Störche oder über allerlei Krankheiten, Tethmeyers besonderes Interessengebiet. Man sagt: Die erholt sich auch gar nicht, und Tethmeyer weiß sofort, man meint Urbanskis Großmutter, er weiß es, er sitzt da, eine große Eule, die gleich die Flügel ausbreiten wird, so mit Blick nach innen, auf etwas bedacht, was noch nicht da ist, aber im nächsten Moment eintreten wird, Eduard Tethmeyer, der Sargtischler, die große Eule: mit buschig aufwärts gerichteten Brauen über den halb geschlossenen Augen, die übrigens kreisrund sind, wenn er sie aufschlägt, dem kurz geschorenen Grauschädel, den behaarten Spitzohren, die große Eule Eduard. Mit fliegenden Bewegungen huscht sie hinein in die Häuser, freundliche Sprüche an die Krankenbetten zu tragen: Siehst ja schon wieder ganz gut aus, wird schon werden, kannst Gift drauf nehmen. Und dabei hat Tethmeyer dann schon Maß genommen und schließt seine Ansprache einfach mit: Einsachtzig.

Tethmeyer also, der Totenvogel und große Spaßmacher, sitzt auch da. Und gegenüber Willuhn, und links von ihm Gustavs Schwägerin, dann Palms.

Das hat die Welt noch nicht gesehen! Sitzen hier herum, die Palms, alle beide, und unsereins kann sich die Hacken abrennen!

Aber Willuhn, das sagt man nicht in Gegenwart eines Pfarrers, der Sonntag ist heilig, diesmal auch an der Küchentür, also lieber weiter über den Tisch: Na Eduard, wie sind die Geschäfte? Obwohl das jetzt auch nicht das richtige ist. Also etwas anderes: Na war schön in der Kirche? Hat er gebrüllt? Womit der Täufling gemeint ist, nicht der Glinski.

Aber Tethmeyer kann jetzt ruhig fragen: Wen meinst du? Denn der Glinski hört nicht zu, der redet mit meinem Großvater. Wissen Sie, sagt er, solange es nicht in meinem Dorf ist, habe ich nichts dagegen, der Herr Superintendent teilt da durchaus meine Ansicht. Doch ordentliche Leute, die Baptisten, sieht man doch an Ihnen.

Aber das enttäuscht meinen Großvater, so kommt man doch nicht weiter, so wird kein Geschäft daraus. Mein Großvater sagt: Alles ganz schön und grün, Herr Pfarrer, und natürlich, man ist ein Mensch und hat Religion im Leib, bloß daß nun jeder seinen eigenen Topf kocht –

Da hat er ja vielleicht recht, mein Großvater. Wenn man sich überlegt: hier in Malken sind die Evangelischen, die kennen sich nicht, untereinander, in Neumühl sitzen die Baptisten, die kennen sich, auf Abbau Neumühl die Adventisten, die auch, es hat alles seine zwei Seiten, in Trzianek sind die Sabbatarier, in Kowalewo und in Rogowo die Methodisten, nach Rosenberg zu fangen die Mennonitendörfer an, das ist schon weiter weg.

Ja aber, sagt mein Großvater und ist notfalls, scheint mir, bereit, die Baptisten an den Glinski zu verkaufen, aus Frömmigkeit, wie wir wissen. Er ja, aber die Frau Pfarrer, nein, die ist dagegen.

Da fährt sie dazwischen und ist nämlich aus gutem Hause und hat eine hohe Stimme und nimmt noch einen Schluck, setzt die Tasse kräftig auf den Tisch, faßt sich an den Haarknoten, weil der neue falsche Zopf sich nicht fügen will und immer die Nadeln aus dem Knoten treibt, nein, Herr Mühlenbesitzer, das riefe doch nur Unfrieden hervor, das können Sie doch nicht wollen!

Unser geliebtes Kaiserhaus, sagt Palm, der anno 70 zwei Wochen im Krieg gewesen ist, im Choleralazarett, Eimer tragen.

Ja, sagt mein Großvater, unser geliebtes Kaiserhaus an der Spitze.

Ja, sagt Glinski, unser geliebtes Kaiserhaus. Unser kaiserlicher Held hat soeben durch das Repatriierungsgesetz und durch die Landesgesetze vom 9. März –

Jawohl, sagt die Frau Pfarrer und hebt die auffallend gerade Nase und fingert an dem goldenen Ührchen herum, das sie an einer langen Kette um den Hals hängen hat, er führt das Werk unseres Doktor Martin Luther zu einem strahlenden Ende.

Na sehen Sie, sagt mein Großvater.

Aber meine Herren, sagt Glinski, das richtet sich doch gegen den Feind, den römischen Stuhl, und das heißt –

Gegen die Polacken, sagt mein Großvater.

Wenn Sie das so meinen, sagt Glinski, also da haben Sie recht. Eingeschlossen von einem uns zuinnerst fremden Volkstum –

Na also, denkt mein Großvater, jetzt haben wir ihn so weit. Und unten am Tisch der Willuhn kriegt rote Ohren und sagt zu Tethmeyer hinüber: Jetzt kommt er in Fahrt, und lehnt sich zurück und legt die Hände zusammen, und Tethmeyer zieht einen Mundwinkel hinauf und zischt: Halleluja, und macht den Mund wieder breit und sagt: Na denn man los.

Jetzt also eine von Glinskis Deutschen Reden.

Wenn nicht eben die Tür aufginge, wenn nicht der Habedank erschiene, jetzt gerade, die schwarze Mütze in der
Hand, den schwarzen Geigenkasten unterm Arm, dann müßten wir Gloria und Victoria über uns ergehen lassen. Also,
Habedank, komm wie gerufen, kriegst auch noch Kaffee.

Habedank sagt: Guten Abend allerseits.

Gustavs Frau sagt: Guten Abend, Herr Habedank.

Tethmeyer dreht sich um und ruft: Hast den Kasten auf-
genuddelt?

Willuhn sagt: Was denn, ist all fünf?

Und mein Großvater denkt: Na jedenfalls ist er angeheizt,
der Gottesdiener, wir werden ihn in die Ecke nehmen,
drüben an den runden Tisch, Zigarre, zwei, drei Schnäpschen. Wie meinten Herr Pfarrer?

Ach so, sagt Glinski, natürlich, wir sprachen ja gestern schon
kurz. Also, Natalie, wir haben da noch eine Kleinigkeit. Aber
vielleicht willst du dich dazusetzen?

So setzt sich diese Natalie dazu. Christina allerdings geht in
die Küche, wegen der Gläser. Ist auch besser, denkt mein
Großvater, die sagt womöglich wieder was ganz Falsches aus
der Bibel.

Eine heilige allgemeine christliche Kirche. Damit nimmt die
Frau Pfarrer das Gespräch von vorhin wieder auf, und dann
sagt sie: Es sind Schweine, und meint die Katholischen, die
bedauernswert sind und polnisch.

Glinski greift nach einer Zigarre, und mein Großvater
kommt eilig nach, er nimmt also auch eine Zigarre, beißt die
Spitze ab, steckt sich den bunten Papierring, den der Pfarrer
natürlich an seiner Zigarre sitzen läßt, auf den linken kleinen
Finger, währenddessen redet diese Natalie immer weiter.

Ein unerschöpfliches Thema. Weil man nicht bei ihm bleibt.

Ein unerschöpfliches Mundwerk. Weil man es nur in Haus

und Hof, aber nicht in der Kirche in Gang setzen darf, als Pfarrfrau. Der Glinski dagegen hat wiederum nur in der Kirche zu reden oder bei Begebenheiten, in Haus und Hof nicht. Aber mein Großvater ist, als Baptist und Ältester, dem wahren Christentum näher, der ehrwürdigen Ordnung des Mulier taceat und also dem echten Verständnis von Genesis 3, darum sagt er jetzt: Wissen Sie eigentlich, Herr Pfarrer, weshalb Adam aus dem Paradies vertrieben wurde?

Aber na hören Sie, sagt die Natalie Glinski, das weiß doch jeder, das werden Sie doch nicht meinen Mann fragen.

Na, sagt mein Großvater freundlich, was meinen Sie denn, Frau Pfarrer? Und die Frau Pfarrer also weiß, daß es wegen der Früchte gewesen ist, nicht wegen irgendwelcher Äpfel, wie immer gesagt wird, sondern wegen dieser Früchte vom Baum der Erkenntnis. Aber mein Großvater weiß es besser: Da lesen Sie man noch mal in Ihrer Bibel. Er läßt sich gar nicht beirren: Adam wurde ausgetrieben aus dem Paradiese – er macht eine kleine Pause und fährt mit erhobener Stimme fort: weil er gehorcht hat der Stimme seines Weibes.

Was tut der Glinski jetzt? Was sagt er? Das soll er sich aber gut überlegen. Da sitzen sie nämlich am langen Tisch: Palms, der alte Fagin, Tethmeyer und natürlich Willuhn und dieser Habedank, und laut genug hat mein Großvater ja gesprochen. Also, Mann, Glinski, was sagst du?

Glinski, nun ja, entschließt sich zu einem Lachen, einem etwas rauhen Lachen. Ist ja auch spaßig. Aber wohl doch ein bißchen unverschämt. Die Frau Pfarrer jedenfalls erstarrt fürs erste. Und wenn auch mein Großvater lacht, die andern lachen nicht, Tethmeyer sagt ernsthaft: Man lernt nie aus.

Aber wer soll hier lernen? Mein Großvater hat gedacht: der Glinski. Wenigstens für die nächsten anderthalb Stunden. Denn jetzt wird es ernst, jetzt will mein Großvater alles herausrücken, einfach und klar, alles, wie er es sich gedacht hat. Da muß diese Frau natürlich aufhören mit ihrem Gerede.

Diese Frau sieht also, nachdem die Erstarrung vorbeigegangen ist: der Glinski, der Mann, lacht, und mein Großvater, der Rohling, bleibt sitzen, hat seine Zigarre eingebissen, sagt nichts, als ob er auf etwas wartet.

Christina ist noch rechtzeitig hereingekommen, sie hat ihren Alten noch gehört, also geht sie auf die Frau Pfarrer zu und sagt: Er ist aufgewacht, der Christophchen, und nimmt sie mit hinaus.

Und die Musik ist endlich dran. Und jetzt, so kurz vor dem Auftritt, kann der Willuhn, ohne unhöflich zu sein, seinen Schnaps fordern. Zielwasser: weil er die Töne treffen muß, Seelenöl: weil es jetzt aufs Gemüt geht, aufs ganze Gemüt, oder einfach Branntwein: weil es feurig zugehen soll. Wenn es auf diese Weisheiten kommt, ist bei Willuhn kein Ende abzusehen, da sagt der Habedank: Na drehen wir mal einen auf!

Geige ans Kinn, einmal über die Saiten gestrichen, stimmt.

Alte Kameraden, ruft Glinski.

Also: Alte Kameraden.

Heidegrab, ruft mein Großvater, als sie fertig sind.

Also: Heidegrab.

Dazwischen der Schnaps.

Tethmeyer wischt sich die Tränen, er sagt: Nein, der Habedank! Weil der Habedank in der Refrainzeile, in der mit den blühenden Rosen, immer so einen schweren Schluchzer angebracht hat. Und Frau Palm ruft leidenschaftslos wie eine Flachshechel: Sabottka.

Also: Sabottka. Eine dörfliche Viervierteltaktweise, etwas zum Trampeln, aber auch ein bißchen traurig zum Schluß.

Tethmeyer kann sich nicht halten, er singt mit, auf Polnisch. Die Palmsche, dieses Polenweib, auch und sogar Gustavs Frau, die in der Tür steht, und die Schwägerin sowieso.

Polacken, sagt mein Großvater, aber nicht so laut, und beugt sich dabei zum Glinski hinüber.

Und dann sagt er einfach: Sie sind doch mit dem Herrn Landrat bekannt, Herr Pfarrer, Sie werden ihm doch –

Da sagt der Glinski: Bekannt ist gar kein Ausdruck. Mein Bundesbruder! Sagt Ihnen ja wohl genug.

Daß es da noch mehr gibt, noch mehr Verbindendes, das geht die Leute ja doch wohl nichts an.

Nun also kurz und rund die Geschichte mit dem Levin. In zehn Sätzen, wie sich mein Großvater die ganze Angelegenheit zurechtgedreht hat.

Ich verstehe, sagt Glinski und nimmt eine neue Zigarre. In unserem Abwehrkampf gegen die polnische Überfremdung, in unserer Position als Eckpfeiler unseres stolzen Reiches, ich will mal sagen: die Gesetze reichen hier einfach nicht aus.

Jawohl, sagt mein Großvater. Und da dachte ich –

Und da haben Sie recht gedacht, sagt Glinski, und morgen gleich schreibe ich.

Und wenn Sie vielleicht hineinschreiben möchten, daß die Sache in Briesen liegt und daß der Termin – Also diese Musik, schreit mein Großvater plötzlich, kannst du nicht drüben bleiben, mußt du einem immer direkt in die Ohren sägen!

Der Habedank ist, wie man weiß, ein Zigeuner: er hat ein Haus ohne Geld, eine Geige mit schwarzem Kasten, einen Pferdeverstand, was soviel bedeutet, daß er etwas von Pferden versteht, und natürlich bleibt er als Zigeuner nicht irgendwo stehen, wenn er spielt. Er geht umher im Zimmer, auch mal durch die offene Tür nach nebenan, das Kind will auch etwas davon haben, aber auch mal hinüber zum runden Tisch, er singt auch ab und zu ein paar Worte, beugt sich zu dem und jenem und sagt etwas Lustiges. Und gute Ohren hat er auch, als Zigeuner.

Glinski – der Landrat – Briesen, soviel hat er verstanden, so geht es also lang. Wenn er jetzt noch hören könnte, was die beiden über den Termin zu bereden haben, wüßte er genug, der Habedank. Aber davon erwischt er nichts, da paßt mein

Großvater jetzt auf und schickt ihn immer gleich zurück, wenn er dem Tisch zu nahe kommt. Und jetzt gibt es außerdem Abendbrot. Also sammelt sich alles wieder um den großen Tisch. Palms waren noch gar nicht aufgestanden.

Sei still, sagt Palm, denn seine Frau hat wieder mal angefangen mit: Früher in Polen, wo die Festivitäten Gute Gedanken hießen, wo es Lichtertänze und Polonäsen gab, lauter Tänze, Zauner, Heyduck, Lipek, alles feierlich und fröhlich und ganze Nächte durch.

Das könnte dir Weibsstück so passen, knurrt mein Großvater am anderen Tischende, aber da sagt Tante Frau: Nein, du mußt dich zusammennehmen, du alter Deiwel, und mein Großvater sagt: Ja ja, das letzte Endchen schaffen wir auch noch, die Hauptsache haben wir schon.

Aber als das so weitergeht, als der Tethmeyer zum Willuhn hinüberruft und den Habedank dazuwinkt, der an der Dielentür lehnt, eingeklemmt zwischen Türrahmen und Geige, versunken, weil ihm irgendeine Erinnerung gekommen ist an irgendeinen langen Winter oder einen Sommer, aber wahrscheinlich doch wohl an einen Winter, als der Tethmeyer also schreit, weil der Habedank nicht so schnell herankommt: Der Matuszewicz in Brześk, muß man sich mal vorstellen, hat selber die ganze Nacht auf der Flöte zum Tanz gespielt, weil er keine Musikanten bekommen hatte, und als der Willuhn im Anblick des Abendbrottisches und der Flaschen, mit denen der Gustav hereinkommt, noch losschreit: Gast ins Haus, Gott ins Haus!, dieser Willuhn, der kein Pole ist, sondern ein deutscher Lehrer, freilich ein aus dem Dienst gejagter: Gast ins Haus, Gott ins Haus, so hieß es früher in Polen, da hält mein Großvater doch nicht mehr an sich, da sagt er laut und scharf: Immer diese Polackerei, früher in Polen, früher in Polen, was heißt: früher in Polen? Dann geht doch hin nach Früher und nach Polen!

Hören Sie, Mensch – das ist die Eule Eduard, sie schlägt mit den Flügeln und hat kugelrunde Augen – als hier noch Polen war! Verstehen Sie nicht, was?

Ja, ist der Tethmeyer nun ein Pole oder ein Deutscher? Was wird er schon sein. Er macht Särge aus Fichtenholz, Erwachsenensärge und Kindersärge, schwarze oder weiße, sieben oder acht im Jahr, es stirbt sich nicht so sehr in dieser Gegend, und wer einen Sarg braucht, der ist Pole oder Deutscher gewesen, dem ist es egal, was für ein Tischler ihn einsargt. Mehr wird man darüber nicht erfahren, jedenfalls nicht von Tethmeyer.

Findest du wohl sehr gemütlich, diese Begebenheit, sagt Fagin zu Christina, und Christina steht auf und geht in die Küche, fehlt wohl noch etwas, vielleicht Salz. Aber Fagin erhebt sich auch und geht ihr nach, er läßt nicht locker, er steht in der Küche und fängt wieder an: Nicht so sehr gemütlich.

Was soll denn auch sein, sagt Christina, du weißt doch, was mein Alter hier will.

Na er will zu den Evangelischen, sagt Fagin.

Aber nein, sagt Christina, es ist doch wegen damals, wegen der Mühle vom Levin.

Ach und da soll der Glinski? Aber nein, was soll denn der Glinski dabei? Das Neueste, was ich höre.

Aber du weißt doch, Vater, der Levin hat den Johann eingeklagt in Briesen, und der Alte denkt, jetzt müssen die Deutschen zusammenhalten.

Aber die müssen auch, aber gewiß, sagt Fagin.

Aber was soll der Levin denn machen?

Aber na hör mal, sagt Fagin, abhauen soll er, nach Rußland, seine sieben Koddern kann er mitnehmen.

Na ja, so reden die Beiden. Und was soll der Levin denn nun wirklich mitnehmen? Was ihm davongetrieben ist auf der Drewenz? oder die Mühlsteine? Hat er sonst noch etwas?

Die Marie? Wenn er mit der zu seinen Leuten kommt, wird sich keiner freuen, dort in Rozan.

Aber nun gräm dich nicht, sagt der Fagin, dein Alter wird das schon deichseln. Siehst doch! Damit geht er in die Stube zurück.

Da sieht man: Mein Großvater, zwischen Glinski und seiner Frau Pfarrer, und er hat das große Wort, das größte heute abend, den vierten Satz, der heißt: Na also!

Da sind sie nun klar. Der Glinski hat nicht nur den ganzen Landrat zugesagt, sondern auch das Gericht in Briesen, weil der Herr von Drießler der Schwibschwager vom Kreisrichter Nebenzahl ist. Also der Termin wird vertagt. Wird erst einmal vertagt. Mach ich alles. Mach ich gleich nächste Woche. Morgen.

Na also, hat mein Großvater gesagt. Und jetzt auch kein Wort mehr davon. Habedank, ruft mein Großvater, ist die Fiddel klar?

Ja, sagt an Habedanks Stelle der Willuhn, bloß noch schmieren. Also zwei Gläschen oder drei, dann geht der Tanz los.

Ein rechter Christ und Deutscher, der Herr Mühlenbesitzer, sagt Pfarrer Glinski zu seiner Pfarrfrau, und da weiß die Natalie also, daß Gottes Segen für die nächste Zeit aus Neumühl winken wird. Also noch ein bißchen vom Glauben und: Wär doch so schön, wenn sie alle zusammenstehen würden, die Christen, diese Deutschen, dann könnten die andern alle sehn, wo sie bleiben, aber wir hier stehen ja auch schon, wir gehn da voran, wir geben ein Beispiel, und jetzt tanzt ja auch erst einmal die lange Schwarze, die Palmsche, und natürlich mit dem Tethmeyer. Da stellen wir uns nicht dazu. Da nicht.

Also Gustav, wie steht es mit den Schnäpschen?

Na gut, sagt Gustav.

Den vierten Satz haben wir hinter uns und sind überhaupt ganz hübsch vorangekommen: mit unserer Geschichte von der Mühle, die geblieben ist und noch dasteht, wo Korrinth und Nieswandt drinsitzen oder davor, lustig oder unlustig, und der anderen Mühle, die nicht geblieben ist, sondern zerbrochen, nachts, und davongeschwommen, diese Geschichte von den Deutschen und den Polen und dem jungen Juden Levin, diesem langen Laban, mit seiner Marja, dieser Marie, ganz hübsch vorangekommen in dieser Culmerländischen Geschichte, die übrigens auch um Osterode herum, dann aber später, oder um Pultusk herum, dann aber früher, spielen könnte, meinetwegen auch im Waldland um den Wysztyter See oder noch weiter nördlich, nach Litauen hinauf, dann müßte aber der Glinski Adomeit heißen und der Pilchowski, der jetzt Pilch heißt, Wilkenies und später Wilk, was ebenso litauisch ist, aber nicht so auffällt, der Wyderski müßte Naujoks heißen, der Gonserowski Aschmutat, der Urbanski Urbschies, oder die Geschichte könnte auch im Lettischen spielen, dann aber auch früher, solch eine Geschichte ist das. Ohne Ärger geht es jedenfalls nicht ab, bisher nicht und wenn wir weiter erzählen schon gar nicht. Aber jetzt ist es erst einmal, wie man sagt, gemütlich.

Dieser Habedank hat sich niedergelassen, am Fenster, da sind die Läden noch offen, da sieht er hinaus, der Tethmeyer singt, der Willuhn drückt noch immer mal an seinem schwarzen Kasten herum und findet lauter falsche Knöpfe, und jetzt kommt ihm auch noch einmal der Ärger hoch, der vorhin unterdrückte: Sitzt hier herum, der Palm, und das ausgereckte Weib auch, alle beide, und die Menschen müssen draußen stehen wie Pik Sieben, und durstig und trocken wie Drost, der Ärger kommt ihm hoch, und er sagt es auch, ganz so von Herzen, wie ihm der Ärger gekommen ist, und der alte Fagin geht mit einer Flasche herum und tut, wo er eingießt, auch jedesmal ausführlich Bescheid, also nimmt ihm Christina schließlich die Flasche weg, die Frau Pfarrer will nach Hause, also bekommt der Glinski einen roten Kopf, weil er nicht möchte und sie möchte doch, und Gustavs Frau bringt die Salzgürkchen hereingetragen, die so gut sind zum Schnaps, ein Schüsselchen nach dem anderen, mein Großvater schließlich, damit wir noch einmal von ihm reden, ist schon etwas betrunken. Merkt er selber. Soll er etwa tanzen? Noch schöner! Die Palmsche soll tanzen, dieses Zirkuspferd, und meinetwegen auch die Schwägerin, und der Gustav, der junge Bengel, und nicht nur mit der Frau Pfarrer. Was diese Dame bloß immer zu kichern hat? Und dann gefälligst etwas Deutsches, also: Rheinländer. Was tanzt der Deutsche noch? Also: Schieber. Mein Großvater steht neben Willuhn. Wie ist er dahin gekommen? Bloß weil der Willuhn die Flaschen bekniffen hält? Sieht so aus, und ist doch nicht wahr. Er will jetzt reden, mein Großvater, da muß er sich in die Mitte stellen. Und was soll er sagen? Zum Beispiel:

Hervorragender Mensch, der Glinski, so ein deutscher Mann so ein deutscher, und die Frau, die gnädige Frau, das reinste Achtzigtalerpferd, diese Frau Pfarrer, so eine deutsche Frau so eine deutsche.

So etwas ähnliches.

Meine Herren, sagt mein Großvater unbeschreiblich wohlgelaunt, meine Herren. Er wirft den Kopf hoch wie ein Gaul, breitet die Arme aus und torkelt gegen den Ofen. Meine Herren!

Du hast ganz schön geladen, sagt Christina und nimmt ihn bei den Schultern und dreht ihn zu sich herum und flüstert, aber ganz scharf: Du gehst jetzt ins Bett.

Und mein Großvater macht einen Schritt nach vorn, aber der fällt nicht gut aus, viel zu wacklig für die Rede, die er halten wollte. Also denkt er, ich werde den Kopf in die Waschschüssel stecken, dann ist das vorbei, dann komm ich wieder, dann sag ich denen noch was, diesem Speckfiedler, diesem Zigeuner, diesem Schleicher, und dem Tethmeyer, und dem Willuhn auch, und der Palmschen, das sind mir vielleicht Deutsche, denen erzähl ich aber was, das haben sie noch nicht gehört!

Also läßt er sich von Christina bis an die Tür schieben und von der Tür, die Christina hinter ihm zumacht, über die Schwelle in die Schlafstube hinein.

Da steht er erst einmal, und die Luft ist hier ein bißchen kühler und schlägt ihm vor den Kopf. Man muß sich erst zurechtfinden.

Auf dem Tisch rechts, neben dem Schrank mit dem großen Spiegel, steht die Petroleumlampe und brennt bei heruntergedrehtem Docht, da ist es hübsch halbdunkel, gerade hell genug, an die Waschschüssel zu finden.

Da steht die Wasserkanne, da sagt mein Großvater: Na los, Johann! und hebt die Kanne und will sich Wasser in die Schüssel füllen, aber da ist doch etwas, so ein Geräusch, da geht doch einer, dort am Schrank, da dreht sich mein Großvater um gegen den Spiegel, da fällt ihm die Kanne aus den Fingern und knallt auf die Dielenbretter und zerspringt in lauter Scherben, da kommt doch tatsächlich einer gegangen, aus dem großen Krach hervor.

Seht doch selber, sogar noch einer, daneben: eine weiße Gestalt, ganz dünn und weiß, im bloßen Hemd mit bloßen Füßen, denkt man, wenn man sieht, wie sie daherkommt, mit einem Perlenkranz im Haar und die ganze Brust naß von Tränen, und immer noch weint und mit stockender Stimme sagt: Ach Krysztof, ach Krysztof.

Farben zwischen grau und weiß, Silberblitze dazwischen, beweglich, Wasser.

Ach Krysztof, sagt die traurige Gestalt und öffnet kaum den Mund dabei, und der Angeredete sagt laut, über den roten Bart hinab: Meine Seele. Aber er weint nicht.

Das ist der Krysztof, mein Großvater weiß es gleich, der Krysztof, der fromme Wilde, der aus Bobrowo, der sich vor Bialken an eine Weide gehängt hat, der Wilde, den seine

Seele nicht hat überreden können, weiterzuleben wie die andern, dort, wo der Glaube tot war, verbrannt oder ausgetrieben von Zygmunt, dem Dritten seines Namens, anno 1608, dem verfluchten Schweden, der hier König war.

Ach Krysztof, sagt Krysztofs Seele, und Krysztof greift nach dem Schwert und tritt auf das Gewässer vor seinen Füßen zu und holt aus und wirft das Schwert, so wie es in der breiten Lederscheide steckt, von sich, daß es klatschend auf die Wasserfläche fällt wie ein Stück nasses Holz und gleich versinkt. Krysztof hat den Rokosz von 1606 angeführt, die Insurrektion gegen den König, den Wasa mit seinen Jesuiten, bis nach Krakau sind sie gekommen, die Evangelischen, damals, wie man weiß, der König ist herumgerannt in der Republik und hat geschrieen: Da sei Gott vor! Zwei Jahre lang, doch es ist nichts gewesen damit. Dann sind sie gekommen, die Katholischen mit ihren Heeren, dann ist es ausgewesen mit dem masowischen Adel: Katholisch oder außer Landes! Da sind ein paar geblieben auf ihren Höfen und haben Gregor oder Stanislaus geheißen seither, aber der Krysztof ist umhergejagt im Land bis nach Rosenberg und Marienwerder hinauf, und keiner hat ihn anhören wollen, alles vorbei. Da hat er zuletzt auch nicht lange hören mögen auf die Seele, wie sie Tag und Nacht hergegangen ist neben ihm und Ach Krysztof, ach Krysztof geleiert hat und vor dem Baum gestanden ist mit ausgestreckten Händen und leergeweint auf dem Ast gehockt hat, als sich der Krysztof daranhing, ohne Schwert, an den Weidenbaum vor Bialken.

Hoho! schreit der Krysztof. Da kommt er wie von einem Hügel herab, durch hohes Gras, er streckt den linken Arm aus und hält die betrübte Seele zurück und macht einen großen Schritt vor.

Krysztof, ruft mein Großvater in tiefer Bewegung und sinkt auf die Knie, tief bewegt, und fällt auf die Seite, mit einem entsetzlichen Seufzer.

So finden sie ihn, Christina und Gustavs Schwägerin, die in die Schlafstube gerannt kommen, weil sie den Krach mit der Wasserkanne gehört haben. Da liegt mein Großvater, in der Wasserlache und inmitten der Scherben, vor dem Spiegel, halb auf dem Deckbett, das er herabgerissen hat, als er umsank; tief bewegt, wie man sich erinnert.

Christina geht an den Tisch und dreht den Docht höher, da wird es hell in der Schlafstube, da sieht man: mein Großvater schläft, das Gesicht voll Tränen, und als Gustav, der hinter den Frauen hereingekommen ist, ihn aufhebt und zum Bett trägt, sagt mein Großvater seufzend, aus seinem Schlaf hervor: Sei still, meine Seele! und nach einer Weile: Halt das Maul!

Nach Geistererscheinungen schläft mein Großvater besonders ruhig. Da hat er also die

2. Geistererscheinung

gehabt.

Es ging diesmal um den Glauben, um die Festigkeit im Glauben, sozusagen um die Union von Malken von 1874, geführt von meinem Großvater, die Überwindung der Glaubensspaltungen – Evangelische, Baptisten, Adventisten, Methodisten, Sabbatarier, Mennoniten –, einen Ansatz dazu, um die Deutschen also, nicht um die Katholiken und Polacken.

Der Saufkopp, sagt Christina, erst den großen Mund riskieren und dann daliegen wie so ein Parezke, in Kleidern und Schuhen, und noch brummen, wenn man ihn auszieht.

Meinem Großvater muß, wie geschrieben steht, alles zum Besten dienen. Sehen wir ihn uns noch einmal an, mit Christinas Augen: wie er daliegt, Arme und Beine von sich gestreckt, nun schon ohne die Spuren der Erschütterung, mit getrockneten Tränen also, friedlich und ausgesöhnt und deutsch.

4. KAPITEL

Nun also den zweiten oder dritten Nebensatz unserer Geschichte. Der erste und möglicherweise auch der zweite standen im ersten Kapitel oder auch noch im zweiten, man wird das leicht herausfinden. Der zweite oder dritte Nebensatz lautet: Richtige Zigeuner sind richtig schön.
Das ist wahr, ich sage es, wie es ist. Beschreiben allerdings kann man Zigeuner nicht. Wanderer, kennst du sie nicht, so lerne sie kennen, habe ich an einer Kirchenwand gelesen, an einer Außenwand, wo es zum Gedächtnis einer Verstorbenen angeschrieben war.
Wie mit dieser Verstorbenen, so steht es auch mit den Zigeunern, sie sind tot. Zusammengetrieben und erschlagen in jenen Jahren, an die wir uns erinnern, in jenen Gegenden, von denen hier erzählt wird. Wo soll man sie kennen lernen?
Wer jetzt sagt: ich kenne welche, der denkt sich das bloß, der weiß nicht, was er redet, der meint die drei schwarzhaarigen Männer, einen dünnen und zwei dicke, die im Kaffeehaus Musik machen und all das tun, was man (nur so als Mensch) vom Zigeuner erwartet: Umhergehn mit weichen Gelenken, biegsamen Hüften, sanft durchdringendem Blick, einer Geige, die ein bißchen veröit klingt und auf der es offenbar keine richtige Mittellage gibt, das bekannte Zimbal dazu. Das meine ich alles nicht, ich meine Zigeuner, die man nicht beschreiben kann, also Habedank und diese Marie und noch einige andere.
Da kommen wir gleich hin.

Weil wir fragen, weil wir etwas noch nicht wissen: Wo hat dieser Habedank an diesem Sonntag von vormittags zehn Uhr bis nachmittags Glock fünf gesteckt?

Er war im Zirkus. Das ist die Antwort. Wenn man sich die Antwort so leicht machen darf. Ich denke, man darf es nicht. Also: dieser Habedank war im Italienischen Zigeunerzirkus. Und dieser Italienische Zigeunerzirkus ist im Wald. Nicht nur gestern, Sonntag, heute, Montag, auch.

Montag. Da geht die Wagentür einen Spalt breit auf. Der Montag fängt früh an: gegen sieben Uhr. Scarlettos Kopf, gelbe Haut, gerötete Augen, ein grünlicher Haarschopf darüber, erscheint zuerst, dann folgt ein langer Hals, dann die eine Schulter, nun geht die Tür ganz auf, Scarletto steht auf der Schwelle, er tritt auf die Treppe, den weißen Spitzhut in der Rechten, und sagt, nach einer großen Verbeugung: Der liebe Herr Gendarm. Und Krolikowski, Fußgendarm, antwortet von seinem Wallach hinunter: Papiere, Gewerbeerlaubnis.

Der liebe Herr Gendarm, sagt auch Antonja.

Sie hat den Platz auf der Treppe eingenommen, Scarlettos Platz, denn er ist hinabgehüpft, sie steht da als die Ägyptische Finsternis oder Neapolitanische Nacht, Antonja, sie hat auch die Papierchen, übergibt sie mit spitzen Fingern an Scarletto, der sie mit einer Verneigung nach schräg seitwärts entgegennimmt, dabei wie entschuldigend sagt: Der liebe Herr Gendarm will sie in Augenschein nehmen, sie hinaufreicht, wobei er die linke Schulter bis fast zum Ohr springen läßt, die linke Augenbraue entsprechend bis zum aufwärts stehenden Haarschopf, der, wie gesagt, grün ist.

Krolikowski, der die lumpigen Blätter links entgegennimmt, führt rechts die roten Wurstfinger an den Mund, da wird eine breite Zunge sichtbar und fährt über die Fingerkuppen. Braucht man, zum Blättern, muß man machen. Aber man muß nicht denken, der Krolikowski sei so ein Dicker, er hat nicht einmal einen Bart, es sind nur die Hände, diese Pfoten, die, denkt man, gar nicht zu ihm gehören, er ist streng aber gerecht, davon wird es auch kommen, daß er aussieht, als habe er Würmer. Ein kleiner Mann, der Fußgendarm Krolikowski, mager und grämlich. Aber nun die Papiere. Dieses Bündelchen da.

Obenauf liegt eine Vaterschaftserklärung, ausgestellt auf einen gewissen Jan Marczinzyk in Lautenburg, beglaubigt und gestempelt, für ein Kind männlichen Geschlechts mit Namen Joseph. Also das ist nichts, sagt Krolikowski.

Das nächste ist auch nichts. Eine Tanzkarte, goldgerändert, ein weißes Bleistiftchen daran, mit Seidenkordel am rechten Blattrand befestigt, vom Offiziersball irgendeines Bataillons irgendwelcher Füsiliere.

Das nächste Papier ist eine Auftrittsgenehmigung, ausgefertigt in Schönsee, vom vorigen Jahr allerdings, das ist wenigstens etwas.

Dann eine Ehrenkarte für einen Herrn Bürgermeister, an der linken Ecke unten eingerissen, handgemalt übrigens.

Darunter dann ein Stück Zeitung, Strasburger Nachrichten, auf dem von einem zahmen Huhn, genannt Francesca, die Rede ist.

Als letztes ein Brief in polnischer Sprache mit gedruckter Ortsangabe und einem großen Wappen darüber, mit dem Scarletto, angeredet als Pan Signor, aufgefordert wird, sämtliche im Bereich von Gut und Dorf Krasne befindlichen Fürstlich-Chartoryskischen Ratten zu dressieren.

Das reicht also alles nicht.

Papiere, Gewerbeerlaubnis, sagt Krolikowski.

Der liebe Herr Gendarm, sagt Antonja.

Im Park von Krasne, über dem Schwanenteich, neben einem Gingkobaum, auf einem kleinen Rondell, vor einer Hecke aus grünem, rotem und gelbem Laub, steht eine Rose, die man in der ganzen Gegend kennt, ohne sie gesehen zu haben, eine schwarze Rose. Ich erwähne das nur, weil ich finde, daß Antonja dieser Rose gleicht.

Krolikowski blickt auf und kneift erschrocken die Augen zusammen. Er sagt: Was macht ihr hier?

Scarletto hat eine eigentümliche Art zu gehen. Er wirft, wenn er das Bein vorwärts führt, den Unterschenkel mit einem kurzen Ruck zurück, daß der Fuß bis in Kniehöhe schnellt und ebenso schnell wieder zurückfedert, also gar kein bißchen später als bei einer gewöhnlichen Gangart den Boden erreicht. Der Nutzen ist demnach eigentlich der gleiche wie bei allen Leuten, die gehen, aber der Effekt ist anders und bezieht sich auf Scarlettos Künstlertum, auf die Verpflichtungen des Künstlers gegenüber dem Volk, dem Dorfvolk wie dem Stadtvolk, das, soweit es Zirkusvorstellungen besucht, immer vom Dorf ist: kein Drahtseilakt kann ihm eine Pferdenummer ersetzen, Pferde müssen sein, und wenn es die langweiligste Hohe Schule wäre, die des jeweiligen Unternehmens strickende Großmutter eben mal zwischen zwei Nadeln absolviert. Scarlettos Italienischer Zigeunerzirkus hat auch sein Pferd, aber, wie man sieht, das macht's nicht allein: Scarletto muß auch noch eigentümlich gehen, ein Glück, daß er es kann.

Was hopsen Sie da so, fragt Krolikowski.

Darauf wird man wohl nicht antworten.

Antonja ergreift die Zipfel ihres Schultertuchs und steigt langsam die Stufen hinunter und geht langsam durch das Gras auf das Pferdchen zu, das zwischen den drei Bäumen steht, an denen das Zelttuch befestigt ist, ausgespannt als ein Dach. Die vierte Ecke, also das halbe Tuch, hängt herab und ist mit einem Stein beschwert, daß sich das Tuch spannt und den Wind abhält. Da steht das Pferdchen, neben dem zahmen Huhn Francesca, und es heißt Emilio und näselt ein bißchen statt zu wiehern. Krolikowskis Wallach heißt Max, er sieht sich das Pferdchen nur einmal kurz an, nämlich vorhin schon und ohne Wiehern und Näseln.

Antonja aber lehnt sich an Emilio, der dasteht wie auf einem Kinderkarussell, wie aus Holz, und sagt: Wir sind Künstler, mein Herr. Und Scarletto sagt: Wir spielen Sonntag in Neumühl. Wenn Sie sich vielleicht dorthin bemühen möchten.

Da haben sie, na ja, recht, diese Wenktiner. Man wird ihnen den Gewerbeschein abfordern müssen, wenn sie eben ihr Gewerbe treiben, auf frischer Tat und also jetzt nicht, aber das weiß Krolikowski selber, gerade erst, vor der unpassenden Frage an Scarletto, hat er ja auch wissen wollen, was sie hier tun, hier im Wald, Antonja und Scarletto. Also das ist alles nichts, die Antworten nicht und die Papiere auch nicht. Amtsgesicht, rechten Zeigefinger an die Blechhaube, langsame Wendung, bei der Max das Gebiß entblößt.

Krolikowski reitet los. Richtung Drewenz, Ablage Plaskirog, schöne Gegend: nachts Vieh, am Tag Holz, schöne Gegend für Schmuggler.

Erst Probe, fragt Scarletto zu Antonja hinüber. Erst Probe, antwortet Antonja. Und Emilio nickt dazu. Aber wir wissen ja nicht, ob Emilio nicht wirklich aus den südlichen Gegenden her ist, wo ein Kopfschütteln Ja und dieses Nicken jetzt also Nein bedeutet, wie man sagt, also wir wissen das nicht. Emilio jedenfalls hat genickt, mehrmals, da denken wir uns einfach: er hat sich gewöhnt an die hiesigen Zustände, weil er freundlich ist, und wir denken uns vielleicht auch: er ist womöglich von gar nicht so weit her, vielleicht nur aus Kobylka pod Warszawa oder nur aus Ostrolenka oder vom Vorwerk Neuhaus, also Landsmann oder Landspferd, und nehmen es so, wie es uns jetzt paßt und sagen: Emilio hat zugestimmt. Also erst Probe, Frühstück danach. Und ein bißchen hat Emilio übrigens auch schon gefrühstückt. Na dann Probe. Scarletto klatscht in die Hände. Da sehen wir uns schnell die Manege an.

Hier steht der Wagen, ein weißer Kasten mit schwarzem Dach, ein Fenster mit Laden an jeder Seite, in der Rückwand

Tür mit eingehängter Treppe. Da kommen jetzt, auf Scarlettos Signal, Antonella und Antonio hervor, Antonio mit einem Sprung über die ganze Treppe, Antonella mit zwei Schrittchen auf jeder Stufe, also mit sechs Schrittchen insgesamt auf der Treppe, die weiteren schon auf dem Probenplatz.

So ist das mit den Artistenkindern: sie wissen, was zu tun ist. Antonella hat das rote Deckchen mit den grünen Fransen unter dem Arm, und Antonio läuft auf den Verschlag unter dem Wagen zu und faßt Casimiro an die Nase.

Also: von uns aus links ist der Wagen, rechts, zwischen den drei Bäumen, unter dem Plandach, haben wir Antonja und Emilio als eine Gruppe, in der Mitte steht Scarletto in Spitzhut und Trikot, und nun tritt Antonella vor und sieht aus wie ein Blümchen und sagt: Der Zirkus beginnt! und breitet die Arme aus und fällt in einen tiefen Knicks und sagt noch: Schönen Gruß aus dem fernen Lande Italien, wir fangen an mit Nummer eins.

Du mußt schon bei den letzten Worten wieder hochkommen, merk dir das, Kind, sagt Antonja, nicht immer erst hinterher.

Antonella tritt zurück, sechs Schritte rückwärts, kleinerer Knicks, dann seitwärts ab, da steht sie wieder am Wagen.

So fängt das immer an. Auch heute, Montag, im Malkener Wald, auf der Lichtung. Und jetzt geht es weiter.

Du mußt auch mal wieder üben, Scarletto, sagt Antonja, und Scarletto sagt: Lassen wir jetzt aus, und du solltest auch mal. Antonja aber will nicht, außerdem kann sie sich das noch überlegen, die Pferdenummer kommt sowieso zum Schluß, nur eben: da kommen wir leider um den italienischen Jongleur Scarletto, er will jetzt nicht, es hält bloß auf, dann ist eben Nummer zwei, Tosca, dran, die dressierte Ratte, dieses Wunder der Natur.

Antonella legt das rote Deckchen auf die untere Treppenstufe, hüpft hinein in den Wagen und kommt wieder mit einem kleinen Lattenverschlag, trägt ihn vor sich her und setzt ihn ab ins Gras. Nun das Deckchen wieder unter den Arm, und nun bückt sich Scarletto, wobei er den Blick starr geradeaus gerichtet hält, und öffnet das Türchen und pfeift kurz, und Tosca kommt heraus, die Nase an der Erde.

Wirkt nicht ohne Musik, sagt Antonio, der schon mitreden kann, als Zehnjähriger, anders als Antonella, die das noch nicht darf. Also die Musik fehlt, und nun wissen wir gleich, weshalb dieser Habedank gestern, Sonntag, im Italienischen Zigeunerzirkus war, im Malkener Wäldchen, zwischen vormittags zehn Uhr und nachmittags Glock fünf. Also kurz, mit Habedanks Worten: Wird sein Musik. Nämlich bei der nächsten Vorstellung, nämlich in Neumühl, nächsten Sonntag.

Nun aber, und leider ohne Musik, Auftritt der Ratte Tosca.

Tosca richtet sich auf und hält die Nase spitz in die Luft, dieses italienische Wunder der polnischen Natur, und ist im Kostüm, trägt also ein rotes Höschen mit silbernen Borten dran und um den Leib eine ziemlich breite Schärpe in drei Farben. Da sucht sie erst ein bißchen herum, bewegt sich rückwärts und jetzt ein wenig seitwärts und kratzt ein paarmal auf dem Boden und schnüffelt. Aber jetzt pfeift Scarletto zweimal kurz, da macht sie ein paar Schritte zurück, hält und läuft plötzlich los und, siehst du, springt in die Luft und überschlägt sich in der Luft, und eben jetzt schwebt das rote Tuch mit den grünen Fransen daher und liegt gleich ausgebreitet da, das kann Antonella nun wieder sehr schön und genau rechtzeitig, und auf diesem roten Tuch mit grünen Fransen also kommt Tosca auf und hat allerdings eine halbe Drehung zuviel, landet also auf dem Rücken und dazu noch schräg zum Ziel. Im ganzen ist es aber doch sehr eindrucksvoll.

Nun steht sie und putzt sich Nase und Bart und will also belohnt werden, und wir wollen ganz zufrieden sein. Nichts geht doch über fliegende Ratten, möchte man sagen, eben das, was die Zuschauer bei den Vorstellungen des Italienischen Zigeunerzirkus gewöhnlich auch sagen.

Tosca hat mit den Hinterbeinchen gestrampelt, sagt Antonio, in Phase drei. Er kann also wirklich mitreden, dieser Zirkusmensch. Aber das sind ja dann schon zwei Fehler für Tosca. Toscas Nummer steht also auch nicht. Das ganze Programm wackelt, denn aus Casimiros Verschlag unter dem Wagen ertönt schon die ganze Zeit und ohne die geringste Unterbrechung das Gegacker Francescas.

Dieses wunderbare Huhn kann seinen Auftritt nicht erwarten. Es reckt den Hals, schlägt mit den Flügeln, duckt sich auf den Bretterboden und macht diesen beliebten Eierlärm, der einem erfreulich in die Ohren geht, wenn man nicht weiß, daß eben dieses gerade, dieser überwältigend daherfahrende Lärm, Francescas Nummer ist und keineswegs bedeutet, daß sie ein Ei gelegt hat. Gut für siebzehn Eier könnte Francescas Gegacker ausreichen, aber bei Francesca hat das miteinander keinen Zusammenhang mehr, keinen äußeren, keinen inneren, ihr Ei verliert sie achtlos irgendwann am Tag, übergeht es mit Schweigen, wenn sie es überhaupt bemerkt, dafür eben gackert sie: ausführlich und abwechslungsreich, kurze gestoßene Tonreihen, langgezogene Klagetöne, schnell bis in die höchsten Lagen hinaufgeschmierte Glissandos, alles da und vor allem pausenlos und enorm. Meistens auf Kommando, manchmal, wie jetzt, vor Langeweile, oder, vielleicht, infolge von Lampenfieber, manchmal, glaub ich, einfach aus Lebenslust.

Jedenfalls, das ganze Programm wackelt.

Ich denke, wir brechen ab, sagt Antonja.

Na gut, sagt Scarletto, dann Frühstück.

Da geht er los mit seinem eigentümlichen Gang, da bekommen die sieben Schritte eine eigentümliche Betonung. Ich werde üben müssen, heißt das, und die andern auch, wir alle.

Casimiro, der den grauen Kopf erhoben hat, läßt ihn, weil Francesca jetzt mitten in einem hohen Ton abbricht, wieder auf die Pfoten sinken, nur die Augen bleiben noch geöffnet, das verrückte Huhn könnte ja wieder anfangen, da wird man mit der Zeit mißtrauisch.

Aber Casimiro soll ruhig dösen, denn Antonio kommt jetzt an den Verschlag und läßt Francesca hinaus, soll sie frühstücken gehn, diese wilde Sängerin, und wir kommen also jetzt auch noch um Casimiros Auftritt.

Casimiro, damit es wenigstens gesagt ist, zählt zu den Großen Dressuren, denn er ist ein unbestreitbarer Wolf, canis lupus, unbezweifelbar, er kommt jedem gleich bekannt vor, man kennt ja Wölfe, er sieht also aus wie ein Hund, ein bißchen heller im Fell, er kann eigentlich nur ein Wolf sein. Und jetzt, wo Francesca hinaus ist und schweigend um Emilio herumsucht, kann Casimiro die Lichter zumachen, Frühstück kriegt er nachher.

5. KAPITEL

Habedank ist schon vor Neumühl. Er ist bald zu Hause. Er hat ein Lied gelernt.

> Großes Wunder hat gegeben,
> Moses wollt am Wasser leben.

Nun sagt dieser Habedank Aufwiedersehn, und der alte Mann, mit dem er den Feldweg heraufgekommen ist, von den Drewenzwiesen her, dreht ab und nimmt den Fußpfad unter die kurzen Beine. Der Fußpfad führt rechter Hand auf die Chaussee zu, der Alte will nach Neumühl ins Dorf.

Habedank sieht ihm nach. Da geht er, Weiszmantel heißt er, jeder kennt ihn, er gehört nirgends hin, er redet Deutsch und Polnisch durcheinander, da geht er, die Beine mit Lappen umwickelt und beschnürt, über Kreuz, wie ein Litauer. Weiszmantel, der die Lieder weiß.

Kommst beim Rosinke, Sonntag, ruft Habedank hinterher.

Da geht der Weiszmantel und schwenkt ein bißchen den linken Arm und brummt sich eins.

Sie haben sich in Trzianek getroffen, der Wiechmann hat sie mitgenommen bis Gronowo, dann sind sie zu Fuß losgezogen durch die Wiesen, den Feldweg, der kürzer ist als die Chaussee, er schneidet den Bogen hinter Neuhof ab, der Habedank hat ein bißchen erzählt, vom letzten Pferdemarkt in Strasburg, dann von der Malkener Taufe. Da hat der Weiszmantel aufgehorcht und mit dem Lied angefangen.

Großes Wasser ist gekommen,
hat ihn gleich davongeschwommen.

Dort hinten läuft er, der Weiszmantel. Und dort drüben steht
Pilchs Häuschen. Jetzt geht es auf den Abend zu.
Aufwiedersehn sagt dieser Habedank ganz für sich. Und jetzt
werden die Schritte immer schneller, das hat er vielleicht von
den Pferden.

Alle seine Siebensachen,
hat er aber nichts zu lachen.

Aufwiedersehn sagt auch Glinski, wir werden das kurz erzählen: daß er da herumsitzt in seinem geistlichen Amtszimmer in Malken. Aber er sagt es anders, das heißt: er schreibt
es hin, aufs Papier, da steht es: Habe die Ehre. Und ist
der Schluß eines Briefes, der Satz davor hat es mit einer hoch-
verehrten Frau Gemahlin zu tun, der ganze Brief fängt an:
Lieber Spezi.
So schreibt der deutsche Gottesmann oder Rehabeam, auf
Österreichisch also. Und jetzt dreht er an der Petroleumlampe, weil sie rußt, weil der Zylinder oben schwarz anläuft.
Und jetzt steht er auf und stellt sich ans Fenster.
Er ist aus dem Galizischen, aus Lemberg, wo er zur Schule gegangen ist, was nicht viele hier wissen, bei den Österreichern
also, mit dem Herrn Landrat zusammen, der bei den Eltern
der Frau Pfarrer aufgewachsen ist. Wie das Leben so spielt.
Jetzt sitzen sie hier, im Culmischen, gar nicht weit vonein-
ander, aber man sieht sich selten, und sind deutsch.
Der Brief ist fertig: An den Herrn Königlichen Landrat zu
Briesen. Natalie, ruft Glinski und öffnet die Tür. Aber da antwortet niemand. So geht er hinaus, die Fensterladen zu
schließen.
Das macht der Habedank nicht, das macht an Pilchs Häuschen diese Marie. Sie steht vor dem Haus, zwischen zwei

Malvenstöcken, und sagt, als der Habedank herankommt: Der Deiwel ist los.

Wo wird er nicht, sagt Habedank. Dann gehn sie ins Haus. Da sitzt der Levin am Tisch und stützt den Kopf in die Hände, der Levin, der sonst immer aufspringt, wenn einer hereinkommt.

Habedank schiebt den Geigenkasten aufs Spind, hängt die Mütze an die Wand, neben die Petroleumlampe, sagt: Der Docht ist nicht gereinigt, dreht ihn höher, dann wieder etwas tiefer und setzt sich dem Levin gegenüber: Der Deiwel ist los.

Wo denn noch, fragt Levin.

In Malken, sagt Habedank. Und diese Marie stellt den Milchtopf auf den Tisch und sagt: Die Hunde.

Ja, sagt dieser Habedank, der Glinski da, der wird ihm helfen.

Aber wieso, fragt Levin und blickt auf, wieso der Glinski?

Das werde ich dir erzählen, sagt Habedank, ganz genau, damit du das ganz genau weißt. Das sind nämlich Deutsche, das ist schlimmer als fromm. Nun fährt also der Levin von der Union von Malken 1874, abgeschlossen an einem Sonntag, anläßlich einer Kindertaufe oder Besprengung, zwischen Leuten, die sich sonst nicht einig sind, zwischen verschiedenen Krähen sozusagen, Saatkrähe und Nebelkrähe, aber unter Krähen jedenfalls.

Was machen wir nun, fragt diese Marie. Aber dieser Habedank sagt: Na na, und: Man nicht so eilig, und fängt vom Italienischen Zigeunerzirkus an. Nächsten Sonntag beim Rosinke.

Ach beim Rosinke, sagt Levin und winkt ab und hat schon wieder das Gesicht in den Händen. Da hab ich gefragt, ob er mich mitnehmen wird, nächste Woche nach Briesen, weil er hinfährt nach Ware. Da hat er gesagt: Herr Levin, mit Ihrem Termin das kenn ich, da fahren Sie man woanders mit.

Ach was, sagt Habedank, Geschäft ist Geschäft. Wo ihm die Scheune jetzt leersteht. Laß man, für heut ist genug, geh man schlafen.

Da steht Levin auf und sucht seine Mütze und wird der Marie Gutenacht sagen, da sagt der Habedank: Bist du vorgestern und gestern hiergeblieben, kannst du heute und morgen auch.

Und übermorgen, sagt diese Marie.

Und übermorgen, wiederholt dieser Habedank.

Von Weiszmantels Lied sagt er nichts.

> Wo kam her das Wasser, großes,
> keiner weiß, auch nicht der Moses.

Aber der Moses weiß es ja, da stimmt das Lied also nicht.

Aber es wird doch stimmen, nächsten Sonntag.

Marie nimmt die Lampe von der Wand und stellt sie dem Habedank vors Bett und geht hinaus, und der Levin auch.

In Maries Stube ist es dunkel. Das Summen einer letzten Fliege. Geh du man auch schlafen, sagt Marie zu ihr. Nebenan hört man den Habedank singen. Hei hei hei hei. Und noch einmal: Hei hei hei hei. Weiter nicht. Dann hört man, wie er ins Bett kriecht, und danach, wie er einmal stöhnt.

So liegt man und hört, es gibt viel zu hören in der Nacht, wenn man der Levin ist. Die Vögel unter dem Dach, den Ast vom Kirschbaum, der immer wieder an der Wand entlangstreicht, gegen Morgen den Wind. Und den ruhigen Schlaf dieser Marie. Weil Mitternacht vorüber ist. Manchmal fliegen die Träume darüber, man weiß nicht wohin, ohne Ruder und Segel.

Was der Levin träumen kann, ist zuviel für den Schlaf.

Da liegt der Mensch und hat die Augen offen, und es geht alles vorbei: Rożan, das Städtchen drüben hinter dem Narew. Hier auf dem hohen Ufer das Posthaus, auf der anderen Seite die Gerbereien, für die das Städtchen bekannt ist. Die eiserne

Brücke. Die Synagoge weiß, dahinter fangen die Obstgärten an, Apfelbäume, auch sie im Frühjahr weiß. Das unaufhörliche Brausen der Bienen hinter Onkel Dowids Kinderschule. Onkel Dowid mit dem weißen Haupthaar unter dem Käppchen und dem schwarzen Bart. Er kommt aus der Tür, er sagt: Geh, laß dich nicht halten, der Himmel ist hoch. Damals war ich sechzehn und habe gearbeitet beim Vater und durfte schon an die Otterfelle.

Der Narew, ein bißchen mehr Wasser als die Drewenz. Dort hätte man eine Bootsmühle haben müssen.

Wärst nicht gekrochen, wärst nicht versoffen, hat der Tate geschrieben. Alles solche Reden. Wärst nicht.

Das erste Licht kommt durch den Spalt im Fensterladen.

Levin schließt die Augen. Er lernt das Schlafen nicht.

Jetzt hört er, wie sich der Habedank nebenan im Bett aufrichtet, nun noch Habedanks Morgenhusten, der viel zu schwer ist für die Jahreszeit, jetzt das Klopfen gegen die Bretterwand und, freundlich gerufen: Marie, aufstehn. Das andere hört er nicht mehr, jetzt ist der Levin eingeschlafen.

Der zittert ja, sagt diese Marie. Sie steht vor dem Bett. Nein, der Kopf ist kalt, aber der Schweiß steht ihm an den Schläfen.

Du mußt ihn wecken, Marie. Einfach zuviel für den Schlaf: Levins Träume.

Da fährt der letzte davon.

Finsternis. Kalt. Der Wind schlägt gegen die Wand. Ein Stöhnen in den Balken, zerbrechende Bretter, es knirscht über dem Sand. Da schießt das Wasser durch das Schott herauf, treibt es auseinander, Levin springt von der Bretterbank, zur Tür, jetzt stellt sich das Rad schräg und drückt die Wand ein, langsam, das sieht er noch und wie die Stützbalken weggeschoben werden, wie die Steine durch den Boden schlagen, das Dach fällt, der Laufsteg zerreißt, da schwimmt Holz auf dem Fluß.

Weck den Levin, Marie.

Wie der Deiwel heißt, der hier los ist, das weiß der Weiszmantel schon, jetzt bekommt er ihn zu sehen. Er wundert sich
nicht, aber er denkt doch: Immer war der nicht so.
Aber wie war er denn? Du hast ihn lange nicht gesehen, du
hast nie etwas zu mahlen gehabt. Und wenn, dann wärst du
zum Levin gegangen. Du weißt das alles nicht richtig, Weiszmantel: nicht, wie man sich anstellt, wenn man etwas hat und
es behalten will, noch weniger, wie es einem zusetzt, wenn
man mehr haben will als man hat, schon gar nicht, wie einem
zu Mute ist, der hier sitzt, in diesem Land, und weiß: er ist
deutsch wie der Kaiser in Berlin, aber rundherum gibt es nur
diese Polen und anderes Volk, Zigeuner und Juden, und nun,
Weiszmantel, stell dir mal einen vor, bei dem das alles zusam-
menkommt: behalten wollen, mehr haben wollen, besser sein
wollen als alle andern.
Mein Großvater kommt in die Küche, da sitzt Weiszmantel
auf der Fensterbank, und Tante Frau nimmt ihm den Milchtopf ab und füllt ihn noch einmal.
Na was treibst du dich hier herum, sagt mein Großvater.
Lebst ja noch immer.
Mein Gott, Mann, sagt Christina, und Weiszmantel sagt: Ja,
ich lebe noch immer, ich bin psiakrew ein Wunder Gottes
und geh noch zu Fuß wie der Habedank.
Wieso, was hast du mit dem Zigahn, fragt mein Großvater.
Wir sind gekommen von Trzianek, sagt Weiszmantel, von
Gronowo zu Fuß, und der Habedank ist zehn Jahre jünger.
Von Trzianek?
Also ich sage dir, verschwind jetzt zu deinem Habedank, sagt
mein Großvater und denkt, er weiß schon, was er da sagt, und
denkt ganz richtig: Alles eine Sorte.
Wird nicht Platz haben, der Habedank, sagt Weiszmantel
friedlich. Wo jetzt der Levin da wohnt.
Levin?
Das ist aber zuviel, Weiszmantel. Für meinen Großvater zu-

viel. Da fängt ihm der Unterkiefer an zu zittern, da schreit er los: Du verschwindest jetzt, sag ich dir. Und nennt den Weiszmantel latawiec, also Herumtreiber oder Landstreicher.

Da sagt Christina: Geh man rein, Alter, reg dich nicht auf, der Herr Weiszmantel wollte sowieso nicht bleiben.

Der Herr Weiszmantel, wiederholt mein Großvater und dehnt jedes Wort, jede Silbe auf eine ganz häßliche Weise und geht dann in die Stube und schmeißt die Tür hinter sich zu. Und bleibt in der Stube an der Tür stehen und wartet, bis der Weiszmantel seinen Topf ausgetrunken hat und gegangen ist.

Dann macht er die Tür wieder auf und steckt den Kopf durch den Spalt und sagt: Du merkst auch rein gar nichts, der kommt doch direkt von dem Jud.

Weiszmantel hat sich natürlich nicht sofort in Christinas Küche niedergelassen. Erst ist er beim Rocholl gewesen, schönen Gruß von der Tante, und sie kommt zum Sommerfest, dann beim Feyerabend auf dem Abbau, hat mit Korrinth und Nieswandt beim Rosinke gesessen, hat also allerhand gehört und allerhand geredet in den drei Tagen, die er schon im Dorf ist, und eigentlich mehr gewußt als alle zusammen: was in Malken besprochen worden ist, nicht alles natürlich, nur das meiste, und daß der Zirkus kommt und der evangelische Glinski mit von der baptistischen Partie ist.

Da hat ihn Prediger Feller, der drei-, vier mal vorbeigekommen ist, für heute eingeladen ins Predigerhaus. Und da geht der Weiszmantel jetzt auch hin, und mein Großvater also denkt sich etwas Verkehrtes. Wenn erst hundert Hasen trommeln, wird der Hund verrückt, da wischt er hierhin und dorthin, da wird es ihm schwarz vor Augen, da blafft er und weiß nicht mehr was, da kommt der Jäger und sagt: Du taugst verdammt auch zu gar nichts.

Das ist nun wieder einer von diesen Sätzen. Aber ob der siebente oder der neunte, soviel müßten es inzwischen schon sein, oder sogar schon der zehnte oder elfte, das weiß ich nicht. Es könnte aber genauso gut der allererste sein oder eine Art Motto oder der Schlußsatz, der einfache Schlußsatz: Du taugst verdammt auch zu gar nichts.

Bringt ja was ein! Ja, Predigen bringt was ein.

Weiszmantel staunt, als er auf Fellers Hof kommt. Das Haus ja, das war schon da, aber jetzt hat es eine große Veranda, verglast, an der Straßenseite. Statt des offenen Brunnens gibt es eine holzverkleidete Pumpe, frisch gestrichen mit grüner Farbe, eine weiße Kugel oben drauf. Im Winkel zwischen Scheune und Stall, der auch einen Anbau bekommen hat, steht ein Taubenhaus, auf einer Säule, mit Türen und Türmchen und Abflugbrettern – also das reinste Schloß! Nicht einmal die üblichen dickärschigen Hühner rennen hier herum, pikfeine Perlhühner hat der Feller, die rennen übrigens nicht so gerne, die sitzen tagsüber auf dem Zaun, die gackern auch nicht, die schreien jämmerlich – auch solch ein Dreck, sieht aber gut aus. Die Treppe ist mit weißem Sand gestreut, heut am Alltag, der mit Ziegeln ausgelegte Flur auch, also nein, der Feller! Und alles in den sechs, sieben Jahren, die er hier ist. Was hat er schon mitgebracht aus Konojad, wo er her ist! Die werden ihm schon was mitgegeben haben, die bestimmt! Die kenne ich nämlich: den Gronowski, den Feller, diesen Worgitzki.

Ja, die kennt der Weiszmantel, die sind nicht anders umgegangen mit ihm als vorhin mein Großvater. Die haben da allerdings, was mein Großvater nicht hat, das Lied schon gekannt, das ihnen der Weiszmantel zugesungen hat. Nun gut, heute staunt der Weiszmantel, mein Großvater staunt nächsten Sonntag.

Weiszmantel also klopft und kommt in die Küche. Eine angenehme Frau, die Predigersgattin, eine geborene Plehwe, mit Vornamen Josepha, da weiß gleich jeder: katholische Familie. Sie hat also den Bruder Feller genommen, der gar

75

nicht ihr Bruder war, aber sie hat auch schon zweiunddreißig gezählt damals, da hat es also gehen müssen. Jetzt ist sie nicht mehr katholisch, sondern deutsch, und sie stellt eben die Schnapsflasche ins Küchenregal, da tritt der Weiszmantel herein. Er sagt: Zum Wohlbefinden. Das ist ganz korrekt.

Also nimmt Josepha die Flasche wieder an sich und singt, das soll der Feller lieber nicht hören, er hört es auch nicht: Komm zu dem Wasser des Lebens.

Es ist ein bißchen befremdlich, wenn auch nicht für Weiszmantel, er sagt Guten Tag und: Der Feller hat gesagt.

Na gewiß doch, sagt Josepha, er ist nicht da.

Dann holt sie ein Glas, der Weiszmantel bekommt etwas ab, sie bleibt bei der Flasche.

Am besten trinkt es sich in der Küche. Für Josepha. Auch die Küche hat nämlich einen Ziegelfußboden, da schiebt man die Schlorren von den nackten Füßen und kühlt sich die Sohlen. Das gibt dem Gespräch einen wechselhaften Verlauf: Wenn die Sohlen heiß sind, redet man viel und ziemlich hoch hinaus und bringt keinen Satz zuende, weil immer schon der nächste da ist, zu früh, man merkt es plötzlich selber, dann kühlt man sich also die Füße und redet gleich in lauter Hauptsätzen und langsam und besonnen, da nimmt der Tag ab und die Flasche auch und der Eifer nicht, der hält sich.

Da kann auch der Feller noch lange unterwegs sein.

Das ist ein Kummer für Alwin Feller, bei seiner Stellung: die Frau trinkt. Eigentlich schon eine Säuferin. Tüchtig aber, das hat der Weiszmantel gesehen. Sie reden ja auch nur von der Wirtschaft, wovon der Weiszmantel am meisten versteht: er kommt herum in den vielen Gegenden und hat nichts als Hemd und Hosen und Hut.

Ja, da haben Sie keine Sorgen, Herr Weiszmantel, sagt Josepha.

Sie setzt die Flasche auf den Tisch und holt Sakuska. Gurken, und wenn keine Gurken, dann Sauerkohl, und wenn keinen

Sauerkohl, dann saure Pilze, und wenn keine Pilze, dann Fisch, Quappen in Gelee, wenn man hat, sonst geräucherten Speck oder Wurst im Glas, irgend soetwas.

Josepha hat eigentlich von allem, dann also Gurken. Und immer zwischen einem Biß in die Gurke und einem Schluck das Gespräch mit Höhen und Tiefen, Prost oder Zum Wohlbefinden, schnell oder langsam. – Herr Weiszmantel, sagt Josepha, was meinen Sie wegen Perlhühner?

Ach was, abschlachten, sagt Weiszmantel.

Legen aber, sagt Josepha.

Bloß nicht gut, sagt Weiszmantel, er weiß es besser. Solche Eier wie geforben, solche Ostereier.

Alles richtig, was der Weiszmantel sagt. Also Prost.

Und zum Wohlbefinden.

Jetzt also kommt der Feller, wir kennen das schon. Glaubensstimme und Evangeliumssänger, diesmal beides in einer Hand, der linken, die rechte hat die Tür geöffnet und macht sie wieder zu. Also Feller.

Der Mann hat Haltung, sagt nichts. Geistliche Haltung: er läßt den Kopf auf die Brust sinken, männliche Haltung: er hebt ihn wieder, er sagt: Frau. Mit mildem Verweis.

Vielleicht willst du aber doch einen, sagt Josepha einladend, einen kleinen. Der Feller wird ja doch nicht wollen, es ist auch gar nichts mehr in der Flasche, leider. Da sagt der Weiszmantel: Ich bin also da.

Ja, seh ich, guten Tag, Herr Weiszmantel, und ich möchte Ihnen sagen, Herr Weiszmantel, kümmern Sie sich nicht um diese Geschichten, Sie wissen schon.

Weiß ich, weiß ich, sagt Weiszmantel, geht mich, do stu piorunów, nichts an, zum Donnerwetter.

Sehen Sie, sagt Prediger Feller, die Gesangbücher vor dem Leib.

Da mußt der Weiszmantel aber fragen: Wie kommen Sie eigentlich jetzt darauf?

Wie kommt Feller darauf? Jedenfalls, er kommt von meinem Großvater. Und jetzt, wo alles eingeleitet ist und alles läuft, wie es mein Großvater haben will, unter Bundesbrüdern und Klassenkameraden und beinah Halbvettern, da hat mein Großvater keinen Grund mehr zur Vorsicht, jetzt soll der Feller sogar Bescheid wissen, dann kommt es herum in der Gemeinde, dann zerreißt sich kein Frommer mehr das Maul, dann ist nichts mehr zu löten, und der Feller weiß also nun, aus meines Großvaters Mund, was los ist.

Der Deiwel ist los, so hieß der Satz vorhin. Und mein Großvater also hat gute Laune.

Sie haben da mit diesem Habedank geredet, sagt Feller.

Sogar gesungen, sagt Weiszmantel.

Wie, gesungen, fragt Feller.

Gesungen, bestätigt Weiszmantel, einfach so gesungen.

Ganz einfach, sagt Josepha, jetzt ist nichts mehr drin.

Ja, was heißt das, fragt Feller, du hast auch gesungen?

Nein, sagt Josepha. Sie redet von der Flasche.

Also, Herr Weiszmantel, vielleicht kommen Sie doch mal herein. Feller macht die Stubentür auf und geht voran. Und Weiszmantel erhebt sich und folgt ihm.

Dann ist die Tür zu und Josepha allein, wieder einmal, ein bißchen rot im Gesicht, zu hoher Blutdruck, lieber ein Weilchen sitzen bleiben. Und in der Stube drin sagt Weiszmantel: Mich geht das nichts an.

Sehr richtig, sagt Prediger Feller.

Rozumien, sagt Weiszmantel, hat also verstanden, wie er sagt. Aber er sieht die Angelegenheit anders als der Feller, nämlich umgekehrt. Ihn geht der Levin an und der Habedank, diese Marie und der Zirkus, und den Feller geht mein Großvater an und die Gemeinde, das fehlende Taufbad und der nächste Anbau, nämlich an der Scheune. Da können sie also lange reden miteinander, solange sie sich nicht deutlich erklären, da werden sie sich sogar einig, da wundern sie sich höchstens, was sie überhaupt zu reden hatten. Der Feller denkt, der Weiszmantel mischt sich nicht hinein, und der Weiszmantel denkt, wir werden aber schön singen, nächsten Sonntag, das geht den Feller nichts an, der Habedank kommt mit der Geige.

Also nichts zu reden. Da geht der Weiszmantel wieder.

Josepha sitzt nicht mehr in der Küche, wo ist sie bloß? Feller muß zu meinem Großvater, er kann sich nicht aufhalten, er muß Bescheid geben. Sei du man fleißig, hat mein Großvater gesagt, wird sich lohnen für dich. Also läuft der Feller herum, und wir wissen nun, zusammengepredigt ist das alles nicht: Veranda, Stallanbau, Taubenhaus, vielleicht der weiße Sand, die Gurken auch noch, der Speck schon nicht mehr. Wie steht es mit dem Schnaps?

Josepha singt, in der Scheune, nicht im alten Heu, sondern im alten Stroh, da liegt sie und singt, leise, leiser als es der Feller hören kann, das ist auch sehr angebracht, da beeilt er sich wenigstens zurück, wo ist die Frau bloß?

Na gut, sagt mein Großvater, aber was kann der Lumpsack auch schon machen.

Er meint den Weiszmantel.

Doch dann sagt mein Großvater: Den Habedank jag ich raus.

Das ist ein dunkles Wort. Wo raus? Und wohin?

Aber ich denke, wir werden jetzt einmal die bisherigen Sätze nachzählen, die Hauptsätze. Was die Nebensätze anlangt, da erinnere ich mich nur an einen einzigen, der hieß: Richtige Zigeuner sind richtig schön.

Die Hauptsätze also der Reihe nach. Weil wir mit der Zählung ein bißchen durcheinander sind und es noch weiter gehen soll mit der Geschichte und ohne Ordnung nicht weiter geht: Die Drewenz ist ein Nebenfluß in Polen.

Das war der erste Satz, aber er war mißverständlich. Dafür gab es dann einen neuen ersten Satz. Wir erinnern uns: er war nicht ganz genau, denn der Mühlbach, mit dem wir es zu tun haben, ist zwar ein Nebenfluß, aber nicht der Weichsel, sondern der Drewenz und also noch kleiner als sie, und er besagte noch, daß die Geschichte auf dem Dorf vor sich geht oder ging, einem überwiegend von Deutschen bewohnten Dorf, wie es da hieß.

Der zweite Satz. Er handelte von dem Prediger der Baptistengemeinde. Da bekamen wir also den Glauben in die Finger: diese Christenheit, polnische Katholiken und deutsche Protestanten, obwohl es natürlich auch protestantische Polen, aber sehr wenige, und deutsche Katholiken, davon schon mehr, gab, wenn auch nicht gerade im Culmerland, sondern mehr südlich oder nördlich davon, aber dann eben auch Baptisten, Adventisten, Sabbatarier, Methodisten, Mennoniten, mehr brauchen wir nicht.

Der dritte Satz lautet Ja ja und gesagt hat ihn diese Marie, Habedanks Marie oder Levins Marie, diese Zigeunerin, und hinzugefügt hat sie: Bleib man lieber da.

Der Levin sollte also bleiben und nicht weggehen, denn so geht es weiter mit der Geschichte.

Und den vierten Satz, den hat mein Großvater: Na also! Er bezeichnet den Abschluß der Malkener Union von 1874. Na also! Das heißt: Die Deutschen stehen zusammen, so geht die Reihenfolge: mein Großvater, der Pfarrer Glinski, der Herr Landrat, der Kreisrichter in Briesen, zu ergänzen noch: der alte Fagin aus Brudzaw, die Frau Pfarrer in Malken, Krugwirt Rosinke, natürlich letzten Endes auch Prediger Feller. Und Gendarm Krolikowski, nicht zu vergessen.

Der nächste Satz heißt: Du taugst verdammt auch zu gar nichts. Er ist als der siebente oder neunte bezeichnet, und könnte auch durchaus der siebente oder neunte sein, denn es gibt zwischendurch einige, allerdings unnummerierte Sätze: Der Deiwel ist los; deutsch ist schlimmer als fromm; wir spielen Sonntag in Neumühl; wirkt nicht ohne Musik. Und jetzt also, den zehnten Satz: Den Habedank jag ich raus.

Es ist Sonnabend geworden inzwischen, der Sonnabend vor diesem Sonntag, für den Rosinkes leere Scheune aufgeräumt und ausgefegt bereitsteht, dieser Sonnabend, an dem gegen Mittag Scarlettos Italienischer Zirkus Neumühler Gebiet erreicht hat, ein Sonnabendnachmittag in Pilchs Häuschen, wo es etwas voll geworden ist, acht Leute fürs erste, der Willuhn ist nämlich mitgekommen, nachher kommt noch Levin dazu, also neun Leute. Und die Tiere. Voll, aber lustig, Gottes Segen bei Cohn, sagt Habedank. Und Marie füttert alle ab, da können sie sitzen und bereden, was zu bereden ist, Scarletto kann nochmals schnell üben, auf dem Hof in der Feierabendluft, und Antonella auch, in Maries Stube vor dem Spiegel, auf Maries blank gescheuerten und mit Sand bestreuten Dielen, in dem schönen Sonnabendduft, den diese Marie vom Mühlbach hergeholt hat mit einem kleinen Bund Kalmus.

Kalmus, diesen Duft, kann man nicht beschreiben: das riecht nach klarem Wasser, von der Sonne gewärmtem Wasser, das aber keinen Kalkgrund haben darf und auch keinen Moorgrund, so einen hellen, ein bißchen rötlichen Sand, auf den langsam die vom letzten Regen aufgerührten Erdteilchen herabsinken, auch ein faulendes Blättchen und ein Halm, und auf dessen Fläche Käfer laufen, solch ein Wasser jedenfalls. Aber da ist noch eine ganz feine Süße, von weiter her, und dann auch, daruntergelegt, ein wenig Bitteres, von dem man schon gar nicht weiß, wo es herstammt. Aus der Erde, dem Uferboden, in dem der Kalmus wurzelt, in dem er seine weißen, gelben und rosafarbenen Wurzeln umherschiebt, wird man sagen, aus der Erde am Ufer, wo es eben doch ein bißchen schlammig ist, als ob damit etwas gesagt wäre.

Hinter dem Bild in Habedanks Stube und in Maries Stube hinter dem Spiegel steckt Kalmus, fingerlange Stücke, ein bißchen fleischiger als Schilf, schön grün, am unteren Rand heller, rötlich, weil dicht über der Wurzel abgeschnitten. Und ganz kleingeschnipselt ist er auch über den Sand auf den Dielen verstreut. Man kann viel reden, wie gut das riecht, Antonellas gespitztes Näschen sagt es schöner.

Es ist Sonnabend.

Also der Willuhn ist mitgekommen, mit Scarletto und Antonja versteht sich, da freut sich der Habedank, da stellt er seine Flasche auf den Tisch, genau vor Willuhns Nase: Wird sein Musik. Und richtig und kräftig. Da wird Weiszmantels Lied zur Stelle sein, da wird er, Habedank, vorangehn mit der Geige und immer mal den Bogen schwenken zwischendurch, und hinterher gleich Willuhn, aber der kann auch sitzen bleiben, wenn er will, er muß bloß spielen, mit vielen Baßknöpfen, denn wie gesagt: es wirkt nicht ohne Musik. Dann aber Weiszmantel mit heller Stimme, Antonja zur Rechten, Marie zur Linken, beide mit schwerem Zigeuneralt, Antonio und Antonella dahinter, die beiden vor allem für das Hei hei hei hei, zum Abschluß Scarletto.

Schade, daß Francesca es nicht lernt, dieses Weiszmantelsche Lied, nicht einmal dieses Hei hei hei hei. Antonella singt es ihr vor, sie jedenfalls hat es sofort begriffen. Soll sie noch ein bißchen probieren, die Erwachsenen haben genug zu reden und etwas zu trinken auch, wenigstens der Willuhn.

Da sitzt der Levin jetzt und nimmt die Mütze ab und ist ein bißchen bedenklich und dreht die Mütze in den Händen und wundert sich, was diese Zigeuner alles anstellen, und weiß nicht recht warum, er sagt: Was wollt ihr eigentlich damit?

Aber wer beantwortet eine solche Frage! Diese Marie jedenfalls sagt: Ich seh ihn schon dasitzen, rot bis am Hintern und Augen wie der Konopka.

Da meint sie meinen Großvater und mit dem Konopka einen masowischen Bergteufel von früher. Es ist also noch nicht ganz Sonntag.

Mein Großvater müßte eigentlich sofort ins Bett gehn und sich ausschlafen, aber da soll Christina lieber noch fragen: Wir gehn, mein ich, auch beim Rosinke, morgen?

Mein Großvater sagt bloß Ho ho, was soll er auch sagen, als Ältester, wenn die eigene Frau den Heiligen Sonntag vergißt. Ho ho! Und: Kannst ja gehn, meinetwegen, wird schön klingern in der Gemeinde, wirst ja sehn, was davon hast.

Fellers gehen auch, sagt Christina einfach.

Glaubst du doch selber nicht, sagt mein Großvater. Zu dem Zigeunervolk!

Wirst ja sehn, sagt Tante Frau, die Josepha hat ja gesagt.

Die Josepha, na die womöglich schon, aber doch der Bruder Feller nicht.

Damit soll, für meinen Großvater, das Thema abgeschlossen sein, aber keine Rede davon, Christina hat sich etwas in den Kopf gesetzt, sie sagt: Du komm man mit.

Da sagt mein Großvater: Jetzt geh ich schlafen.

Na dann schlaf man schön aus.

Und nun also ist Sonntag.

Rosinke steht am Scheunentor.

Da muß er auch stehen.

Damit er weiß, wer alles gekommen ist und noch kommt, wer seine gute Scheune füllt, wieviele Leute, die Kinder eingerechnet, wenn einer da ist, wohlgemerkt, der für sie etwas herausrücken wird, die andern Kinder schickt er zurück. Er wird Scarletto natürlich die Saalmiete nach der Kopfzahl abfordern. Nicht nach dem, was dieser italienische Zigeuner und seine Antonja und die beiden Kinder auf ihre hingehaltenen Teller bekommen, wenn sie nach Francescas Auftritt, weil da alle Zuschauer lachen, und nach der Pferdedressur, weil das der Höhepunkt ist – also vor Weiszmantels großem Schlußgesang –, durch die Zuschauerreihen gehn und ihre Kollekte halten, denn nach dem Schlußlied, das weiß Scarletto, aber der Rosinke nicht, ist es auf jeden Fall zu spät.

Rosinke steht also am Scheunentor und paßt auf, und da kommen sie, diese Zuschauer und Zuhörer, Deutsche und Polen, Bauern und Kossäten und Halbkossäten, Häusler und Altenteiler.

Rosinke sagt Mahlzeit oder Guten Tag und mehrfach Gott zum Gruß und meistens: Na kommst du auch? und einige Male sogar: Was willst du überhaupt hier? oder: Ihr haut man ab!

Aber Nieswandt und Korrinth stört das gar nicht. Nieswandt sagt: Halt bloß dein Maul. Und als Rosinke zischt: Du beträgst dich anständig hier!, spuckt er nur aus und geht hinein und ruft gleich zu Christina hinüber, die ganz vorn sitzt, neben meinem Großvater links: Na Madamchen, auch mal auf Spickaus?

Da kommen sie.

Kaminskis vier und Tomaschewskis sieben und Kossakowski allein, Barkowskis drei und Rocholls beide. Und drin sitzen bereits Olga Wendehold mit dem griesen Fenske aus Sadlinken – wie kommen die eigentlich zusammen? der ist doch nicht Gott behüte Adventist geworden? – und der alte Feyerabend vom Abbau, auch die katholischen Polen Lebrecht und Germann mit ihren Familien und, wie schon gesagt, mein Großvater mit Tante Frau und, aber etwas nach hinten, Nieswandt und Korrinth. Und Christina sagt jetzt: Na siehst du, hab ich nicht gesagt! Denn jetzt drückt sich Prediger Feller hinter seiner Josepha, die sich schön gemacht hat, herein und kommt mit seiner Josepha und sagt meinem Großvater Guten Tag oder richtiger: Gott zum Gruß, und der Christina auch und ebenfalls den Rocholls, und seine Josepha tut das auch, und dann setzen sie sich beide, nicht ganz vorn, aber auch nicht so sehr nach hinten, dort sitzen andere Leute, Polen und Halbkossäten und Nieswandt und Korrinth.

Rosinke behält seinen Posten an der Tür. Scarletto geht hinein.

Manege ist natürlich Rosinkes Tenne. Gesessen wird rechts und links im Fach, auf Brettern, die über Bierfäßchen und Sägeböcke gelegt sind, ab und zu mit einem Hauklotz gestützt. Bierfäßchen. Wie schön! Also kann Rosinke noch ein paar mal etwas zur Stärkung hereintragen lassen, die meisten haben schon vorher in der Gaststube ein Gläschen oder drei eingenommen. In der Gaststube, wo jetzt, allein, Gendarm Krolikowski steht und überlegt, wann er eingreifen wird.

Scarletto steht mitten auf der Tenne, im Trikot, zwei italienische Zigeunerorden an der Brust, den Spitzhut auf dem Kopf. Er sieht sich seine Gäste an, oder Rosinkes Gäste, wenn man will, aber doch wohl mehr Scarlettos Gäste, denke ich, schon weil da einige zu sehen sind, für Scarletto, die der Rosinke nicht hat sehen können. Weil sie nicht durch das Scheunentor gekommen sind: Kinder, für die keiner etwas herausrücken wird, solche, die Rosinke vorn zurückgewiesen hat, solche, die es erst gar nicht bei ihm probiert haben und gleich durch die Häckselkammer eingeschlichen sind.

Jetzt tritt Scarletto auf das hintere Scheunentor zu, drückt die Flügel auseinander, hebt den Querbalken heraus. Da stehn schon rechts und links Antonella und Antonio und stemmen sich gegen die Torflügel, und nun ist die Scheune ganz offen, vorn und hinten, die Manege liegt im vollen Licht. Jetzt erblickt man den Zirkuswagen, der hinter der Scheune aufgefahren ist, Casimiros und Francescas Verschlag davor, und Toscas kleiner Verschlag auch, und daneben hat sich Emilio aufgestellt und sieht nun, rotes Sattelzeug und geflochtene Mähne, ganz und gar wie ein Karussellpferdchen aus. Und jetzt kommen Habedank und Willuhn, und Willuhn setzt sich mit seiner Ziehharmonika, und Habedank stellt sich ihm gegenüber auf und hebt die Geige, sticht einmal mit dem Bogen über sich in die Luft, läßt ihn auf einem Ton stehen, hängt einen kurzen Schnörkel daran und fällt, jetzt gleich, in Weiszmantels Lied, und Willuhn hat schon alle Finger an seiner Kiste: eine rauschende Musik, rein zum Mitsingen, für einen Menschen wie Weiszmantel. Marie hält ihm den Mund zu. Aber doch jetzt noch nicht.

Die Musik hat ihren Platz an der Seite, die Manege ist frei, mit dem letzten Ton trippelt Antonella herein, sagt: Der Zirkus beginnt! und breitet die Arme aus, sinkt in ihren großen Knicks, fängt ihr Begrüßungssätzchen rechtzeitig an und steht nun da und lächelt nach beiden Seiten, auch einmal zum Vordertor hinüber, zum Rosinke, der noch immer dort steht. Könnte ja noch einer kommen.

Der Zirkus hat angefangen. Die erste Nummer ist dran, der berühmte Jongleur Scarletto, der Alleskönner.

Er ist erst einmal Künstler, ein großer Artist, Direktor des derzeit einzigen Zirkus im Culmerland, eines italienischen zudem, dann aber natürlich Antonjas Mann und also Familienvater, zweifach, und Tierbändiger oder Dresseur und gleichzeitig Impresario in eigener Sache wie in Sachen der Familie und der familieneigenen Naturwunder Francesca, Tosca, Casimiro und Emilio und vor allem Zigeuner, wenn auch, als solcher, ein bißchen unkenntlich mittlerweile: eben zu künstlerisch in den Farben, grün, weiß und, allerdings zu wenig, rot, also, nicht wahr, zu wenig zigeunerisch, von außen betrachtet. Da ist er. Stolz und ein bißchen berauscht von der Menge seines Publikums. Er steht aufgerichtet, führt die Rechte langsam vor die Mitte der Stirn, nimmt seinen Spitzhut ab und schwenkt ihn in einem Bogen zur Seite, verneigt sich dabei, ja, und so fängt die große Nummer an.

Da hat er sieben Flaschen und Töpfe und ein böhmisches Glas, eine Art Pokal ohne Deckel, bunte Kugeln aus Spiegelglas und drei Reifen in Grün, Weiß, Rot.

Alles hat Antonio in zwei Körben hereingetragen und ausgepackt und aufgestellt. Nun mach etwas damit, Scarletto! Antonio reicht dir zu, was du brauchst. Und Krolikowski?

Der Krummstiebel steht noch am Schanktisch, Rosinkes Frau schiebt ihm einen Schnaps hinüber, den zweiten, man muß das ungefähr überschlagen: noch vier oder fünf kann er bekommen, umsonst, aber immer hübsch in Abständen, damit er hierbleibt und nicht die Vorstellung stören geht, das wäre teurer, aber zu teuer darf er auch nicht werden, also immer hübsch in Abständen.

Den krieg ich noch, den Hopser, denkt Krolikowski und reibt sich die Nase mit den dicken Pfoten und schiebt das geleerte Glas zurück.

Also schon wieder einen? Da fängt Rosinkes Frau doch lieber eine Unterhaltung an, und wenn schon etwas anderes nicht zieht, dann meinetwegen auch über diesen Levin, diese Mühlengeschichte mit meinem Großvater, über die man bis jetzt nicht spricht, aber nun vielleicht doch: Der Levin wollte mitfahren, mit meinem Mann nach Briesen, denken Sie bloß.

Na und?

Aber Herr Gendarm, da steckt sich mein Mann doch nicht, in solche Sachen.

Na ja, warum soll er auch? Krolikowski tippt nachdenklich an sein Glas, das wird diese Rosine doch wohl endlich bemerken.

Na sicher. Also noch einmal einschenken. Drei Schnäpschen bis jetzt. Wissen Sie, Herr Gendarm, ich weiß nicht, das kommt doch nun vors Gericht. Was sich so ein Jud alles traut! Wer hat denn was gesehen?

Wird sich schon so einer finden, sagt Krolikowski, wenn es erst mal aufs Kreisgerichte liegt.

Sie meinen wirklich? sagt Rosinkes Frau.

Ja, Krolikowski meint das wirklich. Wozu sind denn Gerichte da, die müssen doch etwas tun, wenn sie etwas zu tun kriegen, ist doch egal was. So ungefähr überlegt er, und er sagt: Wenn man einer Angelegenheit auffindet, geht man sie hintennach, als Beamter.

Aber da denkt sich diese Gastwirtsgattin auch etwas: Du red nur so forsch, hier im Laden, du nimmst auch nicht jeden gleich in die Zähne, du nicht!

Aber in Anbetrachtung dessen, sagt Krolikowski, daß es sich hiermit um einen Israeliten handelt, von mosaischen Glaubensbekenntnisses.

Und nach einer Schluckpause, beruhigend: Was aber gegebenermaßen keine Rolle spielt im Deutschen Reiche.

Dieser Krolikowski sollte lieber bei seiner üblichen Redeweise bleiben: Na und? oder Wieso? oder Papiere, Gewerbeerlaubnis.

Gewerbeerlaubnis.

Mal da rübergehn, sagt Krolikowski und rückt das Koppel gerade, doch da kommt diese Rosine gleich und hebt die Flasche: Na noch einen, Herr Gendarm.

Also den vierten. Und das kann ja nicht schaden. Krolikowski, der gehen wollte, legt den Helm ab, lockert mit zwei Fingern den Kragen und sagt, auf die Tonbank gestützt: Passiert doch immer wieder was in diese Gegend, vorigten Sommer der Brand.

Die Vorstellung ist, denke ich, gesichert. Jetzt wird erzählt.

In der Scheune hat es einen hochverdienten Jubel gegeben, um Ratte Toscas Luftsprung und Überschlag. Nichts geht über fliegende Ratten! Und: Nein, so ein kleines Tier!

Prediger Feller hat es für alle ausgesprochen: Daß es ein großer Herr sein müsse, der solche Wunder in der niederen Kreatur wirkt. Und Weiszmantel hat es gehört, er weiß das längst, er ruft zu Feller hinüber und weist also dabei auf Scarletto: Na, sag ich doch immer, der kann was, hat er ihr alles beigebracht!

Und wir haben Scarletto wieder nicht gesehen bei seiner großen Nummer, aber er muß sehr gut gewesen sein, denn Feller verzichtet darauf, Weiszmantel über den hohen Sinn seiner Worte von vorher zu belehren, er nickt anerkennend in Scarlettos Richtung: Gewiß, er ist schon ein Künstler.

Nun also wird, von Antonja, dieses Freudenhuhn Francesca hereingetragen, unterm Arm. Es zeigt sich wieder ein bißchen nervös, also kraut ihm Antonja beruhigend Brust und Hals und sagt ihm auch etwas Italienisches oder Polnisches. Und das Weitere brauchen wir nicht zu beschreiben, genug, wenn wir sagen: Meinem Großvater laufen die Tränen über beide Backen, Tante Frau ruft vor Entzücken Aber nein, aber nein!

Francesca übertrifft sich heute selber. Da ist Scarletto ein bißchen besorgt, er beschwichtigt das Publikum mit beiden Händen und ruft die hinteren Reihen besonders noch zur Ruhe, denn eben der Lärm von dort hinten ist es, der Francesca zu immer neuen Ausbrüchen veranlaßt, sie findet gar keine Zeit, noch mit den Flügeln zu schlagen. Da kann ich noch eine ganze Ecke mehr als ihr, sagt sich dieses Tier und schreit gleich wieder auf und hat ganz sicher im Sinn, die Ehre seines Instituts zu wahren, kein Zweifel, daß es ihr gelingt.

Und nun also Kollekte. Und dann aber Casimiro, vorgeführt von Antonio.

Da steht nun, seht ihr, ein leibhaftiger Wolf in der Manege. Der erste Wolf in Rosinkes Scheune. Weil Rosinkes Gehöft mitten im Dorf liegt, bis dahin geht kein richtiger Wolf, höchstens ein elender Fuchs.

Casimiro steht auf der Tenne, mit geschlossenen Augen, es ist zu hell hier. Antonio hüpft ihm von rechts und dann von links über den Rücken, dreimal hintereinander, nun läßt er sich vor ihm auf den Boden nieder. Da setzt Casimiro langsam, behutsam beide Vorderbeine auf Antonios Schultern und richtet die Schnauze steil in die Luft und heult einmal, und gibt sich jetzt einen Ruck und springt, einfach aus dem Stand, über Antonios Kopf weg. Ein schöner, ruhiger, genau bemessener Sprung, es gruselt einen, wenn man das sieht. Ein Mensch wie Krolikowski greift da unwillkürlich nach dem Seitengewehr, ein Glück, daß er nicht da ist. Korrinth kann nicht anders: er kommt sich vor wie mitten im Wald, und im Schnee, als gehe der Mond auf, jetzt am hellichten Tag; er legt dem vor ihm sitzenden Feyerabend die Hände auf die Schultern, als habe er Lust, selber einen Sprung von Casimiros Art zu tun, aber er sagt nur: Oh Mutter Polen! Und das kommt ihm wie ein Seufzer heraus.

Nun aber wieder Musik.

Erst ein paar Takte ganz laut. Und jetzt, plötzlich, leise weiter, ein paar Töne noch aus Willuhns Kasten, dann der Habedank allein, eine Melodie, die keiner kennt, ohne Schleifen und Kringelchen, ganz einfach, zum Mitsingen, wenn einer den Text wüßte.

Und zu dieser Musik reitet Antonja herein, schwarz, diese ägyptische Nacht, einen weißen Schleier um das Haar geschlungen. Da stehen die Kinder hinten auf. Der alte Fenske sagt: Aber nun sieh doch! Abdecker Froese faßt sich erschrocken ins Gesicht und fängt an, mit seinem Schnauz herumzuwirbeln. Daß auch Feller verstohlen nach seinem Bindfadenbart greift, erwähnen wir nur. Josepha sagt sofort: Na die Brust ist ein bißchen schwach. Habedank setzt die Geige ab, er verneigt sich, er ist einfach stolz, dieser Zigeuner.

Krolikowski hat sich mittlerweile gesetzt, nach dem siebenten Schnaps, und er redet so schnell und so lange, wie man ihn sonst nie hört. Kein Gedanke mehr an Zirkus und Gewerbeschein, eine Geschichte hat er da vor, die ist geradezu . gefährlich.

Red du man, sagt sich diese Rosine, du brauchst nicht mehr viel.

Doch was der Herr Gendarm da so feuereifrig berichtet, das ist vielleicht noch mehr als zwei weitere Schnäpse wert, das muß der Rosinke wissen, das kann man gebrauchen, wenn sich dieser Herr Gendarm womöglich mal aufspielen sollte.

Da kommt es also heraus, und aus Krolikowskis eigenem Mund, daß dieser Gendarm mitmacht beim Holzgeschäft über die Grenze, seit Jahren offenbar, denn er erzählt Sachen, die liegen schon eine Weile zurück, ganz dreist und gottesfürchtig: Ach wie gut, daß keiner weiß!

Mein lieber Herr Krolikowski, sagt da Rosinkes Gattin, da hätte ich doch aber Angst.

Da kann Krolikowski nur lachen, aus völligem Mangel an Angst offensichtlich. Er, Fußgendarm, und zu Pferde, er Angst!

Meine liebe Frau Rosinke, schreit er und knallt den Helm auf den Tisch.

Na du kannst mir imponieren, denkt die Frau und stellt die Flasche endgültig weg und tritt ans Fenster und öffnet, und da hört man es also: Hei hei hei hei. Es macht sich, obwohl es doch gerade erst angefangen haben kann, schon unerwartet vielstimmig: Weiszmantels Lied.

Krolikowski erhebt sich wie angestochen und nimmt Haltung an und führt die rechte Hand zur Ehrenbezeigung in Schläfenhöhe, kriegt einen Schreck, weil er den Helmrand nicht findet, steht da mit aufgerissenen Augen, etwas schwach in den Knien nur, weiß aber doch gleich, das ist nicht Kaisers Geburtstag, das kann nur draußen sein, und jetzt kommt ihm also die Scheune wieder ins Gedächtnis: dieser Zigeunerzirkus, um dessentwegen – Krolikowskisch gesprochen – er ja überhaupt nur hier ist, am Sonntag, in Neumühl. Hinaus also, und hinüber also, und da bleibt er doch stehen, dieser Herr Gendarm, Donner und Doria! Antonja und diese Marie, Weiszmantel, die Kinder, Scarletto, vorneweg Habedank und Willuhn.

> Wo kam her das Wasser, großes,
> keiner weiß, auch nicht der Moses.

Und dann:

> Hei hei hei hei
> macht das Judchen ein Geschrei.

Da ziehen sie über die Tenne, einmal hin und wieder zurück, ein richtiger Schreittanz, ganz etwas Altes und Polnisches und mit einem Gesang dazu, daß es einen von den Sitzen jagt. Die Kinder hinten singen schon mit. Und jetzt wieder die Solostrophe von der Tenne her, Weiszmantels Tenor, und die beiden Frauen im Zigeuneralt:

> Aber hat man nicht gesehen
> einen nachts am Wasser gehen?

Und wieder:

> Hei hei hei hei!

Also da hört sich doch verschiedenes auf, mir scheint, sagt mein Großvater schön langsam, also die werden ja direkt persönlich. Er legt die Hände fest vor dem Leib zusammen und neigt einmal kurz den Kopf und richtet sich auf, und Prediger Feller drängt sich von hinten an ihn und flüstert und könnte getrost lauter reden, keiner würde ihn verstehen, bei diesem wunderbaren Zirkus.

Schluß! sagt mein Großvater, und das hört man eigentlich bis auf die Tenne, nicht nur, weil mein Großvater in der ersten Reihe sitzt. Aber wir wissen schon, es hilft nichts.

Jetzt kommen, von den hinteren Bänken, nämlich Korrinth und Nieswandt, kommen die Kinder, kommt Lebrecht, sogar Abdecker Froese, ein ganzer Heerzug bewegt sich da mit einmal über die Tenne, und Weiszmantels großer Gesang ist auf seinem Höhepunkt angelangt:

Nachts, wo alle Menschen schlafen,
bloß die Frommen nicht und Braven.

Willuhn drückt seinen Jammerkasten gewaltig und reißt ihn, gewaltig, wieder auseinander, und Habedanks Geige hat eine schwindelnde Höhe erreicht, da kann sie, scheint's, nicht mehr herunter.

Hei hei hei hei
macht das Judchen ein Geschrei.

Mein Großvater ist aufgesprungen, Tomaschewski und Kossakowski auch, Feller ist neben ihm, da stehen sie auf der Tenne. Mein Großvater ungewöhnlich stattlich, schwarzen Blick, rote Ohren.

Rosinke redet auf Krolikowski ein, aber der ist ja wohl stockbesoffen: Fängt dieser Kerl plötzlich zu singen an, hei hei hei hei! und kommt nun auch noch mit seinen Beinen durcheinander, so sieht es aus, aber nein, der Krolikowski macht ein paar Schrittchen, zur Probe, und jetzt, es ist unerhört, der deutsche Gendarm Krolikowski tanzt diesen Zigeunern entgegen, er breitet die Arme aus: Hei hei hei hei! Und mein Großvater, mit einem Gesicht wie eine Beete, knallrot, federt ein bißchen, als wollte er einen Kniefall tun, und schnellt plötzlich vor und ist – und Kossakowski und Tomaschewski und Kaminski, Barkowski, Ragolski, Koschorrek, alles, was deutsch ist, mit ihm – schon drin im Rhythmus dieses Tanzes, der sich nun in zwei Gruppen über die Tenne bewegt, mit gleichmäßigen Schritten und plötzlichem Ausscheren nach beiden Seiten, wenn dieses Hei hei wieder dran ist.

Nicht zu sagen, was Francesca da, in ihrem Verschlag, für eine Sondervorstellung bietet. Sie steckt den Kopf, den Hals, so weit es geht, zwischen den Stäben hervor und schreit und kräht, jammert und jubelt.

Sollen wir nun noch Casimiro heulen und Emilio wiehern lassen, ein bißchen näselnd natürlich? Es ist, denke ich, nicht nötig, aber aufzuhalten, denke ich, wäre es, wenn es erfolgte, jetzt auch nicht mehr.

Es ist überhaupt nichts mehr aufzuhalten. Auch nicht mit diesem Gegentanz meines Großvaters, der sich da noch immer abmüht mit seinem Anhang und wenn er nichts anderes mehr weiß, die Zunge ausstreckt gegen den Zigeunerhaufen, ihnen einen Vogel zeigt oder den Hintern, ungehörige Wörter schreit. Nichts mehr aufzuhalten.

Da stehen, das heißt: tanzen sie zusammen: die Deutschen, die Braven, die Frommen, die Baptisten, die etwas aufzuweisen haben: Acker, Vieh und alle Güter. Und in der anderen Gruppe nur Zigeuner, Polen, Halbkossäten, Häusler, ein weggejagter Lehrer, ein paar Altsitzer, Liederfreund Weiszmantel. Mal da, mal dort herumtorkelnd: Fußgendarm Krolikowski.

Levin lehnt am Scheunentor. Seit wann ist er eigentlich da? Er winkt einmal zu Marie hinüber. Komm doch her, ruft Weiszmantel, aber Habedank sagt: Laß ihn. Er sieht, daß sich Levin abwendet und, von den anderen unbemerkt, davongeht.

Die singen noch oder tanzen oder sitzen angenagelt wie Olga Wendehold. Was hat sich da aufgeführt? Was man überall einmal, da und dort und dort auch, geredet hat, aber nicht laut; daß man einen gesehen hat, nachts, im Frühjahr, und daß das Stauwasser abgelassen war eines Morgens und von Levins Mühle nur noch der halbe Steg übrig, und daß es welche gibt, die davon reden werden, überall, und nicht aufhören damit.

Was ist noch zu sagen? Daß sich dieser ganze Zirkus auflöst, in Rosinkes Gaststube hinein oder ins Dorf, auf den Abbau hinaus oder zu Pilchs Häuschen hinüber.

Wie mein Großvater nach Hause kommt, davon reden wir nicht. Sogar Feller geht ihm aus dem Weg.

Krolikowski liegt irgendwo in der Scheune.

6. KAPITEL

Dieser Herr, der mein Großvater ist, liegt jedenfalls im Bett.

Eine einsame Wanze kriecht die Wand hinab, auf das Bett zu.

Das sieht Tante Frau nicht. Aber sie ist wach. Was wird bloß werden?

Mein Großvater liegt auf dem Kreuz.

Die Straße von Klein Zaroslo, das bei Strasburg liegt, nach Tillitz-Zaroslo, das später Rosenhain heißen wird, hat Bäume. Zu beiden Seiten Bäume, Kopfweiden, viele darunter, die der Blitz getroffen hat. Da stehen sie, gespalten, manche ausgebrannt. Wenn die Luft feucht ist, werden die schon bräunlich verwitternden Brandstellen lackschwarz. Jetzt, im Frost, haben sie den matten blauen Schimmer der Holzkohle, mit der man die Plätteisen beheizt.

Es ist Januar, der 15. Januar 1853. Nicht weit von der niedergebrochenen, über den Graben gestürzten Weide liegt ein toter Mann. In Höhe der Siedlung Zgnilloblott, auf der Straße nach Tillitz-Zaroslo.

Dieser Mann, Ackerwirt, dort in Tillitz, in dem späteren Rosenhain, liegt auf der Straße, in diesem schneelosen Januar, tot, mit gänzlich verbrannter Kleidung.

Da fliegen die Dohlen vorüber. Da läßt sich keine hinab. Starräugig, mit grauen Nacken fliegen sie vorüber. Noch einmal zurück. Wieder vorüber.

Am 20. Januar wird der Mann begraben, in Tillitz-Zaroslo. An diesem Tag schneit es. Im Schnee stehen die zehn Kinder des Mannes, steht deren Mutter, die geborene Berg. Der Mann ist einundsechzig Jahre alt geworden. Er ging etwas gebückt. Michael, sagt die Frau, als sie gefrorene Erdbrocken auf die Schneedecke über dem Sarg fallen läßt.

Diesem Mann, mit verbrannter Kleidung gefunden, auf der Straße, nun aber lange unter der Erde, geht der Ruf nach, er sei ein Opfer der Geister. Niemand hat ein Gewitter gehört an jenem 15. Januar 1853. Es war nur ganz windstill, sagt man, übrigens abnehmender Mond. Mein Großvater, als ihm dieser Mann im Traum entgegentritt, nennt ihn Vater.

Er kommt gegangen in diesem Traum, etwas gebückt, wie er immer gegangen ist. Er steht vor einer Holzwand. Dieser Traum ist die

3. GEISTERERSCHEINUNG

Mein Großvater wird nicht verstehen, warum die Geister auf ihn losgehen. Er wird, am Ende, sagen: Mit mir nicht.

Dort also steht dieser Geist Michael. Vor der Scheunenwand. Und hier rennen die Zigeunergeister und schreien herum, fiedeln und dudeln, eine helle Stimme hüpft immer darüber: Hei hei hei hei. Schwarze und weiße Gesichter, sonst keine Farben, nur ein bißchen Grün und einmal ein kleiner Kopf mit einer roten Nase, die jetzt in einer Hand mit dicken Wurstfingern verschwindet. Ein schwarzes Weib mit einer weißen Binde über einem Auge reitet aus dem wilden Haufen hervor, der sich, jetzt mit einem knirschenden Geräusch, über die Tenne schiebt, reitet auf einem Huhn, das den Schnabel aufsperrt und keinen Ton herausbringt. Und nun dieser Kerl mit den Lumpen um die Beine, der umherhüpft und kräht und kräht. Und auf einmal mit einem Wolfskopf in den erhobenen Händen auf meinen Großvater zuläuft. Und hinter ihm und ihm nach: Hände, lauter Hände, ausgestreckt, mit weißen Nägeln, ausgestreckt gegen meinen Großvater, und ganz nahe jetzt, und jetzt schon sich verkrallend in meines Großvaters Kleider, zerrend und reißend. Und dieses Gesicht jetzt, mit den langsamen Augen, dieses Gesicht, weiß, hinter dem ein Wasser aufsteht, grau und finster, und ein Regen herabkommt, dieses schmale Gesicht mit den bewachsenen Schläfen, Levin, dieses Gesicht, dicht vor dem Gesicht meines Großvaters. Es tut den Mund auf und sagt, mit einer Stimme, die die Stimme eines Toten ist, eines auf der Landstraße gefundenen Toten: Johann!

Christina fährt auf in ihrem Bett. Aus einem kurzen Schlaf. Sie tastet nach meinem Großvater hinüber, aber der Arm, den sie zu fassen bekommen hat, macht sich sofort wieder frei, schlägt mit einer Faust, die Christina gegen den Ellbogen trifft.

Christinas Schrei fegt das Dach von meines Großvaters Traum. Mit mir nicht! sagt mein Großvater zwischen den Zähnen hervor.

Da liegt er und reißt die Augen auf. Keine Geister. Er faßt sich an die Brust. Keine Kleider. Blankes Hemd. Und er steht nicht, er liegt. So kommt er aus diesem Traum, aus dieser 3. Geistergeschichte, ungebrochen: mein Großvater. Mit mir nicht.

Die Wanze an der Wand, über dem Bett, hat wohl geschlafen. Jetzt setzt sie sich wieder in Bewegung, langsam, vielleicht noch ein bißchen festgehalten von einem Traum. Aber nun hat sie den Traum hinter sich gelassen, nun geht es schneller die Wand hinab. Auf meines Großvaters Bett zu.

Und wenn ich die Bude kaufen muß, sagt mein Großvater und kriegt die Zähne auseinander. Und setzt nach einer Weile hinzu: Den Habedank schmeiß ich raus.

Jetzt wechselt die Wanze, ohne jede überflüssige Bewegung, auf dem kürzesten Weg, hinüber in meines Großvaters Bett.

7. KAPITEL

Den Habedank schmeiß ich raus.

Das hat mein Großvater gesagt. Es ist schon eine Weile her, nämlich zwei Tage. Und zwei Nächte.

Da läßt man also diesen Zigeuner da wohnen und kümmert sich nicht, und das ist dann der Dank!

Dank wofür?

Daß der Habedank dort gewohnt hat in Pilchs Häuschen, bis jetzt, in Pilchs Häuschen, das keinem gehört?

Und: Läßt man wohnen?

Wer hat denn da zu lassen?

Was mein Großvater sich denkt, das versteht man nicht. Da muß man schon so einer sein wie er, oder wie Kossakowski und Tomaschewski. Kossakowski und Tomaschewski, als Deutsche, verstehn es jedenfalls.

Der Kossakowski also sagt zum Tomaschewski: Du weißt ja, Ludwig, von mir aus kann jeder leben, wie er will. Und Tomaschewski antwortet: Von mir aus auch. Immer meine Rede.

Das hört sich ganz gut an. Und jetzt sagt also der Kossakowski: Aber was kriecht der denn herum und reißt das Maul auf! Und Tomaschewski sagt: Könnte ja jeder kommen.

Da soll also wohl doch nicht jeder so leben, wie er will, sondern wie mein Großvater oder der Kossakowski oder der Tomaschewski das wollen. Es ist für den Betreffenden besser. Wenn er die Absicht hat, in Frieden zu leben.

Dieser Habedank will das wohl nicht? Hängt sich da in diese Geschichte mit dem Juden! Über die gleich Gras wachsen sollte, aber nicht gleich gewachsen ist. Wer hat ihn eigentlich gefragt? Könnte ja jeder kommen!

Die haben da, wie man sieht, zu reden, die beiden. Und sitzen in Rosinkes Gaststube. Rosinke ist nach Briesen gefahren, mit dem Fuhrwerk. Es gibt auch eine Eisenbahnlinie, die erreicht man aber von Neumühl aus erst sieben Kilometer vor Briesen, wenn man also schon zwei Drittel des Weges hinter sich hat, sie kommt von Thorn und geht hinter Briesen in nordöstlicher Richtung, die nützt einem also gar nichts.

Rosinkes Frau steht in der Tür, sie sagt: Eine Unverschämtheit sondergleichen, das können Sie sich gar nicht vorstellen, dieser Levin da, der wollte doch mitfahren mit meinem Mann, was sagen Sie dazu!

Ja, was sagt man dazu? Früher ist der Levin freilich mit Rosinke mitgefahren, nach Briesen oder nach Schönsee oder nach Strasburg, drei oder viermal in dem Jahr, das er in Neumühl verbracht hat.

Was geht euch das eigentlich an? Schade, daß der Weiszmantel nicht hier ist, der hätte so gefragt.

Die hier, die Drei, kommen gar nicht darauf, die sind sich einig. Kossakowski und Tomaschewski stehen auf und ziehen los. Die Rosine geht hinter ihre Tonbank.

Haut bloß ab!

Draußen ist es kalt in diesem Juni. Dabei wäre es Zeit für die Heuernte. Bloß: was soll man da hauen? Nicht einmal richtig grün ist das Zeug und muß trotzdem runter. Kurz wie Schweinscheiß, sagt Tomaschewski. Aber von dem wollen wir nicht mehr reden.

Von Weiszmantel?

Der sitzt in Pilchs Häuschen und will gar nicht mehr fort, wie es aussieht. Soll er bleiben, solange er will. Sitzt da auf der Bank am Fenster und erzählt seine Geschichten, mit bloßen Füßen, und sagt immer Mariechen zu dieser Marie, die seine Jacke auf dem Schoß hat und die Ärmel zurechtflickt. Die

Fußlappen hängen draußen auf der Leine, auch die Bänder. Hier sitzt der Weiszmantel und erzählt.

Vom Schikowski, was ein frommer Mensch ist von siebzig Morgen Sand und Bruch und viel geredet hat, früher, jetzt aber nicht mehr viel, aber nicht, Gott behüte, womöglich wegen Frömmigkeit.

Weiszmantel seufzt. Kennst du Harmonium, Mariechen?

Aber na ja doch, sagt Marie, hab ich gesehen in Kowalewo, wie ich in Stellung war. Oben drücken und unten drücken, solche Dinger rausziehen, kommt Musik.

Also von Musik verstehst du nicht viel, gut, daß es Habedank nicht hört. Auch Weiszmantel hört da lieber weg, er sagt: Ist großer Kasten von braune Farbe, Fichte, und viel Musik drin, alle Töne.

Und jetzt weiter: Oben sind diese Register, was man zieht, hoch und dünn und tief und dick und sehr lieblich schön und ganz grauenvoll wie Bartholomä, alles drin, und geht mit Luft, weswegen man trampeln muß unten, wenn einer versteht. Der Willuhn kann.

Und der Schikowski, was in Groß Schönau ist, ausgebaut, der hat ihn zerballert, einfach mit dem Beil.

Herrjeh, sagt Marie und beißt den Faden ab. Die Ärmel sind fertig. Aber wieso bloß?

Also: Dem frommen Menschen haben seine Adventisten eingeheizt wegen Teufelszeug und Stricken der Hölle, weil die Lenchen, die damals heiraten sollte, Schikowskis Dritte, vom Onkel in Graudenz ein Harmonium bekommen hatte, und das stand nun im Haus, und der Lehrer kam und fingerte dran herum, und der Krugwirt hätte es gekauft, und Lene Schikowski hatte schon raus: Wo soll ich hin, wo aus und an, hier ist ein Scheideweg.

Und nun kamen die Adventisten und redeten, da konnte sie lange singen: Sie kommen, sie umringen mich! Die kannten das Lied auch und klappten den Deckel zu und sangen, unbegleitet: Flieh und rette dich, du gehst der Hölle zu.

Zur Ruhe gebracht, wie es weiter in diesem Lied heißt, hat es, das Harmonium und überhaupt dieses ganze Elend, der Schikowski, mit dem Beil, kurz und klein, zur Ruhe.

Aber jetzt redet er nicht mehr. Jetzt sagen alle, auch die Adventisten, daß er ein Narr gewesen ist und die Lene nicht zu heiraten gekriegt hat deswegen: Schlechte Partie und dann nicht mal Harmonium.

Solche Geschichten.

Die sind, wer weiß, schon bald da, sagt Marie. Es ist nämlich Nachmittag.

Und da hat diese Marie recht. Sie stehn auf der Straße, die eine Kreischaussee ist, also schnurgerade, man sieht die ersten Häuser der Vorstadt, die Zäune mit dem Flieder darüber. Einen ganz schönen Weg haben sie hinter sich.

Gefahren oder gegangen, Eisenbahn, Kreischaussee, Landstraße, Feldweg, alle Wege führen nach Briesen: von Strasburg über Malken und Tillitz, von Schönsee an der Bahnstrecke entlang, von Lissewo immer geradeaus nach Osten, von Brudzaw aber vielleicht besser über Bobrau oder über Goßlershausen als über Malken und Linde, von Neumühl jedenfalls nimmt man die Kreischaussee, immer in nördlicher Richtung und immer auf der Chaussee geblieben, nicht querfeld oder querbeet, wie Weiszmantel das gern macht und Habedank eigentlich auch, also nicht als ob man von Piontken oder Lopatken kommt: immer Tälägraphstang lang.

Alle Wege führen nach Briesen.

Diesen, gewissermaßen elften Satz schreiben wir voller Zufriedenheit auf. Wir haben die beiden hingeschafft, sie stehen auf der Straße, und vor ihnen liegt Briesen, 3800 Seelen, das Städtchen zwischen zwei Seen, Post, Bahnhof, am Bahnhof gleich Hotel Thulewitz, zweimal jährlich Pferdemarkt, hier entspringt die Struga, jetzt nicht viel mehr als ein Graben, später ein kleines Flüßchen, aber tief. Sie kommt nahe an Falkenau vorbei, drückt sich dann unter dem Bahndamm durch, schlägt zwei größere Bogen westwärts in die Wiesen, kehrt aber immer zurück, quert bei Polkau die Kreischaussee, die auch hier ganz gerade verläuft, und schiebt sich schließlich näher und näher an die Drewenz heran. Fünfzehn Kilometer nordöstlich von Gollub ist sie dann zuende, verliert sich ganz unauffällig in das größere und grünere Wasser. Also sie kommt an Falkenau vorbei.

Wo die beiden eben durch sind. Man sieht sie noch, da stehn sie, auf der linken Straßenseite: Habedank ohne Geige und Levin mit Hut. Einen ganz schönen Weg haben sie hinter sich.

Man steht, wenn man nach Briesen will, in aller Frühe auf, um vier, wenn es geht, und frühstückt gut, wenn man etwas Gutes hat, und nimmt noch etwas mit. Werden wir nehmen und gehen, sagt man, dann ist man aus dem Haus, es weht einem frisch um die Nase, man fühlt sich munter, das ist schon nötig, schließlich geht es ja aufs Gericht, da spricht man sich Mut zu.

Der Habedank tut es mit einer Kinderweisheit: Im Sommer blitzt, im Winter mußt inne Schul, kommt ausse Angst nicht raus.

Der Levin sagt die erste Stunde wenig, Ja und Nein und Werden sehen. So kommen sie am Schilfsee vorbei, wo die Kiebitze eben aufwachen und die Frösche noch schlafen. Ein Storch streicht langsam das Ufer ab, dann haben sie Garczewo erreicht.

Garczewo hat sieben Häuser, aber in Garczewo haben sie einen gefunden, der sie mitnimmt, jetzt geht es mit Fuhrwerk weiter, auf Linde zu, wo sich die Kreischausseen kreuzen, links geht es nach Schönsee, rechts nach Strasburg.

Es gibt viele Straßen, aber Straße ist Straße, da kann sie aussehen, wie sie will, alle Straßen führen nach Briesen, man betritt sie und setzt ein Bein vor das andere, Gottseidank, endlich hat man mitzufahren bekommen. Bis Polkau wenigstens.

Polkau hat acht Häuser. Linkerhand sind die Wiesen, aus denen die Struga auf die Straße zukommt, genau auf das enge Rohr zu, das in den Damm eingelassen ist, ein sehr stilles Flüßchen, mit Vergißmeinnichtbüscheln, rechterhand der Höhenrücken, der sich bis nach Malken hin erstreckt.

Polkau hat acht Häuser, in das achte gehen sie hinein. Im achten Haus wohnt Tante Huse.

In diesem Holzhaus, aus runden Stämmen, das drei Räume hat mit fünf Fenstern insgesamt, zwei Zimmer und einen Vorraum, die Zimmer liegen etwas höher, sie haben den Kartoffelkeller unter sich, man steigt durch eine Luke hinunter. Ein Holzhaus, wie es ein alter Mann und zwei Zehnjährige in ein paar Tagen aufstellen können, wobei sie noch die Dachbalken und die Dielenbretter selber zurechtsägen, ein Haus, das nachts mitsingt mit den Lüften, die es umstehen und manchmal über das Strohdach springen, ein Haus, das warmhält, das kein Unwetter auseinanderkriegt, der Sturm könnte es aufheben und mitnehmen und ein Stück weiter wieder auf den Boden setzen, es hielte noch immer zusammen, nur eben, der Keller, der wäre nicht mitgeflogen. Was ist aber der Mensch ohne Kartoffel?

Vom Vorraum zur linken Stube führen zwei Stufen hinauf. Jetzt öffnet sich die Tür über den Stufen, nach innen, da steht Tante Huse und sagt: Wen bringst du da an? Was hat er?

Und Habedank ruft ihr entgegen: Nein, denk man nicht, daß der Tee braucht!

Na was braucht er denn? Kommt mal erst rein.

Da gehen sie also hinein, und Tante Huse wundert sich über Habedank: Nanu, ohne Geige? und nimmt Levin den Hut ab: Junger Mann, wie heißt du?

Da sagt Levin nicht wie üblich: Levin, sondern setzt sich gleich und sagt: Leo heiß ich.

Na, und was hast du, fragt Tante Huse geduldig.

Weißt du, sagt Habedank, es ist wegen der Mühle in Neumühl.

Ach, der Christina Ihren, den meinst du, was ist mit dem?

Also mit dem ist schon auch etwas, aber dieser hier, sagt Habedank, der Levin hier, der hatte da auch seine Mühle in Neumühl.

Weiß ich gar nicht, sagt Tante Huse.

Habedank sitzt schon, sie steht noch immer, eine stattliche Person, groß, mit mächtigem Hinterteil, nach den Schultern hinauf immer schmäler werdend, spitz zulaufend sozusagen, auf dem schmalen Kopf thront ein kleiner weißer Haarknoten.

Jetzt erzählt der Habedank.

Tante Huse sieht sich dabei den jungen Menschen, diesen Leo, genau an, da guckt der Levin doch lieber in der Stube umher. Ihm fallen die Sprüche auf, an jeder Wand zwei oder drei, Brandmalerei, Perlstickerei – Silberperlen auf schwarzem Grund –, bunte Seidenstickerei: Sprich was wahr ist, trink was klar ist! Oder: Rede wenig aber wahr, trinke wenig zahle bar! Und über dem Lehnstuhl in der Ecke zwischen den Fenstern: Wir haben hier keine bleibende Statt.

Tante Huse hat sich in ihren Lehnstuhl gesetzt, also sieht Levin in die andere Ecke, da steht zu lesen: Getrost allezeit!

Sie sitzt in ihrem Lehnstuhl, und das ist auch nötig. Aber was der Habedank da erzählt, das ist vielleicht nicht einmal im Sitzen auszuhalten.

Also der Christina Ihrer hat ein Stauwehr gemacht, im Fluß, und die Teiche auch gestaut.

Das kann er ja, im Frühjahr, da denkt sich jeder, er will das Hochwasser abfangen, nachher braucht er ja noch Wasser, wenn es sich schon verlaufen hat, ist ja um die Zeit auch noch immer mal etwas zu mahlen.

Aber dann nichts gesagt, bei Nacht und Dusternis Schleusen auf und alles Wasser losgelassen.

Der Hund, sagt Tante Huse, die keine Polin ist, sondern aus Gremboczin, aus dem Forsthaus, eine Deutsche also und früher bei den Baptisten gewesen.

Der Hund, sagt Tante Huse und steht auf.

Soll ich mitkommen nach Briesen?

Aber Tante, was willst du da, sagt Habedank.

Reden, für den Jung, sagt Tante Huse, der sagt doch nichts.

Aber jetzt sagt der Levin etwas: Es ist, weil er Lohnmühle hat, und ich habe Verkaufsmühle. Und dann ganz laut hinterher: Gehabt.

Ach was, sagt Tante Huse, wenn du auf eigene Rechnung mahlst, dann hast du auch das Risiko. Ihr braucht man nichts zu erzählen. Also ich komme mit, sagt sie und setzt sich wieder.

Aber du hast doch nicht gesehen, sagt Levin.

Aber ich kann reden, sagt Tante Huse. Morgen mittag ist Termin, ich bin da.

Nun weiß der Habedank, es ist beschlossen und verkündet, da hilft nichts mehr, morgen mittag steht Tante Huse im Kreisgericht, in diesem roten Ziegelkasten mit den grünglasierten Ziertürmchen. Sie weiß genau, was sie sagen wird, man sieht es ihr an, es wird eine Szene wie seinerzeit ihr Auszug aus der Baptistengemeinde, ordentlich und erhaben in einem. Damals war es wegen dem Prediger Lasch, dem früheren Laschinski, der die ledigen Mütter nicht in die Kapelle ließ, das ging Tante Huse ja eigentlich gar nichts an, es hat auch keiner verstanden, damals, und jetzt ist es wegen dem Ältesten, dem Frommen, auf dem der Segen des Herrn ruht und der sich die Konkurrenz vom Hals schafft, auf daß der sichtbare Segen noch herrlicher auf ihn herabregne.

Die Welt ist voller Unrecht, das sieht man auch von Tante Huses Fenster aus, aber nun liegt das Unrecht vor der Tür, da soll man wohl vorübergehn: hinauf in den Tempel, um zu beten, wie es heißt, Lukas am Achtzehnten.

Nein, sagt dieser Habedank und stößt auf in Gedanken. Wunderbares Weib, diese Tante, über die Siebzig hinaus, aber wie die dasitzt! Blaue Schürze, rot eingefaßt, straff und glatt vorgebunden.

Jetzt erzählt der Levin. Wie der Habedank und der Weiszmantel im Italienischen Zigeunerzirkus aufgetreten sind.

Da sagt Tante Huse Donnerschlag! und schlägt sich aber gleich vor den Mund, und Habedank fängt an mit Weiszmantels Lied, da singt Tante Huse mit, im Sitzen, und tritt, im Sitzen, den Takt mit, und erfindet eine ungewöhnliche Oberstimme dazu und kommt dabei, weil ihre Stimme eben doch etwas tiefer liegt, ein bißchen aus der Puste. Hei hei hei hei.

Der Levin wird ein wenig blaß darüber. Habedank sieht es und die Tante auch. Was soll man tun? Lauter singen, noch lustiger werden, nicht wahr? Oder was sonst?

Sollen sie singen.

Bis Tante Huse Herrjieses! ruft, sich aber gleich wieder auf den Mund schlägt, während sie aufspringt. Ich muß euch doch was machen, ihr seid doch von morgens an unterwegens.

Nun kommt also der Tee, von dem Habedank schon gesprochen hat. Der nicht nötig sein sollte. Der aber doch für neunerlei Krankheiten gut ist, ganz gewiß, Husten und schwache Brust, Ohrenschmerzen, Galle, Stuhl und eingewachsene Nägel. Und fürs Gemüt.

Daß die Tante mit ihm sogar Knochenbrüche heilt und böse Geschwüre wegkriegt, indem sie heiße Packungen auflegt, ohne schneiden also und also ohne spätere Narben, das weiß man in der ganzen Gegend. Nur nicht, wessen Tante sie eigentlich richtig ist. Sie kann alles, diese Tante. Morgen ist sie in Briesen.

So also war das bei Tante Huse gewesen. Jetzt stehen Habedank und Levin auf der Straße, und vor ihnen liegt das Städtchen.

Häuser und Häuser, wie kreuz und quer gebaut, mit Kopfsteinen gepflasterte Straßen, zwei Kirchtürme, glatte Stallmauern, Holzzäune, schwarz geteert. Weiter hinten der Schornstein vom Dampfsägewerk König, Spezialität Kisten. Dann wollen wir mal, sagt Habedank.

Nun gehn sie also durch die Straßen. Da und dort lehnt ein alter Mann am Zaun, seinen roten Kater neben sich. Es sieht schon ganz nach Abend aus. Am Markt kommen sie vorbei, Bäcker Pehlke schließt seinen Laden, in Wiezorreks Kneipe steht die Tür auf, Deutsches Haus ist darüber angeschrieben. An der katholischen Kirche biegen sie ein, nach links, die Schloßstraße lang, auf den Schanzenweg zu, wo Onkel Sally wohnt. Ein niedriges Steinhäuschen, das Cheder, die jüdische Kinderschule.

Onkel Sally, der in Rozan Schlomo gerufen wurde, der schon lange hier in Briesen Schammes und Schulklopfer und eben Kinderlehrer ist, breitet die Arme aus und legt sie dem langen Levin um die Schulter, so von unten her, er weiß, was ihn herführt, er sagt: Laß aufgehn dein Antlitz über deinem Knecht, er sagt: Wie Rauch verfliegt, wie Wachs vor dem Feuer zerfließt, schwinden die Frevler. Sagt es langsam und ruhig. Dann stößt er mit einem kräftigen Schubs Levin zurück und lacht, dreht sich, stemmt die Arme in die Seiten, biegt sich geradezu vor Lachen. Nu, Reb Jid, sagt er, weißt du das nicht: wir sind zu arm für die Trübsal!

Habedank ist über den Hof gegangen, er sitzt bei Tante Glickle in der Küche, er streckt die müden Beine unter dem Tisch aus. Sollen die dort reden, wir reden hier. Und Glickle sagt bedauernd: Hast die Violine nicht mit.

Am anderen Tag, gegen Mittag, stehen Levin und Habedank vor dem Gerichtsgebäude, da kommt der Wysotzki gefahren

mit seinem Einspänner, ihm gehört das zweite Haus in Polkau, und lädt Tante Huse aus. Nachmittag, sagt er im Weiter-
fahren, ich komm vorbei beim Wiezorrek.

Da stehen die Drei vor dem Portal, Levin, den die Geschichte
angeht, Habedank, der sich in sie hineinbegeben hat, Tante
Huse, die da mitreden wird.

Onkel Sally hat sie begleiten wollen, aber da hat Levin gemeint: Gleich zwei von den Unsrigen, macht Ärger. Und
Onkel Sally hat bloß genickt und ist zurückgegangen ins
Cheder, den Kindern erzählen, wie Ahaschverosch auf
seinem Thron sitzt und lacht und befiehlt, Esther zu holen,
aber da kommt Mordechai und hat ganz große Augen und
ganz schwarze Haare.

Jetzt gehen sie hinein in den roten Ziegelkasten. Levin hält
die Tür auf, Tante Huse schreitet voran, auf die erste Tür zu,
klopft, räuspert sich kurz, öffnet. Da sitzt Justizsekretär Bonikowski, alt und grau und endlos lang wie ein dörflicher Erb-
streit. Er nimmt den Finger aus dem Gesicht, er sagt: Wird
aufgerufen!

Wieso? sagt Tante Huse und tritt ein.

Draußen bleiben, warten, sagt Bonikowski.

Das wollen wir doch mal sehn. Tante Huse dreht sich um und
sagt zu den beiden, die in der Tür stehen geblieben sind:
Kommt rein, macht die Tür zu.

Jetzt ist es aus mit dir, Bonikowski, jetzt steh nur schon auf
und frage, worum es hier geht, und hör dir an, wovon diese
Tante erzählt, und sag nur nicht: Was geht dieser Fall denn
Sie an?

Doch dieser alte Bonikowski fragt.

Hoho, schreit da Tante Huse, angehn! Ihnen kluckert ja der
Marks! Und nun kommt alles so herausgeschossen, wie es
auf die Seele gefallen ist, gestern in ihrer Stube in Polkau,
alles, ganz genau so, und alles bekommt dabei seinen Namen:
der Deutsche wird Deutscher genannt, der Fromme From-

mer, der Unmensch beides zusammen und Unmensch außerdem und Parobbek.

Da wirft Bonikowski beide Arme hoch und sagt den zwölften Satz: Aber ist doch vertagt, der Termin.

Vertagt? Ja wieso? Levin tritt vor, denn Tante Huse faßt sich nicht gleich. Herr Obersekretär, sagt er, ich mache Sie aufmerksam, daß Sie mir hätten geben müssen eine Mitteilung, diesbezüglich.

Na eben, sagt Tante Huse, meine ich auch, also was ist?

Gar nichts ist. Bonikowski sitzt da, alt und lang, Benachrichtigung ist erfolgt, sagt er.

Tante Huse wendet sich an Levin: Du hast doch aber nichts bekommen, Leo? Und also weiter los auf Bonikowski, der sich eben überlegt, was diese Frau mit so einem Juden zu tun hat: Wann haben Sie geschrieben, was haben Sie geschrieben, und überhaupt: was ist das für eine Art! Und weiter so: Schauderhaft! und: Unerhört! und zuletzt: Aktenhengst!

Ich mache Sie darauf aufmerksam, schreit Bonikowski.

Das machen Sie man, hätten sie aber früher tun sollen und wo es angebracht ist.

Halten Sie den Mund, sagt Tante Huse eben, als die Tür zum Nebenraum aufgerissen wird und Richter Nebenzahl dasteht und Ruhe! sagt.

Tante Huse antwortet da einfach: Sie sind mir ganz still, ich rede mit diesem Herrn hier.

Das höre ich, sagt Nebenzahl würdig.

Bonikowski ist aufgesprungen, er legt die Hände an die Hosennaht und schnarrt: Gestatte mir, Herrn Kreisrichter nachfolgenden Tatbestand zu unterbreiten.

Mal Ruhe, sagt Nebenzahl. Es machandelt sich wohl, sagt dieser Säufer, um die Angelegenheit Neumühl, war ja im ganzen Haus zu hören.

Herr Kreisrichter, sagt Tante Huse, das sind womöglich neue Moden, aber nicht mit uns! Und nun also gleich einen Vortrag über die Pflichten der Gerichte, speziell des Kreisgerichts zu Briesen – untersteht ja wohl Ihrer Leitung, nicht wahr? –, und überhaupt alle nötigen Darlegungen über Menschen und Christen und Unmenschen und Unchristen.

Da findet der Habedank nun wirklich kein Wort. Dieses Weib mit dem gewaltigen Arsch, und 74 Jahre! Hol der Deiwel! Und ausgespuckt.

Aber zu machen ist da jetzt nichts.

Wann, bitte, ist die Benachrichtigung erfolgt, fragt Levin.

Vorige Woche, antwortet Bonikowski. Der Beklagte ist auch, wie Sie sich überzeugen können, nicht erschienen.

Ja, tatsächlich, der ist nicht erschienen. Wo ist er denn? Also Schluß. Da können wir wieder gehen. Habedank dreht sich um und stampft zur Tür.

Aber für Tante Huse ist die Sache keineswegs zuende. Da sehen wir mal zur Post rein, erklärt Tante Huse.

Ja, die Benachrichtigung ist vom Gericht ausgefertigt worden, vorige Woche, das Schreiben liegt auf der Post, in Briesen. Gerichtspost alle vierzehn Tage, erklärt der Postsekretär. Anordnung der Postdirektion Marienwerder vom 17. Februar 1871, Ziffer 10, Absatz 4.

Zeile 2, sagt Tante Huse, reden Sie doch wie ein Mensch!

Weitere Benachrichtigungen liegen für Neumühl nicht vor, erfahren sie, und jetzt also können sie wirklich gehn.

Mein Großvater ist nicht nach Briesen gefahren. Er hat also einen Bescheid gehabt. Da hat es also geklappt: Des Herrn Pastors Briefchen, des Herrn Landrats Hinweis, des Herrn Kreisrichters Dreh mit dem Termin, so ist das gegangen, einfach, klar, als hätte der bekannte Geist von Potsdam persönlich darüber gewacht.

Da sagt Tante Huse schlicht: Dem Bengel steig ich aber aufs Dach!

Das ist der dreizehnte Satz: er gilt meinem Großvater.

Eine schöne Überraschung, als Tante Huse in Neumühl vom Wagen klettert, sich vor meines Großvaters Haus von Habedank und Levin verabschiedet, dann erst Christina in die Arme nimmt und abküßt und Kindchen zu ihr sagt und zuletzt sich zu meinem Großvater wendet, mit Grabesstimme: Wir haben zu reden, mein Junge.

Da gibt es nun keine Ausflüchte.

Allerdings auch keinen Erfolg.

Da können alle guten Menschen von Malken bis Briesen reden, wie sie wollen, Menschen- und Engelszungen und was weiß ich, er wird etwas tun, wissen wir, etwas im Geiste seiner Ahnen, etwas nach ihrem Vorbild, auf seine gewöhnliche Weise, also schäbig.

Nach einem Tag schon wechselt Tante Huse zu Oma Wendehold auf den Abbau hinüber. Das ist doch, mein' Zeit, ein ganz übler Patron. Ein paar Tage später macht sie sich wieder nach Polkau auf.

Und mein Großvater geht umher wie der Geist Konopka.

Er reibt sich die Hände: Weil es also geklappt hat.

Er kratzt sich im Nacken: Was mischt sich da bloß alles hinein?

Er fährt sich über die Kinnstoppeln, er fängt an, alleine vor sich hin zu reden: Habedank rausschmeißen, auch die Polakken raus aus der Mühle, ja, und wie geht es dann weiter? Als sie am Sonntag in der Kapelle sitzen und singen: Mach End, o Herr, mach Ende, da unterbricht sich mein Großvater, legt die Hände vor dem Bauch zusammen und sagt mit lauter Stimme, in den Gesang der andern hinein: Jawohl, mach jetzt ein Ende! Und knurrt hinterher: Sonst mach ich selber.

8. KAPITEL

Da hast du doch diese Vorladung da, und da gehst du hin, bis nach Briesen, zu denen da, und kommst zurück: und nichts gewesen!

Marja, sagt der Levin, diese Angelegenheit ist vertagt, wie ich gesehen habe, alles schriftlich aufgesetzt und mit Stempel.

Aber wieso bloß! Und wieso weiß der vorher Bescheid, der Deiwel, und braucht nicht hin, und du weißt nicht, wieso denn?

Marja, sagt Levin, das verstehst du nicht.

Ich auch nicht, sagt Habedank.

Der Levin, freilich, der hat seine Erfahrungen, von klein auf, der versteht das, in Rožan war es nicht viel anders. Man kann darüber reden, aber was kommt schon heraus?

Mein Großvater geht umher und redet für sich allein. Er nimmt sich den Feller vor, der soll mal ein bißchen fleißiger sein: hübsch überall herumhören, überall reden, dort ein bißchen Öl auf die Seele, dort ein bißchen Feuer unter den Hintern.

Wie komm ich auf Feuer? sagt mein Großvater.

Er hat den vierzehnten Satz gesagt, der hieß: Mach End, o Herr, sonst mach ich selber.

Die Sache mit diesem stillschweigend verschobenen Termin ist jedenfalls gleich herum, in der ganzen Gegend. Da sagt Oma Wendeholz zu Ragolski: Ich brauch ja sowas nicht, aber dann kann man diese Gerichte doch lieber gleich abschaffen, wenn das so langgeht. Hat der Alte nun, oder hat er nicht?

Natürlich hat er, sagt Ragolski.

Na siehst du, sagt Olga Wendehold, dann soll er sich wenigstens vergleichen.

Vergleich kostet Geld, sagt Ragolski.

Na aber Ragolski, Geld hat er doch.

Haben ja, haben wie haben, aber geben, sagt der Ragolski, geben lieber nicht.

So jedenfalls wird geredet in Neumühl, auf dem Abbau, im Dorf, in Rosinkes Gaststube. Nieswandt und Korrinth reden noch ganz anders, da kommt mein Großvater dazu, sagt aber gar nichts, daß sie schon wieder einmal herumsitzen, sagt nur: Na ihr? Und setzt sich hin und sagt: Am Fünfzehnten gibt Lohn, und dann haut ihr ab.

Wieso? sagt Korrinth.

Und wohin? sagt Nieswandt.

Nach Rußland, sagt mein Großvater ruhig. Ich brauch euch nicht mehr.

Machen Sie jetzt alles alleine, sagt Korrinth.

Und wenn wir nicht gehn, was meinen Sie, fragt Nieswandt.

Am Fünfzehnten gibt Lohn, sagt mein Großvater, aber ihr müßt auch abhauen.

Also, das werden sich die beiden noch überlegen. Lohn am Fünfzehnten, gut, aber was dann ist, das steht noch nicht fest.

Du ziehst auch ab, sagt mein Großvater.

Da steht er in Pilchs Häuschen. Der Habedank ist ein höflicher Mensch, er erhebt sich. Er sagt: Wieso?

Überall Wieso! Meinem Großvater wird es diesmal schon ein bißchen schwarz vor Augen. Wo man hinkommt: Wieso?

Also du verschwindest, sagt mein Großvater. Mit Geige und Marie. Und Levin, müßte er eigentlich sagen, denn er weiß schon, daß der hier untergebracht ist, aber er sagt es nicht. Er sagt: Ist nicht dein Haus.

Deins auch nicht, sagt Habedank.

Gehört dem Pilch, sagt mein Großvater.

Dann hol den man her, sagt Marie, geh ihn man suchen.

Ganz egal, sagt da mein Großvater, ich krieg euch schon raus. Und dann geht er wieder.

Das muß man wohl in Briesen anteigen, überlegt er, paßt jetzt nicht, muß aber sein. Wenn die hierbleiben, ich weiß nicht. Also dann noch einmal den gleichen Weg: nach Malken!

Diese Christliche Union wird, findet mein Großvater, immer teurer. Er muß wieder mit der Brieftasche schwenken, aber natürlich, der gewünschte Brief wird geschrieben. Die Frau Pfarrer hat Auskünfte eingeholt. Die von der Kreiskasse Kowalewo-Schönsee besagen: es lohnt sich. Wir Deutsche, sagt daher die Frau Pfarrer versonnen.

Wie solch ein Brief von Malken nach Briesen aussieht, wissen wir schon: Oben Lieber Spezi und unten Habe die Ehre. Dazwischen dann: Möchte ich Deine Aufmerksamkeit darauf lenken, daß es sich um einen unserer deutschen Sache tief ergebenen, dazu höchst einflußreichen Mann handelt.

Der Herr von Drießler, dieser Spezi und Königliche Landrat, bekommt also einen solchen Brief.

Na dann einfach: Kleines Schreiben, an Katasteramt, betrifft Gemarkung Neumühl. Registernummer 42 Strich 2, Gesindehaus.

Dazu wird festgestellt, im Kreiskataster: Eigentümer Pilch alias Pilchowski, Austragung 1. Oktober 1868.

Weitere Nachforschung ergibt: Pilchowski, Stanislaus, geboren 14. 3. 1841 Neumühl, Namensänderung auf Pilch. Der nachstehend Aufgeführte, Ackerwirt zu Neumühl, verwitwet usw. Aktenzeichen 27 Strich 2 Strich 91. Mit Datum vom 21. 9. 1868.

Eigentümer vor sechs Jahren verzogen. Wohnsitz unbekannt.

Schlamperei, stellt der Herr Landrat im Hinterzimmer von Wiezorreks Deutschem Hause fest.

Jedenfalls ist zuständig, aber nicht erst seit heute, der Fiskus. Der das bisher nicht gemerkt hat. Pilchs Häuschen steht also zum Verkauf. Öffentliche Ausbietung durch Aushang im Kreisgericht Briesen. Erübrigt sich außerdem, Formsache: Interessent vorhanden. Wieder etwas geregelt. Deutsches Ansehen nicht verletzt.

Der Herr von Drießler antwortet seinem Spezi und Bundesbruder unter dem 2. Juli: Dein wieder einmal hervorragend bewiesenes Eintreten für die Sache unseres stolzen Reiches hat mich veranlaßt, dem Konsistorium in Marienwerder entsprechenden Wink zukommen zu lassen. Ein Antrag auf Dekorierung, für dessen wohlwollende Behandlung ich mich verbürge, dürfte höchsten Ortes auf Zustimmung rechnen können.

Am Ende des Briefes steht ganz beiläufig: Superintendentur Schönsee ab 1. 1. 75 zur Wiederbesetzung.

Da wiederholt der Glinski die Worte seines Weibes von der Deutschen Treue, und wir wissen schon, es ist eine besondere Sache mit diesen Deutschen, zum Beispiel denen, die aus Lemberg her sind, und denen, die aus polnischem Adel stammen. Ihr Eifer für das Deutsche ist unverständlich groß, wie man sieht, und ihr Eifer für das Große ist deutsch, wie man sieht, kurz gesagt: groß-deutsch.

Diese Leute, denen, nach Tante Huse, der Marks kluckert, was ungefähr besagt, daß sich ihnen die Gehirnmasse verflüssigt.

Allerdings unfriedlich. Was sie zuwege bringen, ist nicht abgetan, wenn man Stänkriger Kerl sagt oder Hund.

Also: Mein Großvater kauft Pilchs Häuschen, vom Fiskus, das steht erst einmal fest.

Und Krolikowski wird diesen Habedank amtlich hinaussetzen. Mit unamtlichem Vergnügen.

Krolikowski erklärt es laut, in Rosinkes Gaststube, aber auch am Zaun von meines Großvaters Hühnerhof, er weiß schon genau, wo es sich lohnt, und auch genau, wie er es anstellen wird, völlig überraschend nämlich: Steh ich mit eins vor diese Bruchbude, hoch aufs Pferd, und sage man bloß Raus!

Eine große Szene, die er sich da vorstellt: Erst kommt dieser Habedank raus, die Mütze hat er vor Schreck vergessen, na ja, meinswegen: die Geige hat er mit, und hinterher diese langhaarige Marie, was sich den Rock anknöpfelt, na und womöglich noch der Jud dann, den spick ich im Hintern, ich sag bloß: Angetreten!, dann kommt er, dann sag ich: Abteilung kehrt!, dann dreht er sich um, dann tret ich ihm von oben, und dann sag ich: Ein Lied!, und dann können sie singen, Geige dazu: Lustig ist das Zigeunerleben.

Sehr lustig. Das kann er oft vorführen, das bringt immer wieder noch ein Schnäpschen ein, vom Kaminski oder vom Barkowski, aber für ewig nun auch wieder nicht. In der Nacht vom Freitag zum Sonnabend brennt Pilchs Häuschen ab, bis auf den Grund, sogar ein Stück vom Gartenzaun geht mit.

Und mein Großvater also geht umher. Und redet für sich allein.

Und Ragolski und Oma Wendehold, denen wir vorhin gerade ein bißchen zugehört hatten, das sind also auch Einzelgänger. Oder Einzelredner. Und Gastwirt Rosinke, der manchmal den Levin mitgenommen hat, nach Strasburg oder Schönsee, und jetzt nach Briesen nicht, der sich also herumschlängelt, so oder so, das ist auch ein Einzelgänger, oder -schlängler meinetwegen. Und die Predigersgattin? Und Christina? Und, daß wir wieder darauf kommen: Tante Huse?

Und Rocholls? Von Tomaschewski und Kossakowski wollten wir ja nicht mehr reden, aber wir sollten es vielleicht doch noch einmal: Sind das auch Einzelgänger?

Sortieren wir zum Beispiel danach: Wer hat etwas? oder: Wer hat viel? Und wer hat wenig? oder: Wer hat gar nichts? Das ist ein bißchen einfach, aber nützlich, es ergibt mehrere

Gruppen, viele kleine, von denen sich einige untereinander recht ähnlich werden, je näher man hinsieht, obwohl sich dabei auch wieder zahlreiche neue Unterschiede zeigen: Also: Die Wohlhabenden oder Reichen, die hier in Neumühl Baptisten sind und außerdem deutsch, denen die etwas weniger Wohlhabenden sich anschließen und von denen Leute wie der Feller sich abhängig vorkommen oder der Gastwirt oder Leute wie Händler, Fußgendarmen zu Pferde oder zu Fuß. Oder Lehrer, solange sie nicht weggejagt sind, wie der Willuhn.

Und denen einiges zu Hilfe kommt, auf ganz einzelgängerische Weise, versteht sich: der evangelische Belialssohn Glinski, der galizische Landrat des preußischen Königs, dieser so frischgebackenen wie altertümlichen Majestät, die, nach einem Liede zu schließen, ein guter Mann ist, wohnhaft zu Berlin, dazu Kreisrichter Nebenzahl, Katasteramtsdirektor Labudde, Sekretär Bonikowski, Gastwirt Wiezorrek, aber da wird es schon wieder schwieriger.

Und die andere Gruppe: die also, die bisher aus katholischen Polen oder polnischen Katholiken bestehen sollte, zu der aber unversehens Halbkossäten und Häusler gekommen sind, also Adventisten auch und Baptisten auch und jedenfalls also auch Deutsche, Tante Huse, wie wir gesehen haben, womöglich schon Olga Wendehold, ganz gewiß aber der Vorsänger Weiszmantel, diese Zigeuner und überhaupt immer mehr Leute. Und wie stand das mit Palms, und wie mit Tethmeyer? Schwierig oder einfach. Wie es gekommen ist in dieser Geschichte. Wie es weiter kommt in dieser Geschichte.

Der Habedank sitzt in Strasburg, im Krug von Moses Deutsch, wenn man auf ein Deutsches Haus einfach Krug sagen darf, er sitzt in der Ecke, wo der grüne Ofen mit den weißen und rosa Blumen steht, sitzt da und hat ein Pfundchen Käse vor sich und Kümmel und Salz und schneidet sich

immer ein Stückchen nach dem anderen zu, betunkt es sorg-
fältig erst mit Salz und dann mit Kümmel, weil der Kümmel
nicht so lange haftet wie das Salz, führt das Stückchen Käse
dann mit dem Messer, aufgespießt natürlich, zum Mund.

Habedank, was willst du in Strasburg?

Strasburg ist eine langweilige Stadt, sagen alle Leute, sogar
die Zigeuner. Die Strasburger Pferdemärkte ziehen sich
immer endlos hin. Woran liegt das?

Doch wohl daran, daß die Strasburger Gegend, dieser Win-
kel vor der umständlichen Schleife, die der Drewenzfluß um
Hoheneck herum beschreibt, und südlich der Seenplatte
zwischen Bobrau, Konajad, Ostrowitt und Pokrzidowo, nicht
so einfach und sozusagen gemütlich ihre Bewohner nährt.
Die Wälder um die Seen herum sind feucht, gehen nach
Westen in ein Moorgebiet über, nach Osten zu ist Sand, auf
dem Drewenzufer nördlich der Schleife kann man schon von
Flugsand sprechen. Man sieht es den Dörfern von weitem an.
Darum muß der Zigahn hier redlich sein und das bißchen
Arsen, das er hat, langsam und wohldosiert gebrauchen, nicht
nur auf zwei oder drei Stöße verteilt, sonst sieht das Pferdchen am ersten Markttag glänzend aus, aber am dritten nicht
mehr: die Bauern, die zum Strasburger Pferdemarkt kommen, kaufen daher erst am vierten Tag.

Strasburg ist langweilig. Allerdings, und das haben wir bisher
verschwiegen, ist es eigentlich die Kreisstadt. Also Briesen ist
keineswegs der großmächtige Ort, zu dem wir ihn gemacht
hatten. 3800 Seelen, ja das bleibt, zwei Kirchen und Wiezorreks Deutsches Haus auch, sogar Königs Dampfsägewerk,
aber Kreisgericht, Katasteramt, Landratsamt, das alles ist
eigentlich für Strasburg bezeugt. Aber wir können uns jetzt
nicht daran kehren.

Briesen liegt, was die Straßenverhältnisse anlangt, erheblich
günstiger für unsere Geschichte, wenn sie schon in Neumühl
spielen soll. Und dann ist ja schon gesagt worden, daß die

ganze Sache auch nördlich oder nordöstlich oder noch weiter hinauf genauso hätte vorfallen können: in der Gegend von Marggrabowa, also im Kreis Oletzko, oder am Wysztyter See, also im Kreis Goldap, oder noch weiter nördlich, wo ein Mann wie der Glinski gerechterweise Adomeit heißt, aber ebenso deutsch ist. Immerhin, es war vielleicht nötig, das hier zu sagen: Kreisstadt ist eigentlich Strasburg, nicht Briesen. Es war nötig, aber es ist unerheblich. Strasburg, wie gesagt, ist langweilig.

Zwei Kirchen, also nicht mehr als in Briesen, ein Sägewerk, ein Deutsches Haus, wie üblich, zusätzlich allerdings die Honigkuchenfabrik´ Garczynski & Hecht und die Groß-molkerei Dembowski, aber was ist das schon.

Im Deutschen Hause in Strasburg, also in der Wirtschaft von Moses Deutsch, sitzt Habedank und ißt Käse. Und wartet auf unsern lieben Weiszmantel, diesen Herrn über die Lieder, mit den Parezkes um die Füße.

Es ist vielleicht nicht mehr nötig, Weiszmantel zu loben. Der Weiszmantel ist ein alter Mann. Lobt man alte Leute? Alten-teiler zum Beispiel, wenn sie lange leben und also unbequem werden, sterben immer ganz plötzlich. Weiszmantel hat glücklicherweise nichts, er lebt also.

Moses Deutsch tritt aus dem Laden, wo die Kuhketten neben dem Seifenfaß und der Tonne mit Heringen, neben den Holz-pantinen, Tragen, Seilen, Rührhölzchen herabhängen, er kommt in seine Gaststube, das Käppchen auf dem grauen Kopf, aber keineswegs im Kaftan, sondern im hellen Anzug, ein Kaufmann, drei Häuser hat er am Markt. Er redet auch nicht erst lange mit dem Habedank.

Da sitzt der Herr Kaplan, der noch neu ist in der Stadt. Diese Herren wechseln ja oft und haben eigentlich nichts. Wenn man sieht, wie sie ankommen oder Abschied nehmen: einen Holzkoffer, weiter nichts. Aber eigentümlich: sie kommen an mit nichts, und es ist alles gleich da, was der Mensch oder der

Kaplan braucht. Da sitzt also der neue Herr Kaplan hier und trinkt Rotwein.

Moses Deutsch kennt sich mit den Dienstgraden und Rangabzeichen aus, auch mit denen, die nicht sichtbar getragen werden, er sagt: Herr Geistlicher Rat. Säße da ein Geistlicher Rat, sagte er Monsignore. Also er weiß Bescheid. Und wenn der Herr Kaplan ein landläufiger Kaplan wäre, würde er zunächst berichtigen, sich aber, da das keinen Eindruck auf Moses Deutsch macht, schließlich zufrieden geben. Dieser Kaplan jedenfalls tut es nicht, er sagt: Herr Deutsch, ich werde bei Ihnen meinen Rotwein trinken, solange ich Kaplan bin, als Kuratus kann ich es vielleicht nicht mehr, also Kaplan – das genügt.

Nun gut, also Kaplan. Aber warum hier noch diesen Kaplan einführen, wo doch schon genügend Personnage da ist für diese übliche Geschichte, die überall passieren kann?

Ein weites Feld, fürchten wir also nichts. Das weiteste Feld freilich ist der Begräbnisplatz. Da gehe man nur einmal eine Gräberreihe ab, hier in Strasburg meinetwegen. Wie das alles durcheinanderliegt! Wenig von dem Gruppierungsversuch vorhin. Und alle haben sie gesungen: Freu dich sehr, o meine Seele. Und, wie es weiter heißt in diesem Lied: Gib, daß ich mit Fried und Freud mög von hinnen fahren heut.

Mit Fried und Freud.

Wie geht das eigentlich zu, daß man das alles so einfach dahersingen kann? Nehmen sie den Leib, Gut, Ehr, Kind und Weib. Laß fahren dahin?

Der Weiszmantel ist da. Und sitzt neben unserem Habedank.

Wo hast die Geige?

Vorne, sagt Habedank.

Also Glock elfe, sagt Weiszmantel.

Also noch zwei Wässerchen!

Und nachher stehn sie auf dem Friedhof.

Da steht auch der Herr Kaplan. Er begrüßt Habedank und Weiszmantel wie alte Bekannte.

Nun sieh doch, der Herr Kaplan, mit diese Zigeuner! Sagt die trauernde Witwe, die immer ganz vorn stehen muß, wie es sich gehört, und jetzt also, weil sich erst alles zusammenfinden soll und noch nicht findet, wie ein aufgestörtes Huhn herumstreicht, von Häuflein zu Häuflein, von Gruppe zu Gruppe, sich überall ansehnlich hinzustellen versucht, weil sie ja auf jeden Fall vorn stehen muß.

Zum Schluß beten sie gemeinsam für den nächsten Toten. Da weint der Weiszmantel vor sich hin.

Und nachher wird geteilt und beerbt und das Fell versoffen. Mit den trauernden Hinterbliebenen. Die nichts anderes mehr zu reden haben als: Du kriegst die drei Anzüge und Wäsche, die überzählige, wird dir doch wohl reichen, ich nehm bloß die Lokomobile, ist ja sowieso kaputt, was denkst du.

Ja, lieber Himmel, da braucht der Mensch doch noch bares Geld außerdem, wegen der Reparaturkosten!

So geht es zu auf den Trauerfeiern.

Und Weiszmantel singt sein neuestes Lied.

Eine Vierviertaktweise, die tief anfängt und mit jeder Zeile um eine Tonstufe höher steigt, innerhalb der Zeile allerdings mit regelmäßigen Quartsprüngen nach unten, aber eben immer um eine Tonstufe höher kommt, ein Lied also, das keiner mitsingt, nur Habedanks Geige, für das man dem Weiszmantel keinen Dank weiß:

> Letztes Boot darin ich fahr
> keinen Hut mehr auf dem Haar
> in vier Eichenbrettern weiß
> mit der Handvoll Rautenreis
> meine Freunde gehn umher
> einer bläst auf der Trompete

einer bläst auf der Posaune
Boot werd mir nicht überschwer
hör die andern reden laut:
dieser hat auf Sand gebaut

Ruft vom Brunnenbaum die Krähe
von dem ästelosen: wehe
von dem kahlen ohne Rinde:
nehmt ihm ab das Angebinde
nehmt ihm fort den Rautenast
    doch es schallet die Trompete
    doch es schallet die Posaune
keiner hat mich angefaßt
alle sagen: aus der Zeit
fährt er und er hats nicht weit

Also weiß ichs und ich fahr
keinen Hut mehr auf dem Haar
Mondenlicht um Brau und Bart
abgelebt zuendgenarrt
lausch auch einmal in die Höhe
    denn es tönet die Trompete
    denn es tönet die Posaune
und von weitem ruft die Krähe
ich bin wo ich bin: im Sand
mit der Raute in der Hand

Habedank macht immer sonderbare Nachspiele, hinter jeder
Strophe. Für Weiszmantel sind sie so wunderlich nicht, aber
für uns: wir brauchen Text, wenn wir Töne hören. Die alten
Frauen in der Kirche, wenn der Organist nach dem Lied noch
ein oder zwei Takte lang ein paar sanfte Akkorde drückt, bis
die Luft alle ist, singen wenigstens Paul Gerhardt dazu,
schließlich steht es ja da unter dem Lied im Gesangbuch, man
braucht eben Text zum Singen.

Machen wir uns keine Gedanken darüber, der Weiszmantel geht wieder. Der Habedank auch.

Begraben worden ist Samuel Zabel, Ackerbürger zu Strasburg.

Der wenigstens geht uns nichts an, er ist schon tot, als wir an ihn geraten. Seine Frau allerdings lebt noch, sie sagt zu Habedank: Hier haben Sie Ihren Taler. Sie deutet auf Weiszmantel: Geben Sie dem was ab. Habedank hat nämlich noch Heidegrab gespielt und Ich weiß nicht was soll es bedeuten und zum Abschluß Ich kenn ein' hellen Edelstein.

Das also ist Strasburg.

Die Stimme Levins. Eine ziemlich hohe Stimme. Ich habe genug, sagt diese Stimme. Aber es ist ganz dunkel, wir erkennen gar nicht, ob dieser Levin sich dabei mit der Hand über die Stirn fährt. Ganz dunkel.

Marie sagt: Du bleibst hier.

Der Levin will also schon wieder weglaufen.

Marja, sagt er und nimmt diese Marie wieder in die Arme und führt die Hände an ihrer Hüfte hinauf und drückt die Finger ihr in den Rücken und läßt den Kopf über Maries linke Schulter hinabsinken. Und preßt sich an diesen Leib, der fest ist und sanft, so als wollte er untergehen in diesem starken, pochenden Atem, in diesen langen und plötzlich schnell hervorgestoßenen Seufzern, in diesem unvermuteten, kleinen, gleich wieder erstickten Lachen, in dieser harten Umarmung, in der steigenden Süße, hinter der das Salz heraufkommt: wie das Licht, das sich auf einmal in die Dunkelheit drängt, daß man es sieht: Bretter, in deren Fugen es hell ist, noch nicht taghell, aber: das Licht, Frühlicht, Vieruhrlicht.

Um diese Zeit liegt mein Großvater in seinem Unschuldsleinen.

Christina ist wach. Sie hört den Regulator gehn. Hin und her. Eben hat er geschlagen. Ich frag nicht mehr, sagt Christina und schließt die Augen. Aber einschlafen kann sie nicht.

Pilchs Häuschen. Vier Stuben. Strohdach. Wohnten früher Pilchowskis Leute drin.

Habedank ist fort. Diese Marie auch. Und es geht einer ums Haus. Einer, den man nicht sieht.

Er keucht ein bißchen. Obwohl er seine Schritte ganz langsam, ganz vorsichtig setzt. Er faßt an die Fensterläden. Sie geben nach, aber er geht weiter, um das Haus herum. Jetzt bleibt er stehen.

Ein sonderbarer Wind. Er kommt ziemlich kräftig und gleichmäßig. Aber auf einmal beginnt er zu hüpfen. Als ob ihm da Bäume in den Weg geraten sind. Dabei gibt es in den Wiesen gar keinen Baum. Nicht einmal solche krummen Weiden, wie sie an manchen Roßgärten stehen.

Vielleicht will er nicht hier herüber, der Wind vom Fluß. Aber er kommt nun doch, wenn auch mit Hüpfern und Sprüngen.

Und fährt in das Feuerchen an der Hausecke und jagt die Flämmchen die Wand hinauf und höher und bis ans Dach. Und jetzt brennt dieses alte Holz, dieses mürbe Stroh fliegt nicht, es glimmt erst, schwelt, brennt heller und heller, erst der eine Giebel, dann Dach und Dachbalken, schließlich das ganze Haus.

Mit einem singenden Ton, der immer in der gleichen Höhe bleibt, nur manchmal lauter, manchmal leiser wird. Brennt herab. Am Zaun schließlich verflackert das Feuer. Ein paar Pfähle und Stecken hat es verkohlt, es zuckt noch ein paarmal an den nächsten hinauf.

Mein Gott, sagt Christina, als mein Großvater sich ins Bett wälzt. Uhre drei.

Tante Frau, fragt mein Großvater.

Aber Christina schweigt.

Mein Großvater schläft gleich.

Wir werden müssen abhauen, sagt Marie und rüttelt Levin an der Schulter. Ja ja, sagt Levin und ist schon wieder halb im Schlaf. Also bleibt Marie noch liegen. Es wird hell in Rocholls Feldscheune, die an der Chaussee steht, ein Stück vor Gronowo. Man ist ein bißchen benommen in diesem frischen Heu, das so stark duftet. Beinahe wie im Gärfaß. Man drückt sich so herum, denkt diese Marie. Vielleicht sollte ich doch mitgehn, ins Russische hinüber, nach Rozan. Wie der Levin sagt.

Aber ich weiß ja, denkt diese Marie. Wie läuft das schon aus! Der Levin hört auch mit einmal auf, wenn er davon zu reden angefangen hat. Ich weiß ja, da sind seine Leute, da gehör ich nicht hin.

Ich weiß, wie sie dastehn. Die alten Männer mit ihren eisengrauen Bärten, die Frauen mit den weißen, teigigen Gesichtern, in denen die schwarzen Augen brennen. Sie sagen: Wo kommst du jetzt her, Levin? Und mit wem? Sie wenden sich ab. Ich gehör nicht dorthin.

Aber der Levin soll mir hier bleiben, sagt diese Marie. Er soll bleiben, hier bei uns.

Zwischen Gronowo und Trzianek, einen halben Kilometer nördlich von der Chaussee, liegt ein Wäldchen.

Ein Buchenwäldchen, wie es viele in der Gegend gibt, Rotbuche, fagus silvatica. Es ist überhaupt kein richtiges Waldgebiet hier. Durchschnittliche Niederschlagsmenge jährlich unter 500 Millimeter. Die größeren Waldbestände, Fichte, picea, vorwiegend picea excelsa, Rotfichte, stehen bei Dombrowken und nach Schönsee zu und dann im Norden, um Goßlershausen.

Hier auf dieses Buchenwäldchen einen halben Kilometer nördlich von der Chaussee führt ein Feldweg zu und führt hinein in das Wäldchen und ist dann ein Waldweg. Und wenn man schon ein ganzes Stück gegangen ist auf diesem Waldweg und bald das Licht von den Feldern her einem entgegenkommt, unter den breiten Buchen und also langsam und ruhig, steht da ein Haus. In diesem Haus lebt Jan Marcin.

Seit es das Haus gibt. Er soll Scarlettos Vater sein, man weiß es nicht, man sagt es aber, und er hat ein paar Ziegen mit braungestreiften Rücken und schwarze Hühner und einen bunten Hahn. Er wohnt immer hier, und die anderen, die man bei ihm vorfindet, sind nur zu Besuch gekommen.

Es sind immer welche dort. Finstere Elementen, sagt Gendarm Krolikowski, der sich das einbildet und nicht abläßt von seiner Meinung, also immer mal vorbeikommt, per Wallach Max, und noch nie gefunden hat, was er sucht, entlaufene Gutsarbeiter von Ciborz oder Wilddiebe oder Schmuggler auf eigene Rechnung. Hier sind andere Leute, aber es ist kaum zu verstehen, warum immer nur andere: Dauerbesucher, Durchreisende, solche, die nur die Nase ins Haus stecken, die der Krolikowski aber nicht sucht, solche, die sich mit dem ganzen Hintern darin breitmachen, auf die er aber auch nicht scharf ist, solche ganz Unüblichen außerdem, wie sie Jan Marcin seit zwei Tagen zu Gast hat.

Sie kommen gerade mal für ein paar Nachtstunden ins Haus, und erst wenn es auf den Morgen zugeht und kalt wird. Sonst treiben sie sich herum, liegen am Waldrand, laufen bis an die Struga und hängen die Beine hinein und kommen mit zwei Sträußchen Vergißmeinnicht wieder und haben ihren Mund zu allem, bloß nicht zum Reden. Das ist übrigens Jan Marcin auch egal, er sagt sowieso nichts, höchstens: Die können sich mal was anziehn. Er legt die Kleider, Rock und Bluse, Hose und Jacke und zwei Leinenhemden, die er einfach über das Bett geworfen vorfindet, hübsch zusammen, auf die Bank am Fußende. Und pfeift dabei. Unübliche Leute.

Diese Marie melkt die Ziegen, und der Levin trinkt die halbe Milch gleich aus, und dann sind sie wieder weg, man hört sie manchmal irgendwo, aber da sind sie nie. Jetzt sitzen sie auf der Wiese, und es regnet. Es ist die Zeit, wo man den Pirol hört, besonders dort, wo die Rotbuchen zuende sind und die Weißbuchen anfangen, carpinus betulus. Er läutet einem die

Augen leer mit seiner Glockenstimme, man hört und hört und sieht nichts mehr, und wenn man schon alt ist, wie Jan Marcin, lehnt man sich an einen Baum und bewegt die Lippen, aber man sagt kein Wort, höchstens: Meine Zeit.

Bis auf die Wiese hinaus hört man den Pirol. Aber jetzt regnet es, da hört er auf. Und der Levin und diese Marie sitzen auf der Wiese, im Regen, und haben nichts an und schreien bloß herum. Da, da, da, und wieder: Da, da. Sie zählen die Regentropfen, jeder die, die der andere abbekommt.

Noch regnet es langsam. Noch ist es, als versprühten die Tropfen einfach auf der durchglühten Haut. Kaum sieht man sie auftreffen, da sind sie zerplatzt und schon vergangen, einfach weg. Aber jetzt fällt der Regen schneller, noch immer freilich tropfenweise. Da wird die Zählerei ebenfalls schneller und immer lauter, ein richtiges Geschrei, und jetzt hängt schon Maries Haar in schwarzen, durchnäßten Strähnen ihr ins Gesicht. Sie richtet sich auf, kniet vor dem Levin, der noch immer daliegt, auf der Seite, und mit dem Arm fuchtelt. Sie fährt sich mit beiden Händen durchs Haar, nimmt es zusammen hebt es sich über die Schläfen, führt es nach rückwärts, hält es im Nacken mit beiden Händen fest, drückt es, daß ihr das Wasser zwischen den Schulterblättern den Rükken hinunterläuft. Dabei biegen sich die Schultern zurück, unter den Brüsten der Leib drängt sich vor. Was hast du, sagt Marie.

Ja, was hat der Levin?

Da liegt er auf der Seite und hebt sich mit der Rechten ein bißchen aus dem Gras. Da gibt es etwas zu sehen an Maries Schoß, etwas zu sehen für diesen Levin. Da fallen nämlich die Regentropfen, einer, noch einer, noch einer, ganz schnell, dieser Marie ins Schamhaar, bleiben hängen, drehen sich, laufen an den Härchen hinab und ziehen sie mit ihrem Gewicht nach unten, das Haar legt sich an. Aber hier und dort auch richtet sich eins und noch eins, jetzt noch eins auf, fügt

sich einfach nicht. Das ist lustig. Der Levin lacht. Und Marie
sagt: Was hast du da bloß? Sie hält sich noch immer das
Haar.

Was soll der Levin sagen? Es ist schön hier auf der Wiese. Es
ist schön hier im Regen. Wann war es schon so schön?

Es ist noch vor diesem Regen, gegen Mittag. Der alte Jan
Marcin geht in seinem Häuschen umher, über die ausgewetz-
ten Dielen, schiebt die Flickendecken gerade, kneipft dem
Talglicht den verkohlten Docht ab und macht ein veräch-
liches Gesicht. Erst eins, dann ein anderes, dann noch eins.
Mit diesem dritten bleibt er am Fenster stehen.

Von der Chaussee her über den Waldweg reitet Fußgendarm
Krolikowski heran. Jan Marcin zieht ein viertes Gesicht. Und
jetzt hält Krolikowski vor dem Haus und ruft von seinem
Gaul hinunter: Komm raus! Gerade eben, als sich Jan Marcin
in die Tür stellt.

Krolikowski wundert sich wie jedesmal und diesmal noch
mehr: der Alte ist allein. Er steigt ab, macht die drei Schritte
auf die Tür zu, der Alte tritt zur Seite, Krolikowski geht
durch die zwei Stuben, er bemerkt nicht einmal die Kleider
auf der Bank, er geht hinaus, er sieht gar nichts, steigt wieder
auf und reitet eilig davon. Jan Marcin bleibt in der Tür stehen
und blickt ihm nach. Und als die beiden ins Haus kommen,
lange nach dem Regen, sagt er nichts. Der Krolikowski war
eben losgezogen, da hatte der Regen angefangen. Vielleicht
nur, denkt Jan Marcin, um die Spuren dieses Reiters fort-
zuwaschen. Was werd ich reden!

Ich leb, sagt dieser Leo Levin, zum ersten Mal.

Sie sitzen in der Stube, die Drei, Jan Marcin erzählt ein bißchen. Solche kurzen Endchen. Von Lea Goldkron, die um-
hergelaufen ist im Land mit bloßen Füßen, und wo sie durchgekommen war mit ihrem roten Haarschopf, brannten die
Herrenhäuser. Die der alte Fürst, da in der Rypiner Gegend,
da war ein Sommerschloß, da wohnte er, hat einfangen lassen

wegen der Schönheit. Und die in den See gegangen ist, lange Jahre danach, in Kleidern und Schmuck bis ans Ufer, und dann alles abgelegt auf den Sand und hinein, wie sie gekommen war, nackt. Aber alt jetzt und mit müden Beinen.

Wenn er zuende ist, hört man wieder die Grillen. Hier in der Stube. Sie sitzen im Moos, mit dem die Wände abgedichtet sind. Levin hat einmal geraten, das alte Moos herauszunehmen und neu zu dichten. Da hat Jan Marcin den Kopf geschüttelt.

Jetzt versteht der Levin, daß das so sein muß. Er steht auf und stellt sich in die Mitte des Raumes. Er sagt: Ich will hier nicht fort.

Marie hat das Gesicht in die Hände gelegt, sie sagt unter den Händen hervor: Morgen gehn wir nach Hause.

9. KAPITEL

Der fünfzehnte Satz gehört nicht zur Handlung. Wenn auch zu uns, er heißt, nicht ganz genau: Die Sünden der Väter werden heimgesucht an den Kindern bis ins dritte und vierte Glied.

Da reden wir also über die Väter und Großväter und müßten doch wissen, daß diese Väter oder Großväter ihrerseits ebenfalls Kinder sind, im dritten oder vierten oder siebenundzwanzigsten Glied. Da gibt es kein Ende, wenn wir erst anfangen herumzusuchen. Da finden wir Schuldige über Schuldige und halten uns über sie auf und nehmen uns unterdessen vielleicht stillschweigend aus.

Obwohl doch z. B. die ganze Geschichte hier unsertwegen erzählt wird.

Lieber Mensch, gehab dich wohl, heißt es in Alberti Musikalischer Kürbishütte von 1641, welche, wie es im Titel gleich steht, uns erinnert menschlicher Hinfälligkeit, woran wir uns aber nicht erinnern lassen. Weiszmantel kennt diese Königsbergische Hütte nicht, obwohl sie sich gut singen läßt, zu drei Stimmen, vocaliter oder auch mit Instrumenten, und auf schöne Texte. Aber er sagt es ganz genau so wie dieser Herr Albert: Lieber Mensch, gehab dich wohl.

Und Habedank sagt: Na ja, dann geh man.

Doch der Weiszmantel kommt lieber noch ein paar Schritte mit, bis auf die kleine Höhe hinauf, vor Neumühl.

Sie kommen wieder von den Drewenzwiesen her, die beiden, wie neulich. Das Strasburger Begräbnis ist vergessen, der neue Kaplan auch, sie reden da etwas von Pferden, von einer

Schimmelstute aus Kladrub, aus dem Böhmischen. Was so ein Tier herumkommt! Da hat sie ein Weilchen in Cielenta gelebt und im Jahr darauf in Rosenhain gefohlt, jetzt steht sie in Brudzaw und ist schon verkauft nach Linde.

Und die beiden sind auf der kleinen Anhöhe angelangt.

Und der Weiszmantel sagt nicht noch einmal: Gehab dich wohl. Er steht da, er sagt gar nichts. Wie der Habedank.

Dort drüben, an der Stelle, wo Pilchs Häuschen gestanden hat, dreißig oder vierzig Jahre lang, steht Gendarm Krolikowski, sonst nichts, nur ein Stück Zaun. Die rechte Hand hat Krolikowski in die Uniformjacke gesteckt, zwei Handbreit unter dem Kragen. Da steht er, und nun geht Habedank auf diesen Gendarm zu. Und der Weiszmantel bleibt stehen.

Herr Gendarm, sagt Habedank.

Schnauze, sagt Krolikowski. Und verbessert sich, als Amtsperson: Schweigen Sie Ihren Mund.

Hier also, auf den verkohlten Resten von Pilchs Häuschen, wird Habedank verhaftet, im Namen des Gesetzes und von diesem Krolikowski. Und wird verbracht nach Briesen. Und die Aussage dieses Weiszmantel, ohne festen Wohnsitz, wird jedenfalls zurückgewiesen. Gleich von Krolikowski.

Brandstiftung, sagt Sekretär Bonikowski, und Richter Nebenzahl sagt: Hinreichender Verdacht.

Also Vereinnahmung durch das Kreisgefängnis zu Briesen. Unvermeidbar allerdings: Anfrage, gerichtet an Polizeimeister in Strasburg, folgenden Inhalts: Ob der Inhaftierte, wie ausgesagt, dortselbst an der Beerdigung (katholisch) des Samuel Zabel, Ackerbürgers zu Strasburg, teilgenommen. Gemeinschaftlich mit einem Individuum, genannt Weiszmantel. Ob, wann, wie lange in Strasburg gesichtet?

Wir wissen, daß denen, die Gott lieben, alle Dinge zum Besten dienen. Das sagt Prediger Feller in Neumühl, in meines Großvaters Guter Stube. Mein Großvater sagt darauf: Wissen wir, sieht man immer wieder.

Amen, sagt Prediger Feller, das heißt: es werde wahr.

Ist schon, beendet mein Großvater.

Das kann gut für einen sechzehnten Satz stehen.

Ja, sagt der Feller still für sich. Was hab ich mich bloß damals so aufgeregt? Ist doch alles gut gegangen. Da war er in Malken, aber na wenn schon! Der Jud ist weg, von Prozeß keine Rede, dieser Zigeuner eingesperrt.

Mehr weiß er nicht, aber es reicht ja auch.

Und mein Großvater schickt Tante Frau nach dem Selbstgebrannten. Da steht man auf und hebt das Glas gegen das Fenster und sieht das schöne Nachmittagslicht durch das klare Wässerchen scheinen. Das ist ein Tag, wie er im Leben zählt. Alles wie bestellt, sagt mein Großvater, jetzt brauch ich die Kabise nicht zu kaufen.

Wird wohl der Blitz eingeschlagen haben, sagt Feller und läßt sich den zweiten Schnaps einschenken und fährt fort: Diesen Blitz hat ja der Krolikowski denn auch mitgenommen, jetzt ist er eingesperrt.

Nach dem dritten Schnaps heißt es dann: Des Gerechten Gebet vermag viel. Und mit dem vierten Schnaps ist das Urteil über die ganze Angelegenheit gesprochen: es war ein Gottesurteil, einwandfrei, und: die Rechte des Herrn behält den Sieg.

Darüber kannst du nächsten Sonntag predigen, sagt mein Großvater.

Werde ich auch, sagt Alwin Feller. Und damit geht er nach Hause.

Und findet sein Haus leer. Und geht durch Scheune und Stall und ruft in jede Ecke hinein, gedämpft: Josepha, und weiß schon: die Josepha ist unterwegs.

Ich werde hier warten, sagt er in der Küche, aber er wartet doch nicht lange. Geht dahin und dorthin, und da ist Josepha überall gewesen, aber schon eine ganze Weile fort. Ich kann das gar nicht wiederholen, was sie hier geredet hat, sagt Bar-

kowski, und Rocholl fragt geradezu: Hat sie das von dir?
Rosinke sieht ihn aus ganz schrägen Augen an: Sie kommen
doch sonst nicht, haben Sie etwas Bestimmtes? Und Tomaschewski sagt: Da würde ich doch vorsichtiger sein, Bruder
Feller.

Also, die Josepha Feller rennt im Dorf herum. Jetzt ist sie
schon auf dem Abbau. Da sitzen sie bei Abdecker Froese:
Oma Wendehold und der Feyerabend, der griese Fenske aus
Sadlinken und der Pole Germann, und Josepha Feller sagt es,
wie es ist: Das hat der Alte gemacht.

Selbst wenn, sagt Fenske, wer kann ihm was beweisen?

Wie damals, mit Levins Mühle, sagt Olga Wendehold. Und
hat die Karten wieder vor und runzelt die Stirn und kratzt
sich mit der Ecke der Kreuzdame am Haarknoten.

Na zum Kuckuck, sagt Feyerabend und schmeißt die Mütze
auf den Tisch, das geht wohl immer so weiter? Und Deiner
macht da mit, wie?

Josepha, das muß man sagen, ist so betrunken nicht, daß sie
darüber hinwegkäme. Sie läßt die Flasche auf dem Tisch
stehen und stürzt nach Hause. Und kommt auf ihren schönen
Hof. Und trifft auf den Feller, der in der Tür steht. Und den
zum ersten Mal die Fassung verläßt.

Den Schrei, der ihm herausfahren will, bekommt er noch mit
den Zähnen zu fassen. Hebt die Glaubensstimme und schlägt
sie Josepha ins Gesicht. Und jetzt kommt der zweite Schrei,
den hält der Feller nicht mehr, der fährt hinauf bis über das
neugedeckte Dach und über die Zäune.

Der dritte allerdings fällt ihm in die Kehle zurück. Er wirft
das Buch von sich, er greift sich ins Gesicht, er sieht: Josepha
hat sich gewendet und geht langsam aus dem Tor, langsam die Dorfstraße hinunter, langsam auf die Dämmerung
zu.

Nachlaufen, an den Haaren zurückschleppen?
Doch vielleicht hat es keiner gesehen?

Damit geht er ins Haus: Der Gerechte muß viel leiden. Er meint sich selber.

Habedank aber sitzt in Briesen. Auf einer Holzpritsche. Ohne Geige. Die hat er dem Weiszmantel mitgegeben, der wird schon für sie sorgen. Diese Marie und dieser Levin sind schon auf dem Weg, schon über Garczewo hinaus, vor Dunkelheit noch werden sie Polkau erreicht haben.

Von den Strugawiesen treibt der Nebel bis an die Straße heran. Das ist gut nach diesem Tag. Noch kann man den Höhenzug erkennen, der von Osten her gegen die Struga vorstößt. Noch sieht er ein bißchen heller aus als die Wiesen um ihn herum, noch hat er ein bißchen Licht. Aber der eine Stern ist schon da. Und die Unkenrufe auch, von den nach Westen gelegenen Schilfteichen herüber.

Dein Vater graut sich nicht so leicht, sagt Levin.

So leicht nicht, sagt Marie, aber mein' Zeit, nun womöglich doch.

Vielleicht doch? Weil der Habedank müde ist, nicht so sehr gut mehr auf den Beinen, nicht besser als der Weiszmantel, und der ist ja schon alt. Vielleicht doch wieder nicht? Als ein Zigeuner. Sogar hier nicht, in der Kaluse, wie man sagt, in der Briesener, die ein behördlicher Kasten, also ein ziegelrotes, eckiges, mit Eisenstäben zugestecktes Gebäude ist, wo man, von drinnen her, gar nicht sieht, daß der księżyc oder la lune herauffährt, eben jetzt, kurz: der Mond oder die Mondin, und womöglich sagt eben jetzt einer, der es noch weiß: Zigeunersonne: wie der księżyc oder la lune über den Wäldern zog, weiß und rund und fremd wie Wasser, wenn die Feuer sanken und ausgingen auf der Erde, wenn die schön angezogenen Räuber von ihren Bergen kamen, vor ihren brokatenen Mädchen her, die sie mit silberbeschlagenen Gürteln, Tüchern, bestickten oder bunt gewebten Bändern eingefangen hatten. Da kamen die Mädchen geschritten und sangen laut, und die Räuber hörten es und fürchteten sich niemals mehr.

Auch hier, wo man den księżyc oder la lune nicht sieht, wo es nur dunkel wird, noch viel dunkler als draußen, daß dieses Gitterfenster oben, diese Luke, kreuz und quer geteilt, allein noch ein bißchen hell bleibt, auch hier graut sich der Habedank nicht, der richtige Zigeuner, der eine Geige hat und eben mehr versteht als andere von Abend und Nacht.

Er sitzt da und läßt die Beine hängen und hat einen Mund zum Reden, zum Schweigen auch, er ist nicht allein in dieser Kaluse, nicht einmal allein in dieser Zelle, da sitzen noch drei, der eine ist jung und die anderen um die Vierzig, da erzählen sie sich, das ist Habedank ganz recht.

Jetzt hat er schon ein Vierteljahr immer nur von dem zu reden gehabt, was jeder weiß, und die drei hier wissen nichts. Von der Mühle nichts, weder von Levins noch von meines Großvaters Mühle, nichts von Krolikowski und von Pilchs Häuschen. Eben gar nichts. Der Junge da weiß wenigstens etwas von Neumühl: wo es liegt. Er ist einmal in Gollub gewesen. Also auf der Drewenz eine Bootsmühle, sagt er.

Aber es war eben keine Bootsmühle, weder die eine noch die andere, und überhaupt nicht auf dem Drewenzfluß. Doch das muß man nun genau erzählen.

Es ist ein Nebenflüßchen der Drewenz, ziemlich schnell, das hat auf dem rechten Ufer zwei Stauteiche, die gehören zu der großen Wassermühle. Die fest auf vierundzwanzig Pfählen steht, oder ruht, die mit Stützen und Streben gestützt und verstrebt sind und mit Blech beschlagen gegen das Eis. Die Mühle hat ein großes unterschlächtiges Rad und ein prima Mahlwerk, und zwei Mann haben da gut dran zu tun. Und jetzt hat der Alte die beiden, wie ich hör, weggejagt. Bloß sie sind noch nicht gegangen. Und die andere Mühle aber, die ist klein, voriges Jahr schnell aufgestellt. Der Levin ist aus Rożan und hat sich was angelernt mit Müllerei und gleich diese

Mühle angefangen, ein Stückchen flußab. Vier Pfähle bloß und Balken und Bretter und ein leichtes Rad, weil das Wasser ein bißchen flach ist, und die Bude hat ziemlich gewackelt, da hat er zwei Ketten angeschafft und sie gegen die Strömung verankert, die Mühle, da ist sie über den Winter und bis ins Frühjahr gekommen, kann man nur staunen. Und er hat hübsch Geschäft gemacht.

So ein Jud, sagt der Junge, kommt an mit dem blanken Arsch und macht Geschäft.

Aber wieso! Gar nichts mit blanker Arsch. Mit Geld ist er gekommen. Jedes Brett gekauft, mit Fuhrwerk von Gollub angefahren. Ich hab Dübel gemacht und nachher die Verschalung, zwei Tage – war alles fertig.

Und erst kam keiner.

Warum auch? sagt der eine von Habedanks Zuhörern, der mit dem Knebelbart, der diesen Rittmeister verdroschen hat in Wiezorreks Deutschem Haus, diesen Herrn von Lojewski, den alten Saufaus. Da hat er wieder mal dagesessen, dieser Rittmeister von früher, und groß geredet, daß sie das deutsche Bier wegschmeißen an die Polacken, daß es keine Ehre mehr ist, wenn sie das deutsche Bier für das gleiche Geld bekommen wie anständige Menschen, daß es überhaupt nicht wahr sein kann, daß sie hier überall herumlungern dürfen, diese Polacken wie Sand am Meer.

Also der mit dem Knebelbart hat ihn verdroschen, nicht so sehr, und hat ihm einen Orden abgedreht und ihm mit dem Klimperding ein Muster in den Kahlkopf gedrückt, weil der ein bißchen angelaufen war, vielleicht hat es gekühlt. Deshalb jedenfalls sitzt er hier.

Aber was du da redest wegen einem Itzig, sagt der Knebelbart, also na hör mal! Und der andere, der noch nichts gesagt hat bisher, sagt jetzt auch etwas. Einer von denen, die überhaupt wenig sagen, dafür aber auch lauter Mist.

Diese Juden, sagt er, haben Jesum ans Kreuz geschlagen, mit

Nägeln, Achtzöller. Er weiß das. Jetzt laufen sie rum auf der ganzen Welt, sagt er, das Kainszeichen der Jesusmörder auf ihrer Stirn.

Das ist alles schon so alt, daß es aussieht wie eine leibhaftige Wahrheit.

Er hat das so gesagt, der, der sonst nicht viel redet, ganz still übrigens, ohne jeden Eifer. Er weiß es genau, er wird ja keinem dieser Juden etwas tun wollen deswegen, er wird Gott nicht vorgreifen, der getreu ist und es auch tun wird, wie es heißt, ersten Thessalonicher, und wenn er es tun wird, wird er, der nicht viel sagt, dastehn und sich nicht verwundern, das mußte ja so kommen, höchstens vielleicht stellt er sich näher dazu, und vielleicht hilft er noch ein bißchen nach.

Der Junge hat es auch schon mal gehört, natürlich, da wird es schon stimmen, aber es stimmt doch wieder nicht. Wie ich in Gollub war, sagt er, ist da ein Jud gewesen, so ein ganz altes Männchen, den haben sie auf einem Stuhl getragen, da sind von morgens bis abends Leute herumgestanden, wo er hingekommen ist, da hat es keine Prozesse mehr gegeben in Gollub, das halbe Jahr, wie er dagewesen ist in Gollub, mit allem sind sie gekommen. Wer weiß, wo er jetzt ist?

Die drei Männer sagen nichts. Und der Junge denkt, mir hätte der aber wohl nichts genützt. Der Junge ist nämlich Viehtreiber gewesen und hat eine Kuh verkauft, die ihm nicht gehört hat, in Lissewo, und es ist gleich herausgekommen. Da hätte es schon einer mit Geld sein müssen.

Dieser Levin, sagst du, ist mit Geld gekommen?

Und mit Fuhrwerk, sagt Habedank.

Und wie weiter?

Nu, wie weiter, sagt Habedank. Er hat Korn gekauft und ausgemahlen und Mehl verkauft.

Und der Alte, der gemahlen hat gegen Lohn, wie überall, der hat gesehen, wie jetzt auf einmal manche ihr Getreide verkauft haben an den Levin, weil Bargeld knapp gewesen ist, weil es schon so gewesen ist, daß sie die Steuer mit Ferkeln bezahlt haben, weil kein Geld dagewesen ist. Große Augen hat der Alte gekriegt, wie er das gesehen hat, und ist herumgegangen, ewig im Fluchens, und hat auch mal gesagt, daß er dem Jud schon zeigen wird – was, hat er aber nicht gesagt.

Und im Frühjahr, morgens, auf einmal, ist die Mühle von diesem Levin weg. Nur noch der Steg da und die beiden Pfähle, wo die Ketten dran waren.

Na sag bloß! Der Knebelbärtige hat sich von der Pritsche geschoben und stellt sich an die Wand. Und der andere, der Schweigsame, denkt vielleicht auch nicht, daß sich da ein Wunder ereignet haben wird, er fragt nämlich, wie das gekommen ist.

Dieser Schweigsame ist übrigens nur hier, weil ein anderer Holz gestohlen hat, im Sägewerk König, er nicht, bei dem König schon gar nicht.

Na ja, das Wasser ist gekommen, sagt Habedank. Das hat man ja sehen können, wie es gewesen sein muß. Die Teiche waren abgelassen, und vor der großen Mühle hatte der Alte einen Staudamm gemacht, da war das Wasser schon bis an den Rand gestiegen, und davor, flußab, trat schon der Sand heraus, so flach war es. Da hatten sich schon alle gewundert, was das soll. Und dieser Staudamm also war aufgerissen. Bloß nicht von selber. Hat man ja sehen können.

Aber wer macht denn sowas, sagt der Junge.

Na wer denn? Der Knebelbart grinst. Und was hat der Jud nun gesagt?

Geklagt. In Briesen.

Und jetzt?

Nun erzählt Habedank alles: Vom Termin in Briesen. Vom Italienischen Zirkus in Neumühl. Von Pilchs Häuschen.

Da wird es Nacht darüber. Um Uhr elf kommt der Wärter an die Tür und sagt: Ihr könntet schon mal anhalten. Und bleibt stehen an der Tür und hört sich alles an. Bis dieser Zigahn mit seiner Geschichte schließlich das zweite Mal in Briesen angelangt ist. So, und nun Schluß, morgen ist die Nacht zuende.

Als ob das etwas bedeutet!

In dieser Nacht schläft Tante Huse nicht. Sie hat sich hingelegt, aber sie schläft nicht. Der Levin hat ihr alles erzählen müssen, wo er her ist und wie er ausgerechnet nach Neumühl gekommen ist und meinem Großvater vor die Nase. Und die Marie: wie das gewesen ist mit Pilchs Häuschen, wie sie gekommen sind auf der Chaussee, und wo das Haus hätte auftauchen müssen, bloß der blaue Himmel gestanden ist wie ein Brett.

Ich werde nicht mitkommen, Kinder, sagt Tante Huse am anderen Morgen, geht ihr man allein. Das lohnt doch gar nicht, das klärt sich doch gleich auf. Muß ja.

Der Habedank ist doch in Strasburg gewesen, erst am Vortag des Brandes morgens abgewandert. Eine alte Frau wird es wissen, in einem Dörfchen südlich vom Malkener Wald, ein Bauer auch, ein jüngerer Mann, der einen Leiterwagen in die Strugawiesen fuhr und zwei Männer, von denen der eine eine Geige mit sich trug und der andere immerfort vor sich hin sang, mitgenommen hat. Ein ganzes Stück. Aber wer wird sie danach fragen?

Man weiß ja auch, wie weit es von Strasburg bis Neumühl ist. Doch deswegen bleibt der Habedank eben noch immer ein Zigahn und wird nichts besseres. Nein, es muß sich nicht gleich aufklären. Die Nacht ist zuende. Der Wärter hat den Eichelkaffee hereingestellt. Da sitzen sie zu viert.

Der Junge hat wieder angefangen von Habedanks gestriger Geschichte. Mit wem bist du in Strasburg gewesen? Weiszmantel? Und der singt immer? Was singt er denn? Sing doch mal!

Habedank will nicht singen. Dafür singt der Stille, nur so nebenher. Der Wärter hat ihn vorhin mit einem Extragruß beehrt, er ist, wie es herauskommt, schon mehrfach hier gewesen, beinahe ein Dauergast.

> In die Briesensche Kabise
> kommt man durch die Türe rein,
> kriegt man Laus und kalte Füße,
> na was wird schon weiter sein.

Und hinterher: Wum-ta wum-ta wum-ta wum-ta. Ganz einfach. Gleich zum Mitsingen.

Habedank ist bessere Lieder gewöhnt. Ja, wenn er die Geige hier hätte, dem langweiligen Gesinge den gewissen Pfiff anzuzaubern! So ist das nichts. Was kann denn da noch kommen?

> Aus der Briesenschen Kabise,
> geht man durch die Türe raus,
> nimmt man Laus und kalte Füße
> bis zum nächsten Mal nach Haus.
> Wumta, wum-ta wum-ta wum-ta.

Mehr nicht. Die Wiederholungen helfen einem gar nichts. Wumta wum-ta wum-ta. Gar nichts.

Habedank lernt mittlerweile etwas neues.

Der Knebelbärtige hat gestern gegen Abend damit angefangen. Als die Fliegen ihre Tänze unter der niedrigen Decke aufgaben, nur noch ein paar brummige Kreuz- und Querflüge unternahmen, schließlich, eine nach der andern, sich an die Zellenwand hängten, noch ein bißchen herumkrochen, stehen blieben, als auch der dicke Brummer zur Ruhe kam, der nur in Höhe des Fensterlochs oben agiert und ab und zu seinen harten Kopf gegen die Scheibe gestoßen hatte.

Er hat gesagt, der Knebelbart: Da, siehst du, Fliegen? Wieviele Fliegen untereinander, soviel Tage noch hier sitzen.

Versteht man sofort.

Also: Da sitzt eine Fliege. Etwas höher, genau über ihr, eine zweite. Jetzt kommt eine dritte und nimmt ein Stückchen unter der ersten Platz. Also schon drei. Aber jetzt fliegt die obere Fliege noch einmal weg. Kommt sie wieder? Zählt sie ebenfalls, wenn sie doch schon wieder fort ist? Wie ist das, müssen sie sitzen bleiben?

Jetzt kommt eine andere Fliege. Sie sitzt einen halben Meter über der Stelle, wo die obere war. Was ist das nun: drei oder vier? Gottseidank, da kommt wohl die Fliege von vorhin wieder! Jedenfalls setzt sie sich genau auf den eben verlassenen Platz. Also vier auf alle Fälle.

Soll man sie wegscheuchen? Wird man dann heute noch herausgelassen? Durch die Tür raus, wumta, wum-ta? Nein, das wird man nicht tun, es könnten ja auch sechzehn Fliegen kommen, vier ist hier nun mal besser als sechzehn.

Aber sollte man sie, die vier, vielleicht an die Wand klatschen? Dann sind es vier und nicht mehr. Man hat ein Ergebnis.

Da hast du keine Ahnung, sagt der Knebelbart. Was meinst du, wieviele zum Begräbnis kämen!

Wum-ta wum-ta wum-ta.

Und außerdem, Tote gelten nicht. Sonst könnte man ja welche fangen und ankleben.

Da hat er recht. Also geht das Orakel weiter. Aber es gibt natürlich Kniffe.

Wenn man Sirup hätte. Oder Zucker. Zur Not geht es auch mit Spucke. Einen feuchten Strich an die Wand gezogen, mit dem Finger, da setzen sie sich drauf. Auch noch, wenn er trocken ist. Sieht keiner.

Aber nicht mit Priemke, sagt der Fachmann. Also: Wenn die Spucke nach Kautabak schmeckt, das wollen diese Fliegen nicht. Überhaupt keinen Tabak.

Jetzt kommt eine fünfte Fliege, aber sie kriecht noch einmal weiter nach rechts hinüber. Vielleicht kehrt sie um?

Man kriegt die Augen nicht weg davon. Auch jetzt nicht, morgens, wo es hell ist und die Fliegen lieber umherstreichen über den Köpfen der Männer und sich nur selten eine auf die Wand setzt. Man sitzt da und stiert auf den kahlen Putz: Setzt sie sich nun oder setzt sie sich nicht? Kommt noch eine?

Gegen Mittag werden die Fliegen für eine Weile ruhiger. Vier Tage? Fünf Tage? Sechzehn?

Nein, es muß sich nicht gleich aufklären. Da hat Tante Huse nicht recht. Da hält sie die Welt für besser als sie ist. Natürlich müßte sie viel besser sein, auch nach Tante Huses Ansicht, aber sie ist eben noch schlechter als die Tante glaubt.

Besuch für Habedank? Wer? Die Tochter?

Und was wollen Sie, junger Mann, sind Sie auch verwandt?

Ganz neue Moden, Besuch!

Also da gehen Sie mal zum Kreisgericht, dort um die Ecke. Zimmer eins. Da sitzt einer mit roter Nase. Und betragen Sie sich dort anständig. Immer fein und höflich. Und danke-schön.

Ganz neue Moden! Wärter Szczesny ist zwanzig Jahre im Dienst. Vorher Militär. Aber an Besuch kann er sich nicht erinnern. Hat es ja noch nie gegeben!

Auch Bonikowski muß sich da verwundern. Besuch?

Sagen Sie mal, Sie waren doch neulich schon hier? In dieser Angelegenheit Neumühl, ja, Wassermühle. Und jetzt sind Sie schon wieder da? Wieder mit einer Neumühler Sache. Also was wollen Sie?

Besuch machen, ja, verstehe.

In welchem Verhältnis stehen Sie zu dem Inhaftierten? Das heißt also: in gar keinem. Na sehen Sie. Was wollen Sie denn hier?

Ja, und Sie geben vor, die Tochter zu sein? Wissen Sie, es kommen so viele.

Es geht noch eine Weile hin und her. Zuletzt: Leider nicht

möglich, da müssen Sie sich schon ausweisen können. Oder Zeugen beibringen. Unbefangene.

In kriminalistischen Angelegenheiten, doch das verstehn diese Leute ja nicht, Zigeuner, Juden –, also, wie heißt das: Beihilfe zur Flucht? Verdunklungsgefahr? Irgendso etwas. Jedenfalls: Übermittlung von Benachrichtigungen. Kassiber. Womöglich in Geheimschrift. Vielleicht durch Zeichen.

Nichts also mit Besuch.

Die beiden gehn zum Onkel. Zwei Straßen, der Platz, die schmale Gasse. Der Onkel hält Kinderschule. Die Tante ist nicht zu Hause. Vielleicht in der Nachbarschaft. Ich werde mal sehen, sagt Marie und läuft hinaus.

Leo Levin sitzt an der Wand und hört, durch die dünne Wand, den Stimmen nebenan zu. Den hellen, die manchmal durcheinanderhüpfen, schnelle und langsame, und dann der dunklen, die hinterhergeht und alle andern besorgt mitnimmt, wie um die Schulter gefaßt, aber den Schritt anpassend an die kürzere Schrittweise der eiligen Stimmen. Viel hört man nicht, jedenfalls keine Worte oder Sätze.

Levin steht auf und geht an die Tür. Jetzt hört er schon mehr.

Wie ich gesagt habe: wenn Unglück ist, ihr lauft mir nicht dazu, ihr bleibt mir hübsch stehen und geht nicht ran. Aber schreit, schreit, was ihr könnt! Werden schon welche kommen, andere, die werden helfen.

Also, da ist der Levin enttäuscht. Hör dir das an, sagt er zu Marie, die hereinkommt, die Tante hat sie nicht gefunden. Vielleicht ist sie an ihr vorbeigelaufen, weil sie sie nicht kennt. Aber von denen, die sie gefragt hat, hat keiner die Tante gesehen. Also, hör dir das an!

Der Onkel erklärt nämlich alles nocheinmal.

Ihr geht nicht ran. Aber schreien, schreien! Andere werden helfen.

Wieso, Levin? Ist doch richtig! Da liegt einer unterm Pferd, denk mal, und die Kinderchen kommen, das Pferd schlägt noch mit drei gesunden Beinen, nur das vierte ist gebrochen. Oder beißt! Ja, siehst du.

Und jetzt kommt die Tante von selber. Steht in der Tür und sagt: Leochen. Und faßt Marie ins Auge und sagt: Leochen, wer ist das?

Dieses ist meine Braut Marie, sagt Levin.

Uij uij. Die Tante erschrickt ein bißchen.

Marie macht einen Schritt zurück, weiß bis an die Haarwurzeln. Und nun lacht sie aufeinmal, so ganz schnell.

Ist nicht wahr, er macht Spaß. Ich bin dem Habedank seine Tochter. Der mit der Geige.

Ah, der, ja, der war schon hier, kenn ich, sagt die Tante.

Nun noch: daß er hier einsitzt in Briesen, der bekannte Habedank.

Uij uij, Kind, sagt die Tante. Aber ganz beruhigt ist sie nicht. Leochens Braut? Wäre ja nicht gut.

Onkel Sally nebenan schickt seine Kinderchen nach Hause. Das Geschrei geht durchs ganze Haus, die Bodentreppe hinauf und wieder hinunter, in die Küche hinein. Onkel Sally steht vor der Tür und schwenkt die Arme. Wenn die Kinder auf die Straße treten, sind sie ganz still.

Nein, es muß sich nicht gleich aufklären.

In Strasburg der Polizeimeister heißt Birfacker. Man weiß nicht, wo er her ist, er war eines Tages da, er bleibt fremd hier, eines Tages vielleicht ist er wieder fort.

Jetzt hat er einen Brief bekommen. Ein Schreiben des Kreisrichters in Briesen: Brandstiftung, der Tatverdächtige hat das betreffende Anwesen widerrechtlich in Nutzung gehabt, Racheakt wahrscheinlich, da Exmittierung bevorstand.

Und dann steht noch über meinen Großvater geschrieben, er sei ein Deutscher, wohnhaft Neumühl. Und über den (dringend) tatverdächtigen Habedank, einsitzend zu Briesen,

Kreisgefängnis, derselbe bestehe auf Befragung des dasigen neuen Kaplans namens Rogalla.

Werden wir den Herrn herbitten, sagt Birfacker.

Der geistliche Herr kommt also. Gelobt sei Jesus Christus.

Birfacker, knurrend: Tach. Also setzt sich der Kaplan ohne jedes weitere Wort.

Ich habe Sie hergebeten, knurrt Birfacker.

Weiß ich ja, sagt Kaplan Rogalla.

Wie bitte?

Sie haben mich hergebeten, sagt Rogalla, hier bin ich.

Nicht so einfach, dieser Mensch. Da sagt Birfacker vorsorglich: Sie sind noch neu, wie ich höre, Sie werden sich nicht auskennen.

Doch doch, sagt Rogalla, bereits vier Leichenbegängnisse, drei Heilige Taufen, eine Eheschließung, man findet sich schnell hinein.

Ich bitte mich anzuhören, sagt Birfacker.

Also nun Birfacker. Diese Rede brauchen wir ganz.

Mein Herr.

Kaplan, ergänzt Rogalla.

Ja, sagt Birfacker.

Sie sind, wie ich übrigens auch, nicht von hier.

Doch doch, sagt Rogalla, Rogowken, 22 Kilometer von hier. Und Sie?

Na ich nicht. Ja auch egal.

Eine kleine Pause. Nach einem Knurrlaut weiter: Sie sind sich, Herr Kaplan, der Aufgaben Ihrer Stellung zweifellos bewußt.

Unsere Heilige Kirche, sagt Rogalla.

Unser Deutsches Reich, berichtigt Birfacker. Für uns alle verkörpert in der ehrwürdigen Person unseres kaiserlichen Helden.

Und was haben Sie denn nun Schönes, fragt Kaplan Rogalla.

Komme sofort dazu, knurrt Birfacker. Also: Das Anwesen No. 42/2, Neumühl, zuständig der Fiskus, Eigentümer bis 1. Oktober 68 Pilch, lassen Sie mich ausreden, ist infolge Brandstiftung als Totalverlust anzusehen, bitte, Herr Kaplan, der dringend Tatverdächtige, ein Zigeuner namens Habedank – kennen Sie den Mann zufällig?

Habedank, überlegt Rogalla.

Kennen Sie also nicht, stellt Birfacker sofort fest.

Ich überlege noch, sagt Rogalla.

Eigentlich sind wir zuende, denkt Birfacker.

Was ist das für ein Habedank, fragt Rogalla.

Herumziehender Musikant. Will hier in Strasburg auf einem Begräbnis gespielt haben.

Ja, ich erinnere mich, sagt Rogalla, Leichenbegängnis Zabel, Samuel, Geige, älterer Mann. Es war noch einer dabei, der hat gesungen. Ordentliche Leute.

Herr Kaplan, sagt Birfacker, es ist doch vielleicht ganz egal, wer oder ob überhaupt jemand musiziert hat. Das ist ortsüblich, da fragt man nicht erst nach Namen und so weiter.

Sie fragten aber doch, sagt Rogalla.

Formsache, antwortet Polizeimeister Birfacker. Warum wollen Sie ausgerechnet einen hergelaufenen Zigeuner kennen?

Ich verstehe Sie nicht, sagt Rogalla.

Sie werden gleich verstehen, Herr Kaplan. Dieser hergelaufene Zigeuner hat ein ihm nicht gehöriges Anwesen in Neumühl bewohnt. Der Käufer dieses Anwesens hat ihn aufgefordert, dasselbe zu räumen. Daraufhin hat dieser Zigeuner, rachsüchtig wie alle Zigeuner, das Anwesen in Brand gesteckt.

Das wissen Sie also alles, sagt Rogalla.

Nun ja, das ist bekannt. Aber dieser Zigeuner behauptet, zur Zeit des Brandes nicht in Neumühl gewesen zu sein, sondern in Strasburg. Nach dem Begräbnisdatum stimmt das sogar, das heißt: der Brand wurde in der Nacht des nächstfolgenden Tages gelegt.

Von Strasburg bis Neumühl braucht man drei Tage.

Möchte ich nicht sagen, Herr Kaplan. Gute Pferde, Wechsel in Malken: eine Nacht und einen Tag. Unwahrscheinlich zunächst, gebe ich zu, aber doch gut möglich.

Herr Polizeimeister, sagt Kaplan Rogalla, das dürfte wohl ausgeschlossen sein. Der Mann, vielmehr: die beiden alten Männer.

Herr Kaplan, sagt Birfacker und richtet sich auf, Sie haben doch nicht die Absicht, dieses Gesindel, mit dem unsere Verwaltung ihre schwere Not hat, zu decken? Was hätten Sie davon?

Ist das eine Frage?

Ja, Herr Kaplan, ich bitte sogar, sich dazu äußern zu wollen.

Es ist ziemlich dunkel in diesem Amtslokal. Eng außerdem.

Auf dem Fensterbrett stehen vier Teller mit Fliegengift, aber es ist wohl zu unfreundlich hier für die Fliegen.

Auf dem Aktenbock neben dem Schreibtisch thront eine Flasche. Rotwein, sagt Birfacker auf des Kaplans Blick. Ihnen ja wohl in mehrfacher Hinsicht vertraut.

Unsere Heilige Kirche, beginnt Rogalla.

Lassen Sie das jetzt, fährt Birfacker dazwischen, es handelt sich um einen Fall von nationaler Bedeutung.

Dann kann ich wohl gehen, sagt Rogalla.

Ich bitte zu bleiben.

Herr Polizeimeister, sagt Rogalla, ich habe den Eindruck, Sie stellen hier ein Verhör an.

Unsinn, sagt Birfacker und ist auf einmal gemütlich. Er wischt mit der Hand über den Tisch und hat auch wirklich eine Fliege zwischen den Fingern, sieht sie sich kurze Zeit an, ehe er wieder zu sprechen beginnt.

Reden wir nicht herum, sagt er, wobei er die Fliege zwischen Daumen und Zeigefinger zerdrückt. Es handelt sich um einen klaren Fall: Racheakt, gerichtet gegen einen deutschen Mann von allgemeiner Wertschätzung und damit gegen das Deutschtum überhaupt, Sie verstehen mich doch, nicht wahr?

Nein, sagt Kaplan Rogalla.

Birfacker hebt eine Hand und stellt sie flach zwischen sich und diesem Priester auf. Also hören Sie mal zu! Wenn wir hier als Deutsche eine Aufgabe haben –

Haben wir das? Der Kaplan blickt Birfacker unter hochgezogenen Augenbrauen an. Ich bin da nicht sicher.

Zum Donnerwetter! Birfacker hat zum Briefbeschwerer gegriffen und schmeißt das Ding, einen Granatenrest von Anno 70, auf den Fußboden.

Rogalla hat sich erhoben. Ich bin hier wohl entbehrlich.

So weit waren wir doch schon einmal, was soll das Hin und Her! Aber nun steht auch Birfacker. Er sagt: Sie sollten sich das überlegen, Herr Kaplan. Wir stehen hier als Deutsche. Das müßten Sie verstehen, denke ich.

Ich bin Priester.

Weiß ich, Herr Kaplan, deutscher Priester. Ihre Kirchenbehörde wird wenig Verständnis haben für Ihre unentschiedene Haltung.

Herr Polizeimeister, sagt Kaplan Rogalla, eröffnen Sie mir, wenn ich bitten darf, klar und deutlich, was Sie wünschen. Ich werde es prüfen.

Prüfen, knurrt Birfacker. Er hat sich wieder gefangen. War vielleicht unnötig, vorhin.

Also, Herr Kaplan, wir brauchen Ihre Aussage. Sie ist angefordert vom Kreisrichter in Briesen und wird dort benötigt. Werden Sie beeiden können, daß dieser Zigeuner –

Diese Frage steht Ihnen, denke ich, nicht zu, wie war doch Ihr Name?

Birfacker, Polizeimeister, und Sie haben mich mißverstanden. Natürlich bin ich nicht befugt, Sie zur Eidesleistung aufzufordern, das werden andere tun. Ich frage, ob Ihnen dieser herumziehende Zigeuner namens Habedank zu der fraglichen Zeit hier in Strasburg unter die Augen gekommen ist. Keine Ausflüchte bitte, wir brauchen eine verwendbare Aussage.

Jetzt muß Rogalla wieder überlegen. Er bleibt stehen. Nach einer Weile sagt er: Am Tage vor dem Brand, wenn das Datum des Brandes stimmt, war er hier. In Strasburg, abends gegen acht Uhr habe ich ihn noch gesehen. Ein älterer Mann, sein Begleiter war offensichtlich noch älter. Ich erinnere mich außerdem, beide schon vor dem Leichenbegängnis hier im Deutschen Hause –

Vorher interessiert nicht, fällt Birfacker ein.

Die gewünschte Aussage ist also in der gewünschten Form nicht zu erwarten. Wir werden diesen geistlichen Herrn ein bißchen unter den Augen behalten, nimmt sich Birfacker vor.

Gut, am Tage des Brandes ist dieser Habedank nach Ihrer Aussage nicht mehr hier gewesen.

Das kann ich nicht behaupten, sagt Rogalla, ich habe ihn nicht mehr gesehen, aber es ist doch Unsinn, zu denken, die beiden alten Leutchen könnten sich noch in der Nacht aufgemacht haben, nur um eine Kabise anzustecken.

Er sagt Kabise, dieser Priester, er ist also wirklich aus der Gegend. Aber Birfacker muß doch wieder dazwischenfahren: Bagatellisieren Sie die Angelegenheit nicht, ich habe meine Erfahrungen, und ich habe mir erlaubt, Ihnen darzustellen, wie der Fall gesehen werden muß.

Nach einer kurzen Pause: Ich lasse jetzt Ihre Aussage schriftlich fixieren. Sie werden die Güte haben, dieselbe durch Unterschrift zu bestätigen. Schimanski!

Und da steht es nun, unterschrieben von Kaplan Rogalla, der eine Belehrung über deutsches Verhalten hat annehmen müssen, der sich künftig vorsehen soll, der des Beifalls seiner Oberen nicht sehr sicher ist: Habedank ist hier gewesen bis zum Tag vor dem Brand, bis abends acht Uhr. Mehr nicht.

Ob er in einem Tag, sagt Birfacker, und einer Nacht oder umgekehrt bis nach Neumühl gekommen ist, darüber weiß ich nichts, und darüber wissen Sie nichts, darüber entscheiden nicht wir. Knappe Verbeugung. Birfacker öffnet die Tür und ruft in den finsteren Gang hinein: Schimanski! und übersieht völlig das kurze Nicken, mit dem Kaplan Rogalla dieses Amtslokal hier verläßt. Schimanski!

Da kommt Schimanski.

Hier, mit Anschreiben nach Briesen, Kreisgericht.

Die Aussage also geht ab. Und braucht ihre Zeit. Von Strasburg nach Briesen. Polizeipost geht ein bißchen schneller als Gerichtspost, Anordnung Postdirektion Marienwerder.

Unser Habedank hat immerhin zehn Tage Einsitzen hinter sich, als er Nebenzahl vorgeführt wird.

Na sieh mal an, sagt Nebenzahl freundlich, da bist du ja! Kannst dich ruhig hinsetzen.

Ich weiß gar nicht, sagt Habedank.

Na ja, du weißt nicht, aber wir wissen, sagt Nebenzahl. Ist ja auch nicht so schlimm, die alte Bude ist eben abgebrannt, was regt man sich da groß auf!

Aber wieso komm ich dann in die Kaluse, fragt Habedank.

Weißt du, sagt Nebenzahl, du mußt schon die Wahrheit sagen, du hast sie doch angepesert.

Und weil der Habedank gleich die Hände hochhebt und Aber iiwoh! ruft, setzt er ruhig wie bisher hinzu: Vielleicht hast du dir Igel gebacken, da ist die Bude mitgegangen? Kann doch sein?

Igel backt man, für den gesagt, der es nicht weiß, eingerollt in Lehm. Wenn die Lehmkugel, die man einfach ins Feuer tut, hart ist und Risse bekommt, wird sie herausgeholt und aufgeschlagen, da hängt die Haut mit den Stacheln im Lehm fest, und der Igel ist fein geschmort im eigenen Saft. Aber vorher ausnehmen. Wenn man will, mit Kartoffeln füllen.

Ich hab nicht Igel gebacken, sagt Habedank. Ich bin gekommen von Strasburg, mit dem Weiszmantel, da war Pilchs Häuschen weg, da war der Krolikowski da.

Von Strasburg bist du also gekommen, fragt Nebenzahl, mit Fuhrwerk, nicht wahr?

Ein Endchen mit Fuhrwerk, aber nicht viel, ist keiner gefahren.

Nebenzahl fragt noch geduldig weiter, aber es kommt nichts dabei heraus. Sie sind gegangen, die beiden Alten, mit alten Beinen. So und nicht anders.

Rede ich mal morgen mit dem Herrn Landrat, denkt Nebenzahl und steckt Habedank wieder zurück in seine Zelle.

Das Gespräch mit dem Landrat ist kurz. Herr von Drießler hat andere Sorgen, der Kegelabend ist vorzubereiten.

Sie kommen doch auch, Nebenzahl? Diesmal ohne Damen, habe ich gedacht, zwanglos. Und diese Brandstiftung, meinen Sie nicht auch, es kräht doch kein Hahn danach! Austragung im Kataster, fertig.

Beim Gericht ist das anders, bemerkt Nebenzahl. Der Polizeimeister in Strasburg hält die Geschichte für eine antideutsche Aktion.

Aber mein Lieber, sagt Herr von Drießler, wo kämen wir denn da hin? Und Nebenzahl kann jetzt den Verdacht doch nicht ganz abweisen, es handle sich hier wieder einmal um eine typisch österreichische Schlamperei.

Mein Großvater erhält also aus Briesen die Benachrichtigung: Verkauf des Anwesens Neumühl No. 42/2, Gesindehaus, nicht angängig, da dieses abgebrannt.

Und wie steht das mit diesem Habedank?

Habedank kehrt vier Tage später nach Neumühl zurück. Mit ihm diese Marie und dieser Levin.

Lieber Großvater, es hat diesmal nicht ausgereicht. Verdacht allein hat diesmal nicht genügt. Beweise waren nicht zu erbringen. Nirgends Beweise in dieser ganzen Geschichte.

Keine Beweise.

10. KAPITEL

Dieser Habedank läuft wieder herum, sogar in Neumühl. Das ist nun vielleicht einer jener sogenannten Nebensätze, auf deren Zählung verzichtet wurde; Nebensatz deshalb, weil ihm zum Haupt- und Kapitalsatz zwei Charakterzüge fehlen: schlagende Kürze und, vor allem, Gefühl.

Obwohl das, was dieser Nebensatz besagt, durchaus die Mäuler beschäftigt und Herz und Galle auch.

Aufs Herz schlägt es dem Weiszmantel und, natürlich, Marie und Levin. Nicht zu vergessen Tante Huse, sie hat ihn aufgenommen auf dem Rückweg von Briesen und hat ihm beim Abschied einen Blumenstrauß mitgegeben, Roten Fuchsschwanz, der gut ist gegen Durchfall. Olga Wendehold und Feyerabend sind gekommen, den Habedank zu begrüßen, und Weiszmantel hat seinem Freund die Geige wiedergebracht, das ist das Beste.

Habedank sitzt vor Abdecker Froeses Haustür auf der grünen Bank ohne Lehne und zupft eine Saite nach der anderen an und hört dem Verklingen nach. Wie die Töne, einzeln, sich zu dem hellen Geschrei stellen, das vom Dach herabklingt, wie sie zurücktreten davor und sich doch ein bißchen, aber ganz freundlich, behaupten, gerade im Verklingen.

Die Schwalben schießen mit ihrem Schrei daher, pfeilgerade gegen das Dach, wo an der Hauswand ganz oben ihre Nester kleben, diese Halbkugeln aus schnabelweis angeschlepptem Lehm. Und weil der Dachrand an Froeses Haus stark überhängt, gibt es also immer kurz vor ·dem Nest, bei unverminderter Fluggeschwindigkeit natürlich, den kleinen Bogen nach unten, den Ausweicher, so eine Art Taucher, und gleich wieder den Steilflug aufwärts, auf den Nestrand zu, auf die halbrunde Öffnung, wo die breiten Schnäbel der Jungen offenstehn vor lauter Geschrei.

Das ist etwas für Habedanks Geige: Zum Geschrei der kleinen Schwalben rührt sich die hohe E-Saite, zum begütigenden Zwitschern der Eltern die andern, die A- und die D-Saite, und manchmal gegen Abend dann auch die tiefere vierte. Und wenn der Habedank die Finger über das Griffbrett wandern läßt, ganz schnell plötzlich und gleich wieder langsamer, wird da ein sonderbarer Zwiegesang vernehmlich: solche Lieder aus wenigen Tönen, wie sie die Herden verstehen auf den Wiesen und alle Hirten der Welt, eine kleine hüpfende Girlande dazwischen, dann aber erneut die klaren Töne, noch im Verschwimmen klar. Man macht die Augen zu und spürt auf den Lidern den Luftzug, den die Schwalben mitbringen, lauscht, weil das Geschrei einen Augenblick ausgesetzt hat, aber jetzt ist es wieder da, unvermindert laut, nur das eine Schwalbenjunge ist einen Augenblick länger still geblieben, es hat eine grüne Fliege bekommen, und jetzt schreit es schon wieder.

Habedank bohrt die Zehen in den Sand. Auch er hat die Augen geschlossen. Er läßt die Geige sinken und lehnt sich gegen die warme Hauswand. Vor ihm, in Froeses verwachsenem Garten, blüht noch immer der Weißdorn, man spürt das bis ans Herz. Wie einen anderen Atem, aber einen, auf den man gewartet hat.

Ihr habt es mit dem Herzen. Mein Großvater hat es mit der Galle.

Herausgelassen, den Zigahn, sagt er und zieht den Mund schief. Mehr sagt er eigentlich nicht. Und Tante Frau geht auf dieses Thema nicht ein. Die Predigerin Feller hat sich bei ihr niedergelassen, schon ein paar Tage, sieht nach den Hühnern, fängt mit dem Einwecken der Stachelbeeren an. Sicher werden sie manches zu bereden haben. Den Feller jedenfalls weist Tante Frau an der Tür ab.

Mein Großvater ist meistens in der Mühle, wo es Zeit wird für die Reparaturen, wo der Mahlgang durchgesehen werden muß. Wenn die Letzten gedroschen und das Korn auf die Speicher gebracht haben, muß die Mühle bereitstehn. Es wird einiges mehr anfallen, dieses Jahr, an Korn und an Arbeit.

Die Polacken sind noch im Dorf, soll ich die womöglich wieder holen? Bis dahin, wer weiß, bis dahin – Hauptsache, der Jud ist weg. So schnell wird meinem Großvater keiner mehr eine Mühle vor die Nase setzen. Aber mein Großvater, wie gesagt, spürt es an der Galle. Und dieser Prozeß, das ist doch noch nicht vorbei, es wird einen zweiten Termin geben, noch nicht gleich, denk ich, aber doch gewiß noch in diesem Monat Juli.

Was hat der Glinski eigentlich noch zu kriegen? Mein Großvater hat alles säuberlich eingetragen, hinten in seiner Bibel, mit Blaustift. Eine hübsch lange Liste.

Na ja, erledigen wir das noch. Das sagt mein Großvater. Das ist vielleicht ein siebzehnter Satz gewesen.

Der Herr Nolte, Friedrich Nolte, Amtsvorsteher in Neumühl, ist ein alter Mann. Wir haben ihn noch nicht erwähnt, weil er die ganze Zeit, von der wir hier geredet haben, bettlägerig war, aber wir bemühen ihn jetzt doch, wir lassen ihn aufstehn, mit sieben tiefen Seufzern und einem langen Stöhnen. Mit dem er sich in Unterhosen vor seinen Schreibtisch setzt, wo der Staub nicht gewischt ist und die Tinte eingetrocknet. Er holt sein Schreibheft vor und schlägt es auf. Und überlegt lange und klappt es wieder zu. Wie soll man das aufschreiben? Selbst wenn man Tinte hätte. Wozu man die eingetrocknete Masse nur mit ein wenig Wasser aufzulösen brauchte. Wie soll man das aufschreiben?

Amtsvorsteher Nolte seufzt und reibt sich das rechte Bein und seufzt wieder und sagt unvermittelt den achtzehnten Satz: Unruhige Zeiten!

Was meint der Herr Nolte damit? Ist es vielleicht wegen Pilchs Häuschen?

Unruhige Zeiten, hat Nolte gesagt, da meint er Schlimmeres. Abbrennen wird immer etwas, meistens Scheunen. Gegen den Blitz oder solche Polen ist keiner sicher. Und natürlich brennen die vollen Scheunen leichter als die leeren. Und die versicherten besser als die unversicherten. Das weiß man bei der Feuersozietät in Marienwerder genau so gut wie hier. Und schert sich nicht darum. Und wenn einer schon so abgewirtschaftet hat, daß ihm auch der Viehstall wegbrennen muß, ehe er sich wieder erholt und einen größeren Viehstall hinstellt und dahinein zwei Rinder mehr als er bisher gehabt hat, dann sagt man vielleicht, in Marienwerder auch: Da hat, mir scheint, der liebe Gott nicht alleine Feuerchen gemacht. Aber man schert sich nicht. Kleiner Bericht von Amtsvorsteher Nolte, mehr wird nicht benötigt. Keine Rede also von Pilchs Häuschen!

Natürlich, ein anderer als dieser Habedank, wenn nun schon er nicht, hätte ruhig in Briesen sitzen können, anderthalb Jahre wenigstens, bis er schwarz geworden wäre, irgend so ein Pole oder Zigeuner, einer, der keinen Kaplan gefunden hat oder jedenfalls nicht einen, der sich erinnert.

Unruhige Zeiten, hat Amtsvorsteher Nolte gesagt. Und da meint er zunächst, daß es unruhig geworden ist im Dorf Neumühl und noch unruhiger auf dem Abbau. So unruhig, daß es bis an sein Krankenbett geklungen hat.

Prediger Feller ist dagewesen. Nolte hat schon gewußt, daß ihm die Josepha vom Hof gegangen ist. Und hat nichts davon gesagt, der Feller auch nicht, es ist nur von der Unruhe geredet worden: daß Nieswandt und Korrinth neuerdings herumsitzen in Rosinkes Krug, weil sie mein Großvater ausgezahlt hat. Aber andere auch, Feyerabend, Lebrecht, sonst wer.

Die sollen doch bloß abhauen, die beiden, hat Feller gesagt.

Also: Nieswandt und Korrinth sollen verschwinden.

Da hat er übrigens recht. Wer kein Arbeitsverhältnis nachweisen kann, wer dazu nicht in der Lage ist, wie es heißt, als Pole oder sonstwas, hat auch kein Aufenthaltsrecht, Verordnung betreffend Zuzug und Aufenthalt von Personen fremder Nationalität, aber beiderlei Geschlechts, vom 1. Oktober 1863. Zusatzverfügung vom vorigen Jahr. Obwohl auch das nicht ausreicht: fremde Nationalität. Da sind ja noch andere dabei, wie gesagt.

Und dann ist Abdecker Froese dagewesen. Weil der Albert Kaminski den Froese übergangen und die gefallene Sterke einfach vergraben hat. Nun ja, das ist gesetzlich alles noch nicht so genau geregelt, und dem Froese geht es auch um etwas anderes, nämlich ebenfalls um die Unruhe. Nur eben, er redet nicht von Nieswandt und Korrinth, sondern von Levins Mühle und Pilchs Häuschen. Nicht sehr genau übrigens, wie das Froeses Art ist, der es so völlig mit niemand verderben kann, bei seinem Metier.

Und dann schließlich ist Nolte ja auch zu Ohren gekommen, brühwarm, was sich in Rosinkes Scheune abgespielt hat: dieser Zirkus da. Unruhige Zeiten.

Amtsvorsteher Nolte also sagt und seufzt dabei noch einmal laut: Wenn der Krolikowski durchkommt, ich muß ihn mal sprechen.

Aber Fußgendarm Krolikowski kommt nicht durch, vorgestern nicht, gestern nicht, heute nicht. Wo ist sich Krolikowski, fragt Noltes alte Wirtin jeden Tag im Dorf herum und kommt wieder – vorgestern, gestern, heute – und sagt: Ist sich nicht da.

Heilige Mutter Gottes, sagt Korrinth, den die alte Frau auf der Straße zum Abbau trifft, was wollt ihr von dem?

Er soll kommen beim Herrn Nolte.

Da spuckt der Korrinth nicht aus, da pfeift er durch die Zähne. Und dreht sich gleich um, sagt: Ich hab nicht gesehen, und hat es ziemlich eilig, zum Abbau hinaus.

Wenn ihm siehst, denn sag! schreit Noltes Wirtin hinterher.

Na gewiß doch.

Mein' Zeit mein' Zeit! Noltes Wirtin steht da, die Arme vor dem Leib gekreuzt: Soll er kommen, der Krolikowski, und kommt sich immer nicht.

Wo ist sich Krolikowski? Das ist auch solch ein Nebensatz, aber wir halten uns mit ihm nicht auf. Wir gehen einfach hinüber über die Drewenz, bei Ablage Plaskirog, ein Stückchen weiter flußaufwärts, dort ist die Furt.

Diesen Weg hat auch der Krolikowski genommen, mit Dienstpferd Max, aber ohne Uniform, also ohne Seitengewehr und Dienstmütze, in Ziviljenklamotten, Krolikowskisch zu reden, und vor vier Tagen schon, nachts.

Durch die Furt. Durch das Waldstück. Um das Sumpfgebiet herum. Das nächste Dorf heißt Walka. Vor Walka rechterhand in den Wiesen steht eine Feldscheune. Bis dorthin ist er gekommen, zu Pferde, ungesehen, er weiß schon, wann die Grenzposten ihre Strecke abgehn. Aber dort sind nicht die richtigen Leute gewesen, nicht die, die Krolikowski erwartet hatte, sie hätten freilich da sein müssen, sondern genau die andern.

Da hat der Krolikowski viel geredet, auf Polnisch, viel schneller als sonst, mit den Armen geschlagen, gerufen und ist auf die Knie gefallen, schließlich, mit erhobenen Händen. Aber an den Händen haben sie ihn hochgezogen und über einen Baumstamm gelegt und mit Knüppeln geschlagen. Weil es die falschen Schmuggler waren, nicht deren Rivalen, nicht Krolikowskis Schmuggler. Mit heruntergelassenen Hosen haben sie ihn davongejagt über die Wiesen, auf den Wald zu, geradeaus in den Sumpf. Sieh zu, wie du durchkommst! Das Pferd Max haben sie behalten.

Was denkt jetzt der Krolikowski? Er steckt im Sumpf bis zu den Knien. Mit jeder Bewegung, die er versucht, rutscht er ein Stück tiefer in den feuchten Brei.

O finstre Nacht, wann wirst du doch vergehen?

Das könnte er singen, der Krolikowski, aber er ist nicht fromm gewesen, er hat es nicht gelernt. Und wer weiß auch, ob er überhaupt singen würde. Dann könnte er ja jetzt auch schreien. Und er schreit nicht.

Er wird wohl Angst haben vor den russischen Grenzern. Er hört den einen Vogel, der immer in Abständen schreit. Er hört ein Tier, das am Moor entlang schleicht. Auf der Suche nach Moorhühnern. Die es hier nicht gibt.

Der Mond steht und steht auf der gleichen Stelle. Ob er gelber wird oder blasser, man sieht es nicht. Er steht und geht nicht weiter.

Manchmal das Glucksen im Moor. Weiter nichts. Nun fängt er doch zu schreien an, aber wer wird hier herumlaufen! Außer Schmugglern.

Am Morgen, als er die Birken drüben schon erkennt, kommen seine Schmuggler, auf dem Rückweg von der Grenze, vorbei. Und hören ihn schreien. Und holen ihn heraus, ganz einfach, mit umgehauenem Strauchwerk.

Bis zur Brust hat er im Moor gesteckt, ist wohl auf einen alten Stubben geraten, jedenfalls auf etwas festes, da ist er nicht mehr weiter gesunken. Er schlottert, obwohl das Moor warm ist, sie müssen ihn stützen. Und so dumm ist er von alldem geworden, daß er gleich von Innokentij zu reden anfängt, dem Russen, dem Anführer der anderen Schmuggler, der Feinde.

Also da bist du gewesen, Bürschchen. Deshalb haben Signale gefehlt. Deshalb haben wir die Waren ins Wasser schmeißen müssen.

Der wilde Stany, der sonst so kulant war, macht eine Kopfbewegung nach rechts. Zu den drei Eichen hinüber.

Stanys Leute haben es eilig, es ist schon hell. Als sie weiterziehen, bleibt einer zurück. Einer, der am Baum hängt, am äußersten Ast des linken Eichbaums. Die verdreckten Kleider sind ausgebreitet im Gras, zum Trocknen. Krolikowski ist es egal, wer sie morgen mitnimmt.

Der Krolikowski soll kommen, hat Amtsvorsteher Nolte gesagt.

Ist sich nicht da, antwortet Noltes alte Wirtin noch ein paar Tage lang.

Keiner wird erfahren, warum er nicht kam, als er gerufen wurde. Er bleibt verschwunden. Nach Jahren erzählt ein Weißbart, der einen Handel angefangen hat in Strasburg, von einem deutschen Gendarm, er sagt da plötzlich eines Abends: Er hing bei Walka am Baum, hab ich mit eigenen Augen gesehen, an einer Eiche.

Daß er ihn angeknüpft hat, mit eigenen Händen, sagt dieser Alte nicht. Warum auch?

Nolte klappt sein Heft wieder auf. Er trägt ein, was er melden wird, aber er trägt nicht alles ein. Morgen, dann kann er vielleicht schon besser laufen. Zum Rosinke.

Der Rosinke nämlich muß seine Meldung zurücknehmen. Was soll das jetzt noch: Krolikowskis Schmuggeleien? Welchen Deiwel wird das scheren! Heft zugeklappt. Fertig.

Der neue Gendarm heißt Adam.

Nun kommen die richtigen, sagt mein Großvater. Adam? Das ist ja wohl ein richtiggehender Polacke.

Eine Geschichte ohne Beweise. Eine Geschichte ohne Gründe. Warum hat zum Beispiel der Rosinke eine Meldung gemacht?

Also, das wissen wir nicht.

Vielleicht, weil der Krolikowski sich angewöhnt hatte, in Rosinkes Gaststube herumzustehen. Und mit dunklen Andeutungen Schnäpse zu verlangen, unbezahlte versteht sich. Was für Andeutungen denn?

Das wissen wir auch nicht.

Was wird mein Großvater tun: Wenn der Habedank weiter in Neumühl und um Neumühl herum seine Geige singen läßt: Hei hei hei hei. Wenn der Weiszmantel, der Wandersmann mit den Lappen um die Beine, seine Wanderungen endgültig auf ein Hinundher zwischen Abbau Neumühl und Jan Marcins Waldhäuschen einschränkt. Wenn Nieswandt und Korrinth weiterhin, alle Tage gegen Abend, bei Rosinkes Tonbank herumstehn oder -sitzen und einen trinken, von meines Großvaters Geld, aber nicht auf sein Wohl. Wenn Josepha Feller immer weiter als der lebendige Vorwurf oder die strenggesichtige Mahnung in seinem eigenen Hause steht und geht und hantiert, nicht trinkt, schweigt, wenn mein Großvater im Hause ist, aber doch sicher redet, sobald er zur Tür hinaus ist.

Ach laßt ihr mich doch in Frieden, ihr Arschlöcher, sagt mein Großvater, greift sich ein Stück Papier und geht aufs Scheißhaus. Das letzte Mal für heute. Es ist auch schon dunkel.

Man gelangt zu dem ansehnlichen Holzbauwerk auf einem mit weißen Ziegeln eingefaßten, heute sogar geharkten Weg, zwischen Holunderbüschen und Faulbaum. Wo die Allee endet, stehen zwei Wacholder und flankieren die Tür und die hölzerne Stufe davor.

Das Gebäude ist eine solide Leistung und eigenständig deutsch, erbaut von dem durchreisenden polnischen Zimmermann, der auch Fellers Taubenhaus mit den vielen Flugbrettchen und dem Spitzdach aufgestellt hat.

Leider hat ihm mein Großvater damals dazwischengeredet, auf polnisch, aber in deutschem Geist, also in Bezug auf Schlichtheit und Größe, und so ist, leider, die ganze Schönheit des Plans nicht zur Ausführung gekommen: es fehlt das von zwei Säulen getragene Vordach mit Zackenfries und die beiden Seitengeländer. Es hätte schöner sein können, aber es ist noch schön genug.

Übrigens ist es zweisitzig, ohne Trennwand, man kann also zu zweit Platz nehmen und sich unterhalten, ohne durch ein Brett reden zu müssen.

Mein Großvater allerdings ist allein.

Er bleibt stehen vor der Tür und blickt erst rechts und links und zurück auch und geht sogar hinter diese Retirade, wie man das Häuschen auch nennen kann, und besieht es sich genau, er hat seine Erfahrungen, und lauscht auch noch ein Weilchen, ehe er den Riegel dreht, die Tür öffnet und sich hineinbegibt und umständlich Platz nimmt, der Sitte gemäß rechts.

Seine Vorsicht ist schon begründet.

Die ausfahrbare Kiste nämlich, unterhalb der Sitze, ist zwar mit einer an zwei Lederlaschen aufgehängten Klappe verdeckt, aber diese Klappe aus Querbrettern hat Ritzen, durch die man bequem ein Brett stecken kann, schräg abwärts hinein in die Materie, den Dung oder sogenannten Menschenkuhdreck, sodaß das längere Ende des Bretts heraussteht, nach draußen, man kann es also bequem, im Vorbeigehen, heruntertreten, dann schlägt das kurze Ende drin gegen den Benutzer hinauf. Man erschreckt sich da sehr leicht, landesüblicher Brauch ist es keineswegs, mehr eine Überraschung. Sie hat sich, vor zwei Wochen erst, mit meinem Großvater ereignet.

Allerdings hat ihm sein Stolz verboten, darüber zu reden, außer zu Christina natürlich, die Freud und Leid zu teilen hat, als Frau und Gattin und Tante Frau.

Also er sitzt jetzt. Und ganz geheuer ist es ihm nicht. Und außerdem ist es dunkel. Da kommen leicht Geister und sowas alles.

Deshalb hat mein Großvater auch die Tür aufgelassen.

Am kleinen Mühlenfließ hinter dem Dorf singen die hiesigen Nachtigallen, die Sprosser. Es tönt bis hier herüber, und mein Großvater könnte es sich ruhig mal anhören. Aber wer weiß, auch das schlüge ihm vielleicht auf die Galle, jetzt, wo er schon überall Feinde sieht: katholische Polen und polnische Juden und jüdische Zigeuner – da meint er diese Marie – und zigeunerische Italiener und, wer weiß, wen noch alles.

Also hört er nichts. Höchstens das Rascheln, wenn irgendwo ein trockener Zweig zu Boden fällt, weil vielleicht die Krähen drüben in den Kiefern hinter dem Kuhstall erst einmal gründlich ausfegen, ehe sie auf ihren Schlafbäumen zur Ruhe kommen.

Also ein Rascheln, sonst Stille.

Alle Lichter im Haus gelöscht.

Sterne vielleicht.

Mein Großvater, indem er sich löst, überlegt zwischen Fall und Wiederfall: Was jetzt zu tun ist.

Und dann nimmt er das mitgebrachte Papier zur Hand, das übrigens der Briesener Bescheid über die Unverkäuflichkeit einer abgebrannten Bude, genannt Pilchs Häuschen, ist. Mit einem leisen Grunzen, weil er sich vorbeugt dabei.

Nun könnte er eigentlich aufstehen, aber er bleibt noch sitzen.

Jetzt hört er, denke ich, sogar die Nachtigallen. Jedenfalls schließt er die Augen und lehnt sich langsam zurück.

Welcher Frieden!

Meines Großvaters Seele wandert hinaus. Auf den Abbau.

Und er sagt, vor sich hin: Wenn ihr nicht Ruhe halten werdet. Ich krieg euch noch alle.

Soll man ihm jetzt schon, mitten in diesem kurzen Frieden, sagen, daß er sich überschätzt?

11. KAPITEL

Komm komm komm.

Das ist wenig. Das Gurren eines Täuberichs. Der Kehllaut einer Katze. Das heisere, helle Schnauben des Junghengstes: wie er den schmalen Kopf von der Raufe zurückwendet, weil eine Bewegung hinter ihm ist, an der Stalltür, die sich nicht öffnet.

Der Plonek, denkt Ofka, erschauernd im halben Schlaf, er streunt mit roten Augen über die Dächer, im Fell eines roten Katers, den Feuerschwanz aus Sterbeschreien hinter sich.

Hühnchen, sagt Jastrzemb, Hühnchen, komm.

Wütende Tage. Ein Glanz wie Feuer. Die Nacht kommt mit Lichtern herauf, deren breite, tief fallende Schleppen den Himmel fegen.

Jescha, der Heidengott, und die andern, Pomian, Swist Powist, haben lange geredet, über die Balkenwand herüber, auf dem Erdwall gesessen, geredet mit dem alten Hausgeist Chowaniec, der nun hereinkommt, an der Seite zwischen den beiden Türangeln, und hinaufspringt unter den Dachbalken.

Sie sind gegangen, die Nacht ist vorüber, eine Nacht wie eine Eibe, an der die kleinen Blitze der ersten Frühe, die scharfen Beile, wie Flämmchen zerstoben, immer neue und immer neue, bis der Baum Finsternis aufflog, rauschend, ein Schattenschwan.

Der Morgen ist hell. Niemand weiß, wie es Morgen werden kann nach einer Nacht, in der man nicht gewesen ist: immer aufgestanden, ans Fenster getreten, an die Luke, von der man die schweren Läden zurückstieß, immer wieder.

Der Mond hat einen weißen Strich, einen dünnen Halbbogen gegen den Himmel gestellt. Lelum und Polelum sind vor ihm hergelaufen, die Brudersterne, wie die Lateiner aus Byzanz sagen: die Dioskuren.

Da lag die Schläferin, einen Arm unter dem Haupt, unter dem Haar, das um die Schultern war, ruhig, eine Woge, erstarrt. Noch zu hören, wie der Atem einherging, in der Stille, wie eine Regung war in der Schläfe, zurückflog lautlos, die Ader über der Brust erhob, verging und wiederkam.

Komm, Hühnchen, komm.

Ofka wirft einen Arm hoch, fährt auf mit einem Schrei. Der Mann beugt sich über sie, bettet sie wieder auf die Kissen zurück. Und hält noch im Ohr den Hornruf, der von weither herüberkam, gerade noch vernehmbar hinter Ofkas Schrei.

Der alte Strzegonia. Kehrt früher zurück. Gestern hätten wir davonreiten müssen.

Das Mädchen kommt aus dem Schlaf.

Dein Vater, sagt Jastrzemb.

Aber der Gedanke wieder: Vier Tage für uns, die sind zuende, und sie gehen nicht fort.

Jetzt die Signale in der Nähe, drei Hörner. Jetzt der Schlag ans Tor, Schwerter.

Sonderbare Geister, die meinen Großvater hier aufgefunden haben, durch die offene Tür.

Er ist auf die Seite gesunken, er bewegt sich, er sagt: O Lelum.

Ergänzen wir schnell, ohne zu wissen, wie mein Großvater auf diesen Jastrzemb kommt, diesen ältesten seiner Vorväter, der in der Gunst Boleslaws, dieses Chrobry, gestanden hat, man sagt: der Hufeisen wegen, die er eingeführt hat im Krieg gegen die Polanen, ohne zu wissen auch, wie diese Ofka Strzegonia daherkommt, mit der es schon gewiß eine Geschichte gibt, aber dreihundert Jahre später; in einem schlesischen Kloster hat sie gelebt, nachher, jahrzehntelang, in ein unbezeichnetes Grab hinunter.

Der Mann, der ganz anders geheißen hat als Jastrzemb, vielleicht Zbylut, ist dem alten Strzegonia entgegengegangen, er hat das Tor geöffnet, mit dem Schwert.

Weil einer dazwischentritt, einer von den Olawa, Imko wahrscheinlich, wird der Zerhauene gerettet, bewußtlos auf seine Pfahlburg gebracht. Er überlebt, er nimmt 1295 in Gnesen an der Krönung König Przemislaws teil, einarmig, ein Graukopf, der nicht mehr spricht.

In die Tür, durch die er eingetreten war in Strzegonias Haus, sticht der Alte zwei Messer. Er trägt fortan, an einer eisernen Halskette, die misericordia dieses Jastrzemb oder Zbylut, den kurzen Dolch.

Wir sagen jetzt einfach: Dies ist die

4. Geistererscheinung

Sehr alte Geister diesmal. Und sehr verwirrte, die sich nicht auskennen zwischen den Namen, den Familien, den Stämmen: Strzegonia, Jastrzembiec, Awdaniec, Olawa, Zawora, Starykon, zwischen den bösen und guten Göttern und Gespenstern: Pomian, Swist Powist, Plon und Plonek und Jescha und Chowaniec. Namen, nur Namen. Finsternis, heller Tag, der Schattenschwan und die Hörner. Sehr alte Geister.

Christina kommt mit einer Stallaterne eilig vom Haus her und ruft. Da liegt mein Großvater auf die Seite gesunken, auf dem Sitzbrett. Sie rüttelt ihn und richtet ihn auf, und erwachend sagt mein Großvater: Was ist? und zieht, beim Aufrichten, den Arm aus dem anderen Sitzloch, und soviel ist er schon Landwirt, daß er den Schmutz an seinen Fingern herumkrümelt und bedauernd feststellt, im Hinblick auf dessen Verwendbarkeit: Bißchen dünn geraten.

Manchmal denkt man schon, diese Geister, ältere und neuere und sogar ganz alte, sollten sich um ihn nicht mehr bemühen:

wenn er so gar nichts anderes darauf zu sagen hat. Nein, es ist keine Freude mit solchen Großvätern. Die ganze Nacht könnte man darüber räsonieren, eine ganze Nacht, die mein Großvater, wie üblich nach solchen Gemütsbewegungen, in völligem Frieden verschläft. Was ist da zu tun?[1]

Also zum dritten Mal Briesen. Und diesmal muß mein Großvater auftreten. Da hat man diesem Glinski den Schlund gefüllt, und nichts ist!

Meinem Großvater ist es also leid um das schöne Geld. Wenn ich doch nach Briesen muß. Wozu bloß? Der reinste Unsinn.

Immerhin, es wird eine schöne Verhandlung.

Nebenzahl, den kennen wir schon. Er eröffnet und tritt hinein in die Angelegenheit, mit ihm

1. Levin, als Kläger,

2. mein Großvater, als Beklagter.

Die beiden sitzen, drei Meter Abstand zwischen sich, jeder auf einer braungestrichenen Holzbank. Nebenzahl thront gegenüber, erhöht. Der ganze Raum ist braun gestrichen, das heißt: die vielen Holzteile: Tische, Podium, Schranke, Bänke, Fensterrahmen und -bretter (vier), Türen (zwei, eine an der Seitenwand, eine hinter dem Richtertisch). Ganz braun gestrichen, gegen Fliegendreck, und jährlich renoviert, wegen harter Hinteren die Bänke, wegen harter Hände die Schranke. Auch die Wände bis zu beinahe halber Höhe braun.

Auf der Bank hinter meinem Großvater Prediger Feller und Bruder Rocholl. Auf der Bank hinter Levin diese Marie, Tante Huse, dieser Habedank. Und auf der Bank dahinter Abdecker Froese. Er steht während der Verhandlung mehrfach auf, setzt sich mal auf die eine, mal auf die andere Seite, Nebenzahl muß ihn zur Ruhe ermahnen.

Also tut mir was, ich weiß nicht, was das soll!

---

[1] Neunzehnter Satz.

Nebenzahl blickt auf sein Papier. Er sagt: Klage. Er sagt: Wassermühle. Er sagt: Levin. Schließlich sagt er: Der Beklagte.

Er sieht meinen Großvater an, der sein bestes Gesicht macht. Ehrsam, verträglich, würdig. Der schwarze Blick verdeckt unter einer bläulich-trüben, milchigen Schicht. Die Uhrkette hat er vor den Leib gehängt. Jetzt, wo mein Großvater sitzt, spannt sie ein bißchen über dem Bauch.

Vernehmung der Zeugen.

Da stellt sich gleich heraus, daß es hier keinen Zeugen gibt, wie ihn Kreisrichter Nebenzahl sich wünscht: einen, der alles gesehen hat, der dabeigestanden hat, als die Schleuse – meinetwegen auch das oder der Stau, meinetwegen – geöffnet wurde.

Wurde nicht geöffnet, ist entzwei gegangen, kann passieren, bei mir zum ersten Mal. Das gibt, auf Befragen, mein Großvater zu Protokoll. Sekretär Bonikowski schreibt es hin.

Erzählen Sie mal, sagt Nebenzahl zu Leo Levin. Er sagt sogar: Herr Levin.

Jetzt muß Levin sagen, daß mein Großvater schon immer gesagt hat, daß noch einmal etwas passieren wird.

Wann hat der Angeschuldigte diese Äußerungen gemacht? Zu Ihnen? Zu wem?

Tante Huse ziert diese schöne Verhandlung mit Zwischenrufen, diesmal: Das haben doch alle gehört, sagt Ihnen doch jeder!

Wer hat gehört? Sie?

Nein, ich nicht.

Also Ruhe.

Habedank, sagt Tante Huse, nun red du doch!

Herr Habedank? sagt Richter Nebenzahl. Wir kennen uns ja.

Ganz auf meiner Seite, sagt Habedank. Was soll er jetzt erzählen? Das, was der Levin schon gesagt hat. Und am andern

Morgen, sagt Habedank, standen wir am Ufer mit der Marie und sahen genau, das war nicht von selber aufgegangen, der Nieswandt sagt auch. Wieso überhaupt ein Stauwehr? Gab es doch noch nie.

Das ist ja wohl meine Sache, sagt mein Großvater.

Woran sah man eigentlich, Herr Habedank, daß das nicht von selber passiert war? Nebenzahl ist freundlich, er hört sich Habedanks Erläuterungen an. Aber Tatortbesichtigung ist doch wohl zuviel.

Das sagt er denn auch, und Tante Huse ruft gleich dazwischen: Blödsinn, ist ja alles längst weggeräumt.

Sie haben doch nichts gesehen, sagt Nebenzahl.

Doch, hab ich.

Wann, bitte?

Hinterher.

Also hinterher. Nebenzahl lächelt.

Das war übrigens – wir haben nicht alle Äußerungen Tante Huses erwähnt – ihr vierter Zwischenruf. Dieser Blödsinn jedenfalls kostet drei halbe Taler, ein älterer Tarif.

Unerhört, sagt Tante Huse, bezahl ich nicht.

Nebenzahl lächelt. Er hätte beim dritten Zwischenruf, nach zweimaliger Vermahnung, bereits einschreiten können. Das sagt er auch, und zu diesem fünften Zwischenruf sagt er nur: Das, meine Dame, habe ich nicht gehört.

Tante Huse erhebt sich. Wertes Gericht, so fängt sie an, ich muß Ihnen da ein kleines bißchen was erzählen.

Ach Tante, sagt Levin bloß.

Red nicht, muß sein, siehst ja.

Also: Wertes Gericht! Hier haben Sie einen jungen Menschen, da steht er, arbeitsam, willig, geschickt, nicht teuer – Leo, sieh den Herrn Kreisrichter an! – hat sich mit seiner Hände Arbeit – Leo, zeig deine Hände! – mit dieser Hände Arbeit, dafür braucht sich keiner zu schämen, hat sich da diese Mühle da hingebaut, und führt sich herum mit dem

Mädchen, welches wie ein Engelchen singt, – Marie, sing mal was!

Aber das ist doch vielleicht zuviel, Tante Huse. Marie hat gleich einen roten Kopf. Habedank sagt: Weiter, Tante, was anderes!

Obwohl der Levin ganz lustig geworden ist, als er Marie so schamhaft sieht.

Also weiter: Er führt sich herum mit ihr, wie ich gesagt habe, in allen Ehren, nächste Ostern ist Hochzeit, sollte sein, und jetzt: was wird werden ohne Mühle?

Tante Huse schneidet, wie wir sehen, ein bißchen auf. Hochzeit. Aber es schadet ja jetzt nichts, es geht aufs Gemüt.

Ja, sagt die Tante und erhebt die Stimme: und dort steht er, der ungezogene Kerl, dieser alte, so fromm und so schlecht, steht und knurrt und möcht mich vielleicht womöglich zu Kleinmittag aufschlucken. Sag du nichts, ich kenn dich, wie du so klein warst, so klein ist er gewesen, ewig volle Hosen, red nicht, mein Jungchen, was soll denn bloß aus dir werden, du alter Sadrach!

Also, jetzt geht es ein bißchen durcheinander. Aber red nur, Tante Huse, es ist ja schon egal. Herrliches Weib, sagt Habedank und flüstert ergriffen noch dreimal hintereinander: Herrliches Weib.

Ich werd Ihnen mal was sagen.

Tante Huse hat sich schon wieder in der Hand. Sie macht einen Schritt vorwärts, hebt die Faust gegen den Richtertisch und ruft mit ganz heller Stimme, so laut, daß der Froese hinten aufspringt und auf dem Mittelgang zwischen den beiden Bankreihen stehenbleibt, mit aufgerissenem Mund, daß der rotnasige Bonikowski Aber nanu! sagt und den Federhalter ins Faß schmeißt:

Müssen denn erst die Menschen selber mit diesem Neumühler Dreck aufräumen, ja? Ohne Kreisgericht?

Zeugin! Kreisrichter Nebenzahl hat seine Glocke in der

Hand und schwenkt sie herum. Zeugin Huse, was sollen diese Reden! Ich ersuche, die Würde des Gerichts zu achten.

Na eben, sagt Tante Huse schlicht und wahr, sollten Sie tun, würde sich lohnen.

Sie nehmen, sagt Nebenzahl mit betonter Ruhe, Sie nehmen wieder Ihren Platz ein. Und verhalten sich still. Ihre Darlegungen, stelle ich fest, sind für das Gericht ohne Wert.

Na ja. Tut mir was, ich weiß nicht, was das ganze soll!

Also hin und her und, schließlich: Beigebrachte Zeugen abgelehnt. Kosten? Ist ja wohl klar. Neuer Termin nach Beibringung der Zeugen Nieswandt und Korrinth. Polen? Und Sie bestehen darauf, Herr Levin?

Levin tritt von einem Fuß auf den andern. Er dreht sich um und sieht Tante Huse an.

Aber nun sag doch Ja, schreit Tante Huse, aber Leo, ich sag dir, wir kommen auch alle mit.

Ja, sagt Levin.

Es erfolgt Vorladung, verkündet Bonikowski.

Aber diesmal rechtzeitig, ruft Tante Huse.

Nebenzahl hat schon geschlossen.

Froese, sagt mein Großvater im Hinausgehen, Sie haben die ganze Blase hergefahren.

Ergab sich so, sagt Froese, paßte gerade.

Reden wir nicht hier, sagt mein Großvater.

Stadt ist doch Stadt. Briesen ist doch Briesen. Alle Wege führen hierher, genau gesagt: auf den Marktplatz, noch genauer: in Wiezorreks Deutsches Haus.

Stadt ist doch Stadt, sagt Feller versonnen und blickt zum Fenster hinaus. Diese Häuser, die Vorgärten in Ordnung, so ein großes Gebäude, das Landratsamt, und dieses wunderbare Kreisgericht! Grüne Ziegel und Türmchen.

Versteht sich, Stadt ist Stadt, schon die Frauen, sagt Rittmeister von Lojewski, da sitzt er wieder. Frauen, sage ich Ihnen, wie Sand am Meer.

Hoho, sagt mein Großvater. Und zur Theke hinüber: Bringen Sie dem Herrn Rittmeister noch ein Bier.

Feller kichert ein bißchen, ihm wird ganz lustig, vielleicht weil er sein Glas in ganz kleinen Schlückchen geleert hat. Er droht dem Herrn da mit dem Zeigefinger und macht Tss tss. Sagen Sie mal, Froese, fängt mein Großvater an.

Nun soll also der Froese erklären, wie er dazu kommt, meines Großvaters Feinde auf seinem deutschen Fuhrwerk zu kutschieren.

Froese trinkt das Bier, das ihm mein Großvater spendiert hat, mit einem Zug herunter, er verlangt noch ein Bier. Bezahl ich selber, sagt er, fummelt auch gleich das Geld aus der rechten unteren Westentasche, trinkt dieses Glas ebenfalls auf einen Zug und sagt zu meinem Großvater hinüber, während er sich mit dem linken kleinen Finger im Augenwinkel herumbohrt: Dir werd ich mal was flüstern.

Das hört sich ziemlich frech an. Lojewski lehnt sich zurück. Für einen Offizier ist das ja wohl keine Gesellschaft. Leute – Sind, wie ich höre, Abdecker, wie?

Abdecker Froese erhebt sich, er sagt zu Feller, der gleichfalls aufstehen will: Du bleib man ruhig sitzen, und zu meinem Großvater sagt er: Du bist ein ganz großer Verbrecher.

Mit diesem zwanzigsten unserer Sätze geht Froese aus diesem Deutschen Haus hinaus.

Und holt gleich seine Gäste bei Onkel Sally ab. Da kommen sie schon heraus.

Tante Glickle zuerst, die aber nicht mitfährt. Mit munteren Reden: Kinderchen, und: Brotchen hab ich euch eingepackt.

Auch Flasche Kaffee, sagt Habedank und reicht die in einen Filzlappen gewickelte Flasche zu Froese hinauf.

Nun steigen sie ein, Tante Huse zuerst, Habedank und Levin müssen ein bißchen nachhelfen, Marie springt auf, Levin danach, zuletzt Habedank, neben Froese auf den Kutscherbock. Da fahren sie los und reden hinunter und rufen zurück, und

Onkel Sally läuft noch ein Stückchen nebenher. Und sie sind noch gar nicht weit draußen aus der Stadt, noch vor Falkenau, noch vor der Eisenbahnkreuzung, da fängt Tante Huse schon zu singen an. Weil es später Nachmittag geworden ist.

> Wie lieblich schallt
> durch Busch und Wald
> des Waldhorns süßer Klang.

Das ist ein Lied! Nach jeder Zeile eine ausgedehnte Pause und dieses Schallt und dieses Wald sowieso schon lang ausgehalten.

> Hallt's nach so lang, so lang.

Maries Zigeuneralt. Und Tante Huses scharfer Sopran. Habedank hat einen Tenor wie eine alte Oboe, manchmal allerdings fügt er unversehen solche Klarinettengickser ein. Dann lacht der Levin, und Froese setzt jedesmal einen pechschwarzen Tubaton dagegen, schon beinahe ein Gebrüll. Manchmal antwortet, von den nahen Weidegärten, eine alte Kuh darauf. Dann kann Marie nicht mehr weitersingen. Dann steht für einen Augenblick nur Tante Huses Sopran in der staubweichen Sommerluft, die nach geschnittenen Wiesen riecht, die sich nur von den Stimmen bewegt, oder einer Pferdebremse, oder den kleinen schwarzen Fliegen, die den Tieren um die Augen sitzen und sich in einem Schwarm erheben, wenn die Pferde den Kopf aufwerfen.
So kommen sie nach Polkau.
In Polkau ist es schon dunkel.
So dunkel, wie es in einer hellen Nacht sein kann.
Steh auf, nachts, und geh ans Fenster.
Ganz in der Ferne ist ein Gewässer, ein Flüßchen, das hörst du jetzt schon: Diesen kaum vernehmbaren Ton, mit dem ein ruhiges Wasser sich bewegt, ein gleichmäßiges Fließen, aus dem nur die Nachträuber unter den Fischen und weiter hin-

unter, ein kleines Stück, bevor das Flüßchen an die Drewenz herankommt, der eilige Fischotter sich hervortun. Und den scharfen Ton, wenn sie den Kopf aus dem Wasser hinaufstoßen.

Der Fisch hat ein Insekt geschnappt, und der Otter schnauft nur einmal in die Luft.

Wer hier geht, muß denken, daß es noch nie so still gewesen sein kann auf der Welt. Das nachgewachsene Gras, nach dem ersten Schnitt, ist härter im Halm, es biegt sich nur unwillig vor dem Bodenwind und richtet sich schon wieder auf, wenn er nur schwächer wird. Ein rieselndes Geräusch. Nur die Grillen sind laut, aber ihre Stimmen gehören zu dieser Stille, sie schwingt nur ein wenig davon.

Auch die Schritte, die durch das Gras kommen, gehören dazu. Langsame Schritte. Ein bißchen unsicher. Und jetzt Worte.

Wo war ich eine lange Zeit?

Du stehst am Fenster. Du siehst sie dort gehen, ganz klein: Josepha. Du kannst nicht rufen: Josepha! Sie hört dich nicht. Zu weit fort.

Wo war ich eine lange Zeit?

Immer in der Fremde, Josepha, ich weiß. Aber was willst du am Wasser? Geh zurück, du bist betrunken.

Wo war ich eine lange Zeit?

In der Fremde, Josepha. Nur immer, wenn du betrunken warst, schien es anders zu werden. Es kam dir nur so vor.

Du siehst, sie geht auf das Wasser zu, schwankend, sie wirft den Kopf zurück, steht, die Hände auf der Brust. Mit heller Stirn.

Schrei nur, sie wird dich nicht hören.

Tritt zurück vom Fenster, gehorch schon.

Josepha ist weitergegangen. In das langsame Wasser hinein. In dieses Flüßchen, das sie fortträgt.

12. KAPITEL

Der Windstoß war vorüber. Auf dem Boden lag eine her-
abgeschlagene Motte und bewegte einen Flügel.
Wir erzählen hier eine Geschichte. Es vergißt sich leicht. Wir
haben zwanzig Sätze eingebracht, vierzehn stehen noch aus.
Habedank hielt auf dem Feldweg. Der Windstoß, der, wie
über einen steilen Hang ein Stein, herniedergestürzt war,
dicht vor Habedank, zog irgendwo jetzt über den Feldern,
auseinandergesprungen in sechs oder sieben verschieden-
tönige Luftbewegungen, die in verschiedener Höhe Bögen
beschrieben, Schwünge ausführten, kleine Stürze erlitten,
manchmal nur ein Gestolper.
So war das gewesen, ein paar Tage vor der Fahrt mit Froeses
Wagen. Dieser Fahrt nach Briesen.
Habedank stand auf dem Feldweg, der von Norden, von dem
Höhenzug hinter der Struga, auf das Wäldchen zwischen
Gronowo und Trzianek zuläuft, und vom Wäldchen her kam
ein anderer Mann. Er trug einen langen Mantel, im Sommer,
und einen schwarzen Hut.
Sie hatten sich also getroffen: Violinist Habedank, dieser
Zigeuner, und Dorfflötist Geethe, Johann Vladimir, früher
aus Böhmen und jetzt auch Hoheneck, aber nicht mehr
lange.
Man redet, wie man sich kennt, und man kennt sich unter
Kollegen. Do stu piorunów!
Flötist Geethe kehrte um, kam mit Habedank mit, zurück zu
Jan Marcin, wo er gewesen war, wo aber Habedank hin-
wollte. Da saßen sie dann, hinter dem Haus, auf dem geflie-

henen Kleinholz, und Geethe pfiff: Wenn ich den Wandrer frage, wo kommst du her. Aus der Kaluse, hatte Habedank gesagt. Nicht direkt, aber ziemlich. Do stu piorunów!

Weshalb sind die bloß so, sagt Flötist Geethe. Er meint diese deutschen Behörden und diesen deutschen Großvater und diesen deutschen Fußgendarm, der verschwunden ist. Aber was soll Habedank antworten?

Alles keine Musikanten.

Flötist Geethe spricht also weiter. Einer muß schon, Violinist Habedank hat ja nichts gesagt.

Da weiß dieser Geethe wohl nicht, daß der Herr Landrat ganz schön Klavier spielen kann und Nebenzahl auch. Aber sind sie deswegen Musikanten?

Nein, nein, Geethe, alles keine Musikanten.

Wenn sie hier so zusammensäßen, alle vier, Weiszmantel, Habedank, Geethe, Willuhn, und zu bestimmen hätten, wie es weitergehen soll in Neumühl, in Malken, in Briesen – wie schnell kämen wir mit dieser ganzen Geschichte voran und gewiß ins Reine.

Habedank, bei diesem Gespräch auf dem Holzstapel hinter Jan Marcins Häuschen, hatte noch eine Weile hin und her überlegt und aufeinmal, in Geethes, der sein Konzertchen mit einem Fantasiewalzerchen wieder aufgenommen hatte, schneidige Coda hineingeredet: Fromme Menschen diese Deutschen.

Da hatte Vladimir Geethe abgesetzt und ernsten Gesichts und mit volltönender Stimme Haha! gerufen, nichts weiter, und dann nur noch die Schlußkadenz geblasen.

Und als er fertig war, hatte Habedank gesagt: Es ist alles nicht wegen Frömmigkeit. Tante Huse, wenn du kennst, ist auch frommer Mensch. Und ist auch nicht wegen Deutschigkeit. Tante Huse ist auch deutsch, wenn du kennst.

Und Flötist Geethe war es dabei aufgegangen: Der Mangel an Musik ist auch nicht der Grund.

Aber na einfach, hatte Geethe schließlich gesagt, es ist wegen Geld.

Meinetwegen. Mein Großvater, der hat also Geld. Die Briesener Herrschaften auch. Und der Krolikowski? Nein, der nicht. Der Feller auch nicht so viel. Nicht einmal der Glinski, wenn auch schon mehr.

Na ganz einfach, hatte Geethe erklärt, die einen, weil sie haben und es sich zusammenhalten soll, und die andern, weil sie haben wollen und was kriegen für Rumrennen.

Wirst schon recht haben. Damit war Habedank aufgestanden. Jetzt geh ich rein. Morgen fahren wir mit dem Levin nach Briesen, der Froese, was da abdeckert, nimmt uns mit. Termin, verstehst du. Da war er also losgezogen, am anderen Morgen. Und jetzt ist er also wiedergekommen.

Immer noch duftet der Jasmin, der sich in unzähligen Büschen vom Wäldchen bis an die Chaussee zieht und von der Chaussee, in größeren Abständen nun, mit einem weiten Bogen durch die Wiesen bis Neumühl und von dort zum Mühlenfließ hinunter, eine Kette aus Weiß und Grün.

Wie lange hatten Weißdorn und Faulbaum dieses Jahr geblüht! Und der Flieder. Alles blüht diesmal länger als in den früheren Jahren.

Blüht immer so, wenn das Unglück groß ist, sagt Habedank. Aber was sind das für traurige Reden. Jan Marcin geht in seinem Häuschen umher und klatscht in die Hände und greift sich den Strauchbesen und tanzt eine Polka mit ihm, zum eigenen Gesang, und dreht sich um die Stühle und setzt sich, außer Atem, zuletzt auf den Tisch und schreit.

Aber nun hört doch bloß, sagt Marie laut, und jetzt hören alle auf zu reden, alle, wie sie dasitzen: Habedank und Geethe, Weiszmantel, Willuhn, Antonja und Scarletto und Leo Levin.

Musik, schreit Jan Marcin.

Keine Schwierigkeit, Willuhn hat den Kasten schon die ganze Zeit auf den Knien. Ein neues Flick ist dazugekommen, ein helles, von einem alten Ledertuch, das schon mürb war, aber nun noch ein bißchen halten wird. Jetzt ist der Kasten beinahe dicht.

Da sitzt er also und spielt, zwei Viertel, mit kurzem Auftakt, linkslinks rechts links rechts links rechts, wie einem die Beine von selber gehen.

Weißt du, sagt Geethe leise, vor zehn Jahren, weißt du.

Und Habedank weiß es gut, sie wissen es alle, die Polen wie die Deutschen, es ist ein bißchen mehr als zehn Jahre her, nämlich elf Jahre, es ist ihnen allen in die Knochen gefahren: Da sind sie lebendig geworden in Kongreß-Polen, im Herzogtum Posen, in Galizien, wo also die Soldaten des Zaren gelegen haben und die Preußen und die Österreicher.

Weißt du, schreit Weiszmantel, da kann er nicht still bleiben, und Habedank weiß es schon: Diese Sensenmänner.

Und darüber kommt der Weiszmantel ins Singen, zu Willuhns Melodie.

Da steht Jan Marcin und braucht seinen Besen nicht mehr, und Antonja stemmt die Arme in die Hüften, und Antonio und Antonella kommen herein, sie stehn in der Tür, der Weiszmantel singt:

> Diese Zeit war gekommen, diese Zeit,
> meine Seele war zertreten.
> Wie hab ich gerufen lang und breit,
> kommen kam: den hab ich nicht gebeten.

> Kaiser sagt und König sagt, streicht den Bart:
> Diese Seele sollt ihr jäten,
> diese Polenseele, alt und hart,
> in den Dörfern und den Höfen und den Städten.

Auf dem Pferde reitet an des Zaren Knecht,
viele Knechte, uns zu töten.
Wer wird sagen, was ist Unrecht, was ist Recht?
Starost sind und Priester nicht vonnöten.

Aber Sensen, Sensen, Sensen, in den Stiel
eingequollen, und in Händen.
Kommen werden auf den schönen Pferden viel
Feinde, Feinde, und es wird sich enden.

Abends sieht der Mensch, sieht der Mond
Reiter, Reiter, schwarz im Blute.
Wir sind fortgezogen. Wo wir einst gewohnt,
steht ein Rauch. Wie ist dir, Bruderherz, zu Mute?

Ja, wie wird es da mit uns? Wir haben jetzt die Tränen, die wir
immer zu weinen vergessen hatten, Jan Marcins Tränen und
Geethes und Maries Tränen, Levins Tränen, und was sagen
wir jetzt?
Willuhn, der Säufer, legt den grauen Kopf in die Hände, und
Jan Marcin, der niemals getrunken hat, schluckt und zieht die
Luft durch die Zahnlücken, wie ein Ertrinkender.
Wir sagen: 1863, im Januar, kamen die Polen aus ihren
Häusern und traten aus ihren Dörfern, im Herzogtum Posen,
in Galizien, im Königreich Warschau oder Königreich Polen
oder in Kongreß-Polen, was einfach dasselbe ist, und standen
auf den Feldern, in einem Winter, der nicht so hart war,
aber Winter genug, in siebenhundert Gefechten und in der
Schlacht der Sensenmänner, und Großrussen und Weißrussen
mit ihnen und Ukrainer, Ungarn, Tschechen, Deutsche dabei,
Franzosen, Italiener – viele oder ein paar, aber das ist es ja
nicht –, die polnischen Söhne und die polnischen Väter
hoben ihre Sensen auf und schwangen sie gegen die Kavalle-
rie, die der Markgraf, der Warschauer Statthalter, der Zaren-
hund Wielopolski, losgejagt hatte, die durch das Land flogen.

Überall in diesem Jahr traten ihnen die Bauern entgegen, vor ihren Dörfern und vor ihren Wäldern, und in den Städten die anderen Polen, in den Straßen, die auf die großen Plätze zuführen, wo die polnische Freiheit ausgerufen wurde.

Es ist ausgegangen, wie Weiszmantel gesungen hat. Wo wir einst gewohnt, steht ein Rauch. Tränen. Aber im Zorn. Und über den Zorn hinauf erhebt sich der Stolz. Der nicht mehr verloren gegangen ist, in den zehn oder elf Jahren seither, der also bleibt.

Weiszmantel schweigt. Er steht da mit weißen Haaren, wie neben ihm Jan Marcin. Willuhn fingert weiter an seiner Melodie, links rechts links rechts, eins zwei eins zwei, leiser jetzt und ein bißchen langsamer. Wo sind wir hier?

Auf den Feldern in Russisch-Polen, in Krakau, in Kielce, in einem Wald südlich der Lysa Gora. Irgendwo, aber immer dort, wo sie sich nicht zufrieden geben.

So ist es Abend geworden. Noch liegt das Licht in den Fenstern. Abend ist schön.

Vor dem Haus steht Scarlettos Italienischer Zirkus, mit Roß und Wagen und allen Tieren. Sie werden euch zur Nacht versorgen: dich, Emilio, dich, Francesca, dich, Casimiro, und, Tosca, dich natürlich auch. Komm, Antonio, hilf, laß reden, wer reden will, du weißt, was zu tun ist.

Jetzt kommt auch die Nacht. Es gibt keine Berge hier, von denen sie herabschreiten könnte, zur Musik der Finsternis, die hinter ihr auftönt, also kommt sie über die Ebene, langsam über die Wiesen her, von der Struga und herauf von der Drewenz und vielleicht bis von den Schilfteichen vor Garczewo. Froschgeschrei geht ihr nach und das endlose Grillenlied, das keiner beschreibt.

In Jan Marcins Haus ist es dunkel. Nur die Gespräche noch, eine kleine Rede Weiszmantels, ein paar Flüsterworte Antonjas zu den Kindern herüber, die nicht gleich in den Schlaf finden, weil morgen Sonntag sein wird.

Wie kleine Flämmchen huscht das durch die Finsternis, über den Tisch und gegen die Decke hinauf. Jan Marcins schwarzer Kater richtet sich auf, als wollte er danach schnappen, aber er reckt nur eine Pfote vor und nimmt sie wieder zurück. Er schläft nicht, mit grünen Augenblitzen folgt er den Reden, die leiser, und den Bewegungen, die seltener werden. Schließlich ist er nur noch allein mit Jan Marcin, der ihm seine alte Hand auf den Kopf legt.

Kotek, sagt er und: Późno juz. Es wird spät, Katerchen.

Da sitzen die beiden noch immer.

Morgen sind wir wieder allein, sagt Jan Marcin. Die Nacht ist auf der Chaussee angekommen, jetzt geht es an Gronowo vorüber, an Neumühl vorbei, auf Gollub zu und die Drewenz hinab, irgendwohin. Kühle Luft steht über dem breiten Tal, in dem die Weichsel daherkommt mit ihrem dröhnenden Schweigen.

Jan Marcin fährt dem Kater durch das Fell. Und der Kater läßt sich auf die Seite rollen und streckt die Beine von sich. So wird es hell. Mit grauen Farben kommt dieser Sonntag. Den uns kein Regen stören soll.

13. KAPITEL

Ob es Tag wird oder nicht, darüber befinden die Hähne. Jan Marcins Italienerhahn steht vor Francescas Verschlag und schickt aus bebendem Hals einen Weckruf nach dem andern über die Baumkronen hinauf. Francesca aber hebt nur einmal den Kopf mit dem krausen Kamm, öffnet ein Auge, blinzelt und schließt es wieder. Was schreist du so, Goldköpfchen?

Jetzt, in der Morgenstille, kann man fern die Hähne von Trzianek hören, die alten und die jungen, und, wenn der Wind sich dreht, die von Gronowo und Neuhof. Und die Gronowoer Hähne wiederum hören die von Neumühl und schreien zurück. Und jetzt erhebt sich der Tag über der Wiese, auf die Knie erst und, während ein Zittern ihm über das Fell jagt, in einem wütenden Ruck auf die Beine, dehnt sich und wirft mit einem Schnauben den Kopf zurück.

In der Mitte seiner Schlafstube, im Hemd, steht Alwin Feller. Mit den tiefsten Empfindungen der Einsamkeit.

Wir wollen das ruhig zugeben. Es ist ihm leid um die Frau, diese Genossin der Befürchtungen und Streitigkeiten, diese nahegewesene Fremdgebliebene. Warum nur, fragt Feller noch immer, warum nur? Wenn er das lange genug gefragt hat, steigt ihm der Zorn auf. Gewiß, die Brüder und Schwestern, hat man ja gesehen beim Begräbnis, tragen mit ihm an dieser ganzen traurigen Geschichte, davon wird es einfacher, aber leichter nicht.

Was war ihr da bloß eingefallen? Ging doch schon wieder hier im Haus herum. Christina hatte sie zurückgebracht und ihr zugeredet und war auch am nächsten Tag wiedergekommen. Wieder zum Zureden. Aber nein, kein Wort, immer nur herumgegangen, stehengeblieben, ein Gesicht – weiß wie Sichtmehl.

Der Schlag mit dem Buch, damals? Aber das war doch nicht der erste in ihrem Leben, nicht einmal der erste in dieser Ehe.

Feller errät es nicht. Daß einer an der Miserabilität der andern stirbt. Ist auch schwer zu verstehen. Er geht herum, sagt nichts, auf einmal ist er fort.

Du, Feller, errätst das nicht, dir kommt der Zorn hoch. Hatte sie denn nicht alles hier? Und dann nocheinmal und noch gerechter: der Zorn.

Willst du nicht dein Morgengebet sagen, Alwin Feller, Prediger, Hirte deiner Gemeinde? Soll dich die Amsel und soll dich die Lerche beschämen, wie es im Liede heißt?

Ach nein, er sagt sein Morgengebet nicht, er sagt: Das Wort, das aus meinem Mund geht, soll nicht leer zurückkommen. Spricht der Herr.

Das sagt er, uns kommt es ein bißchen gewohnheitsmäßig vor, und kniet im Nachthemd mitten im Zimmer.

In meines Großvaters großem Hause sind nicht viele Wohnungen, bei meinem Großvater bestimmt nicht, aber viele Leute. Lauter Fromme und Deutsche, stellen wir fest, obwohl fromm und deutsch nicht dasselbe ist. Manchmal trifft es zusammen. Bei Tante Huse, hat Habedank gesagt. Auch sonst hier und dort, fügen wir hinzu, und erheben diese Feststellung zum Rang eines einundzwanzigsten Satzes, und geben den zweiundzwanzigsten noch gleich dazu: Es gibt sone und solche.

Bei meinem Großvater versammeln sich solche. Eine sone ist vielleicht Christina ganz allein. Oder noch Bruder Gustav mit seiner Frau, diese Malkener Evangelischen also, die Kinder besprengen. Die gehören vielleicht noch dazu. Und Olga

Wendehold, diese Adventistin. Die sind nämlich auch da. Es mischt sich ein bißchen, hier beim Sommerfest der Baptisten, das doch Gott behüte nicht womöglich die Malkener Union fortsetzen wird. Nein, gewiß nicht.

Christina läuft im Haus herum, rein in die Küche, raus auf den Hof, wo die abgespannten Fuhrwerke stehn, es ist ein schöner Tag, Christina hat vor Freude ihr schwärzestes Kleid angezogen, das ganz schwarze, das für alle richtigen Begebenheiten, das ganz teure, das ein Leben lang nichts von seinem Seidenglanz verliert und immer das beste bleibt, dieses ganz schöne Kleid. Zu dem nur ein schwarzes durchbrochenes Kopftuch paßt. Und schwarze Schuhe und schwarze Strümpfe. Alles andere schneeweiß.

Und das Haus also ist schon voll, alles Fromme, wie gesagt. Pusch und Kuch und Puschke und Kuchel und Puschinski und Kucharski, die Ältesten aus den Gemeinden Gollub und Linde. Alle mit Frauen und erwachsenen Kindern, und die Malkener Angehörigen und Schwiegervater Fagin aus Klein Brudzaw und Christinas Bruder Heinrich aus Lissewo mit seiner Frau Emilie Amalie. Die Alten sitzen, und die Jungen stehen.

Jemiljejemalje, ruft Mutter Puschke vom Sofa herunter, geh mal bei der Christina wegen Kaffee. Kommt ja schon, sagt Tante Frau freundlich, kommt ja schon. Die Tassen stehen da, der Kuchen auch.

Milemale, die Sahne ist in der Küche.

Mutter Puschke und Schwester Kucharski haben das große Wort. Heu und Kartoffelhäufeln und Wind und Wetter.

Kommt, mit scheint, Gewitter, sagt Mutter Puschke. Aber was da so donnert, ist kein Donner, sondern, wie wir wissen, meines Großvaters Schafbock hinter der Scheune, der aufgeregt ist und gegen die Bretter rennt, der sogenannte Mahlke, so genannt, weil vom Händler Mahlke gekauft. Da antwortet Schwester Kucharski: Aber iiwoh. Und sagt: Vorigtes Jahr hatten wir immer einen genommen in der Ecke, mit der Josepha. Und seufzt.

Da sagt Kucharski: Du alte Ziege, sei bloß still.

Na hör mal, Kucharski!

Aber, wie gesagt, Kaffee. Und Blechfladen. Und Mohnkuchen.

Mein Großvater kommt herein und hat eine Krawatte um. Na ihr, sagt er.

Und jetzt kommt Feller und kriegt auch Kaffee, und dann gehen sie alle hinaus aus meines Großvaters Haus, stehen noch eine Weile auf dem Hof und am Hoftor, und gehen, schwarz gekleidet und mit Gesangbüchern, zu beiden Seiten des ausgefahrenen Sandweges zur Kapelle hinüber, und gehen hinein, Feller voran, und knieen sich in die Bänke hinab, legen den Kopf auf die Holzleiste vor sich und die Glaubensstimme rechts neben sich, und erheben sich wieder umständlich, Kuch klopft sich die Knie ab, gewohnheitsmäßig, obwohl die Fußleisten wie die Dielenbretter gescheuert sind, und nehmen Platz. Und jetzt tritt Prediger Feller an das Pult und sagt: Brüder und Schwestern, im Herrn Geliebte.

Nun hat also das Sommerfest der Baptistengemeinde Neumühl seinen Anfang genommen. Feller stimmt an: O Seele, komm eilend zum Kreuze.

Das beginnt einstimmig und geht dann ruhig und stetig fort, vom Räuspern meines Großvaters zweimal kurz unterbrochen, aber dann:

O kommet doch alle zum Kreuze,
zum Kreuze nur eilet hinzu!

Jetzt nämlich vierstimmig. Und wo die Frauenstimmen zu verweilen haben, auf der ersten Silbe von Kreuze und auf der zweiten von Hinzu, rufen Tenor und Baß noch einmal zusätzlich: Kommet zum Kreuze! und: Eilet hinzu!

So gibt euch der Heiland noch heute,
noch heute die selige Ruh.

Beim ersten Heute hat der Sopran eine schöne Schleife: erst
eine Terz hinunter und dann eine Quinte hinauf, während die
andern Stimmen gleichmäßig weitergehn, bis zur plötzlichen
Pause für alle: nach dem zweiten Heute. Danach dann die
selige Ruh, leis und leiser, und die Ruh zuletzt von Sopran
und Baß über und unter dem Organistenschnörkel der
Mittelstimmen gehalten, bis zum Verklingen.
Das kennt vielleicht nicht jeder, aber es ist doch sehr gut.
Mein Großvater freilich hat andere Sorgen, darüber reden
wir jetzt nicht. Wozu überhaupt Sommerfest, denkt er und
hat Gründe dafür, Erntedankfest reicht doch völlig, aber darüber reden wir auch nicht. Sommerfest, und damit fertig.
Was hat Feller zu erzählen?
Er steht, schwarz, die Arme seitwärts ausgestreckt, und redet
langsam und laut. Mit dem letzten Wort in jedem Satz klappt
ihm der Mund so endgültig zu, daß die Enden seines Kalmük-
kenbartes noch ein bißchen nachzittern. Man weiß gar nicht,
ob er weiterreden wird oder schon zuende ist. Aber es erfolgt
kein Amen, mit langem e, also geht es noch weiter. Da fliegt
der Adler des Glaubens, die Taube der Sanftmut, der Pelikan
der aufopfernden Liebe, noch mehr gefiedertes Volk, wie es
der himmlische Vater ernährt, alles fliegt unter der Saaldecke
hin, auf die strahlendhellen Fenster hinter dem Pult zu.
Rocholl steht auf und geht an Feller vorbei auf die Fenster zu,
öffnet sie weit, und Feller wendet sich ihm zu, als er wieder
zurückgeht, er sagt: Laßt den Sonnenschein herein!
Und das ist das Lied, auf das alle warten. Christina beginnt sofort und zu hoch, aber für ihre Stimme kann es nicht hoch
genug sein.
Rocholl geht erst bis zu seinem Platz, dann fällt er, noch im
Stehen, ein und setzt sich singend. Seine Tante stößt ihn in

die Seite und nickt ihm zu, den ganzen Mund voll Lied, und hört plötzlich zu singen auf und biegt sich zu ihm hinüber und sagt: Der Alvin, lieber Himmel, wie sieht der bloß schlecht aus.

Das ist schon wahr.

Und dann stehn alle auf und sprechen gemeinsam: ... erfahre mein Herz, erfahre, wie ich's meine, siehe, ob ich auf bösem Wege bin –

Hier bricht mein Großvater ab, hier spricht er nicht weiter. Er blickt zu Feller hinüber, aber Feller steht wie erstarrt, mit gesträubtem Haar, die Tränen laufen ihm das Gesicht herab. Mein Großvater erschrickt, sammelt sich, erwischt noch die letzten Worte: Auf ewigem Wege.

Um ihn her, überall, links und rechts und hinter ihm, hat das Weinen begonnen, ein ganzer Regen, dazwischen wird das Rauschen der schwarzseidenen Kleider vernehmbar, weil die Taschentücher hervorgeholt werden, dann noch das Schnauben und darunter hin das begütigende Gerede der Männer: Aber na ja, aber ist ja schon gut. Und mein Großvater zu Christina: Wisch dir man erst die Nase.

Als ob nocheinmal Begräbnis wäre.

Aus den geöffneten Fenstern, die bis über die Ränder voll Licht stehn, sieht man auf den Friedhof hinaus, auf Josephas Grab. Das unter schwärzlich-grünen Kränzen und weißen Blumen liegt. Sieht das helle Holzkreuz, über das ein dünnes Kränzchen aus Weißklee gehängt ist. Weiszmantels Kränzchen.

Weiber, möchte mein Großvater sagen, sollte man gar nicht in die Kapelle lassen.

Er sagt es nicht. Er setzt sich geräuschvoll zurecht und blättert seine Glaubensstimme auf, für das nächste Lied: Ich blicke voll Beugung und Staunen. Ja, wird denn hier immerfort gesungen?

In Rosinkes Gastwirtschaft jedenfalls wird gespielt, Ziehharmonika, Geige und Flöte, jetzt am Sonntagvormittag, mitten in einem frommen Dorf.

Der Rosinke kommt herein, dick, in Hemd und Hosen, am Sonntagvormittag, und stellt sich vor den Schanktisch.

Heute gibt nichts, die Tür bleibt mir zu, der Neue rennt sowieso überall rum.

Da meint er Gendarm Adam, der aber jetzt gar nicht herumrennt, sondern noch in der Kapelle sitzt, man muß sich überall sehen lassen.

Wie so Hundchen rennt er, sagt Frau Gastwirtin Rosinke und: Geht ihr man raus.

Sie gehn zur Hintertür hinaus, Geethe, Willuhn, Weiszmantel, Habedank und diese Marie und Antonella, die beiden können sich, wer weiß, auch gar nicht trennen.

Da sagt aber die Rosine, weil es doch ganz hübsch ist: morgens Musik, und aus anderen Gründen auch und dreht sich ihnen nach: Setzt ihr euch vielleicht hinter die Scheune, und Fläschchen könnt ihr kriegen.

Sie setzen sich hinter die Scheune, im Kreis um Weiszmantel, der etwas erzählen wird, vom Helden Stephan.

War so ein Jungchen, sagt Weiszmantel, von zwanzig Jahr und schwarze Haar, so ein weißes und rotes, so Milch und Blut. Hat sich was studiert. Und mit eins, Anno 62 gleich hinter Weihnachten, steht er an der Tür bei seinem Bruder in Warszawa, steht an der Tür und sagt: Geht gleich los, nächste Woche.

Was denkst du, sagt der Bruder, der Herr Markgraf, was dieser Wielopolski war, der wird euch schon zeigen. Geh du man wieder lernen auf deine Schule.

Aber da sagt der Kleine: Du bist vielleicht schöner Pole, dreht sich um, ist weg, vierzehn Tage, drei Wochen später geht es los. Hei hei hei hei! Und der kleine Stephan, das Adlerchen, immer voran und hat eine gute Stimme und schreit schön laut: Haut ab, Herr Markgraf, und, Kosaken, ihr hinterher!

Habt ihr aber hübsch gehauen, immer gib ihm, sagt Willuhn träumerisch, sing mal das mit den Sensen.

> Diese Zeit war gekommen, diese Zeit,
> meine Seele war zertreten.

Hier ist kein Sommerfest. Weiszmantels helle Greisenstimme zittert und bricht auf dem höchsten Ton: Seele. Dann kommt die Melodie wieder von ganz unten her: War zertreten.

Habedank hält seine Geige waagrecht gegen die Brust gestemmt und streicht gleichmäßig, in genau zueinander abgesetztem Wechsel, immer die drei gleichen Töne, Willuhn macht nach jeder Zeile zwei Takte Zwischenspiel, volle Akkorde, und Vladimir Geethes Flötchen über Weiszmantels Tenor, der sich aufeinmal fast wie eine Jungensstimme anhört, geistert da mit dünnen Pfiffen und ganz flachen unvermittelten Trillern umher und steigt plötzlich mit einer Gegenstimme von ganz oben herunter, bis dicht heran an Weiszmantels Melodie.

> Wie hab ich gerufen lang und breit.

Sie singen: Marie, Antonella. Willuhn immer erst bei der letzten Verszeile.

Durch das Kartoffelfeld kommt Nieswandt gegangen und schreit schon herüber, von weitem: Na, Sommerfest, was?

Nichts von Sommerfest. Nur Musik. Aber die schallt hinüber bis auf Germanns Hof, wo Korrinth sitzt und Hoho sagt, zu Levin hin, der immer antwortet: Werden sehen.

Sie schallt herüber, sieben Strophen lang, nur die Worte versteht man nicht. Was singt der Weiszmantel da, diese Strophe jetzt, die kennen wir doch gar nicht?

> Ich geh fort, du gehst fort, alle gehen,
> über Berg und Wasser gehen wir,
> einer sagt zum andern: Wirst noch sehen
> Adler fliegen, rote Adler hier.

Aber, Weiszmantel, das ist doch nicht so: roter oder schwarzer Adler, der rote also kommt von Süden, unter seinen Flügeln rauscht es herauf, das sind die Wasser der Weichsel, und, von Norden kommend, in der Luft steht der schwarze mit ausgestreckten Krallen, – das ist doch nicht so. Es gibt sone und solche, hieß unser zweiundzwanzigster Satz. Jetzt sammeln wir die Sonen um uns. Die Solchen machen Sommerfest.

Gendarm Adam läßt sich noch ein bißchen sehen, vor der Kapellentür. Mit Helm oder Haube, wie das heißt. Amtsgesicht, mit ein wenig Sommerfest garniert. Dann: rechte Hand an die Kopfbedeckung und ab.

Er kommt um die Scheunenecke, bleibt stehen, sagt: Singen und Musizieren, öffentlich, nach vorheriger Anmeldung.

Treten Sie näher, sagt Habedank.

Ich werd euch gleich eins treten, hätte der gewesene Krolikowski jetzt geantwortet, Adam ist da feiner, er macht drei Schritte vor. Tut mir leid, sagt er, Vorschrift.

Da steht Korrinth, der dem Adam hinterhergegangen ist, steht da und redet los und läßt sich nicht unterbrechen. Wie heißt: Vorschrift?

Kommt das nun aus die fromme Kapelle, hat gesungen: Immer fröhlich, immer fröhlich, alle Tage Sonnenschein, kommt das hier angeschissen mit kalte Nase und Augen wie Sprindwasser, bemach dir bloß nicht.

Und hinterher ausgespuckt.

Der solcherart angeredete Adam winkt ab. Ruhe, und Dienst ist Dienst.

Gehn wir beim Germann, sagt Korrinth.

Bitteschön, sagt Adam. Drei Finger an die Kopfbedeckung. Kehrt ab, hinein zu Rosinke. Und drin im Haus: Herr Rosinke. Sie kennen die Verordnung. Heute kein Ausschank.

Aber wo werd ich nicht kennen, Herr Gendarm, ich kenn alles.

Adam streift die bereitgestellten Flaschen mit einem kurzen Blick.

Wenn Sie vielleicht Appetit hätten, sagt Rosinkes Frau aufmerksam, so ein Schluckchen bloß.

Jetzt nicht, bin im Dienst.

Na denn nehmen Sie ein Fläschchen mit, wie?

Das Fläschchen hat gerade Platz in Adams Brusttasche.

Flotter Kerl, sagt Frau Rosinke, als der Gendarm hinaus ist.

Den hätten wir also, sagt Rosinke. Werden wir man noch was raufholen.

Es gibt, wie gesagt, sone und solche, aber der Schnaps ist der gleiche: so sieht das für Rosinke aus.

Nieswandt und Willuhn voran, ziehen sie durchs Dorf. Weiszmantel, dann Marie und Antonella, Geethe mit Korrinth, hinterher Habedank. Begrüßung auf Germanns Hof!

Mein Großvater setzt sich gerade zum Mittagessen, Feller neben sich, hat also Glück und sieht den Trubel nicht, aber wenn er sich Mühe gäbe, könnte er ihn wenigstens hören. Da sind sie nämlich: seine anderen Sorgen, die von heute früh in der Kapelle. Wozu bloß dieses Sommerfest? Es paßt meinem Großvater nicht, vorne nicht und hinten nicht. Das ist ein, zugegeben, dunkles Wort.

Aber dunkle Worte sind dunkele Worte. Manchmal sehen wir da wie in einen Spiegel, aber manchmal auch nicht. Bei diesem dunkelen Wort jedenfalls nicht.

Sie sind nun auf Gregor Germanns Hof. Der ein Besitzer ist von sechsunddreißig Morgen Acker und Wiesen und Mädchen und Knecht hat und Vieh. Der also ein katholischer Pole ist, wie sein Nachbar Lebrecht. Bei dem meines Großvaters abgelohnte Mühlenarbeiter, der Korrinth und der Nieswandt, fürs erste untergekommen sind. Alles nun auf dem Hof, um den Brunnen, wo das Gras hoch ist: die Musik und die Polen und Zigeuner und Willuhn mit der Flasche und Leo Levin auf einem alten Ziegel. Und die Zirkusleute kommen jetzt herüber, durch Lebrechts Garten, der eine Tür hat zu Germanns Hof. Und wieviel Sonne, soviel Vergnügen und wieviel Vergnügen, soviel Geschrei.

Da geht der Germann ins Haus und sagt zu seiner Frau, auf Polnisch: Mensch, mir wird diese Lumpensammlung auf dem Hof, Mensch, langsam zuviel. Und Germanns Gattin hebt die Nase, was schwierig ist, weil die flache Knolle nur wenig aus der breiten Fläche des Gesichts hervorsteht, und sagt: Bettelvolk. Und als die draußen zu singen anfangen, weil es gar nicht anders geht: bei dem Wetter und sovielen Bekannten, Freunden, Wohlgesinnten, und dieses Lied da ist, nach dem einem die Ohren klingen, die ganze Nacht, wenn man es erst einmal gehört hat: Noch ist Polen nicht verloren – mit dem ganzen Aufgebot der Instrumente außerdem –, als Weiszmantel draußen aufspringt und Korrinth auch und die Frau hier im Haus sich ihr Schultertuch greift, es umwirft, schon mitsingt und durch die Tür will, bei diesem Lied, da sagt Germann: Ich schaff mir keinen Streit an, das ist mein Hof. Und rennt hinaus, an der Frau vorbei.

Und steht auf seinem Hof, vor diesem Lumpenpack: vor den beiden Kindern, die sich rechts und links an Antonja lehnen, diese leuchtende Flamme aus Finsternis, vor Habedank, der Wort für Wort über seine Geige hin mehr spricht als singt, vor Weiszmantel, der den weißen Kopf zurückgelegt hat und an den Himmel hinaufruft, mit vorgehaltenen Händen, vor dieser schönen Marie, vor Scarletto, der seinen Hut erhoben hält. Was wollte er sagen, der Germann?

Er sagt ja auch nichts. Er geht herum um den Haufen, bleibt hier stehen und da stehen, dann ist das Lied zuende. Jetzt sagt er: Der czart, der alte, singt wie der bąk im Schilf, und zeigt dabei auf Weiszmantel und sagt: Geht zum Teufel. Das kommt ein bißchen vergnüglich heraus, soll jedenfalls verbindlich klingen, tuts aber nicht. Und dann hat er einen gefunden, den Habedank, der ist ja vernünftig, nicht wahr. Da

sagt er: Cygan, du weißt, es gibt Ärger. Geht ihr doch woanders, aber nein, nicht gleich, nicht gleich, so langsam.
So langsam. Gregor hat, das wollen wir gleich mal sagen, ein
bißchen zuviel, Acker, Vieh und nicht alle, aber doch: Güter,
Hochzeit ist kein Pferdekauf, sagt man und: Wer nichts erheiratet, – er hat etwas erheiratet, zehn Jahre ist das her, damals kam er aus Kielce mit reinweg nichts. Rührt mir nicht
daran, denkt Germann. Und denkt: Es geht immer alles
so hin, unbemerkt, hier nicht verderben und da nicht verderben, Ruhe.
Habedank kennt diesen Germann schon, er weiß, was das für
einer ist. Kinderchen, sagt Habedank, mir hängt der Magen
in die Kniekehlen, und nimmt Marie mit und Weiszmantel
und Willuhn.
Sommerfest, wo ist sich Sommerfest, fragt Flötist Geethe, er
wird es verschönern, er ruft dem Willuhn nach: Wir gehn auf
Sommerfest.
Und Willuhn schreit zurück und schwenkt die Flasche.
Immer gib ihm.
In Briesen ist alles ganz anders, sagt mein Großvater, hättest
du mal gesehen: Sommerfest in Briesen!
Und Tomaschewski sagt: Wo wird nicht.
Und Kaminski: Na hier, unter die Plawuchten!
Da sitzen sie am Erlenwäldchen, am Mühlenfließ, ein Stückchen oberhalb der Mühle, auf den schnell zusammengeschla-
genen Bänken, auf ungehobelten Brettern, und rund herum
liegen, auf Pferdedecken, die anderen Baptistenmänner, und
die Baptistenkinder schmeißen Kuhfladen ins Wasser, für
die Fische, aber keine Steine, die die Fische verjagen. Und
die Baptistenfrauen sitzen in zwei großen Gruppen: die
jüngeren in der Sonne, um Alwin Feller, der pechschwarz angezogen ist und hochgeschlossen, und reden über die Schön-
heiten der Welt, und die älteren um einen Baum, im Schatten,
und ihre Reden haben es mit anderen Dingen, Kreuz und

Elend, also mit verschiedenen Leiden zu tun: Gliederreißen, Überbeine, Rose, schlimme Brust und jetzt eben Krampfadern.

Das ist so: Von Anfang denkt man, es geht vorbei, aber nein, sieh dir bloß an, geht nicht, denkt nicht daran.

In Briesen ist alles ganz anders, sagt mein Großvater und richtet sich auf und blickt um sich: Sogar Posaunenchor!

Ach was, sagt Fenske, diese Posaunchens. Haben wir nicht feine Musik?

Was weißt du, sagt mein Großvater, für Sadlinken möchte ja reichen.

Wenn die Hunde mitsingen, fügt Kossakowski wegwerfend hinzu.

Ihr ja, immer feinen Mann markieren, sagt Fenske. Ist denn nicht schön? Hört doch zu!

Aber wer wird zuhören! Die Frauen nicht, die haben zu reden, wenn der Mund aufgeht, fallen die Ohren zu, da bleibt das Gespräch lebhaft, jeder muß es selber erzählen, alles, was der andere schon weiß. Und die Männer haben auch ihren Gesprächsstoff: Bloß Dreck heutzutage, jetzt stellen die schon Ansprüche.

Ja früher, sagt Kossakowski. Zu Michaelis, wenn sie losgingen: einen Taler, das war reichlich, und Schluß.

Da meinen sie die polnischen Knechte.

Goldene Zeiten damals, sagt mein Großvater, und es liegt an der Gottesfurcht, welche nämlich nachläßt.

Nein, die hören nicht zu. Und dabei spielt Geethe einen ganzen böhmischen Jahrmarkt zusammen, Lieder zum Tanzen und Tänze zum Singen, luftige Zelte mit spitzen Dächern und bunten Flatterfähnchen, Pferdekarussells und Schaukeln. Aber nein, wer wird zuhören!

Dann also Kaffee, hier im Grünen, ganz flachen Pflaumenkuchen. Na Musikantchen, sagt Christina, laßt euch man nicht nötigen.

Vor dem Kaffee aber Ansprache und ein schönes Lied, Christinas Lied: Herz, mein Herz, sage an, wann wirst du frei.

Mit dem sie sich ihren Kummer auch nicht heruntersingt, es wird Christina nichts erspart, es geht nicht anders.

Und noch die alten Späße: Adam hatte sieben Söhne.

Rein zum Die-Röcke-Vollmachen, sagt die alte Frau Kuch und hat ein todernstes Gesicht dabei.

Zuletzt der Barkowski mit seinem schönen Lied:

> Wenn die Blitzen zucken und der Donner kracht
> und der Regen der hat alles naßgemacht.

Und er singt nicht nur, er nimmt meinen Großvater um die Hüfte, tanzt mit ihm los und schreit dabei aus vollem Hals:

> Dann ist auf den Alpen so herrlich, so schön.

Nein, sagt die alte Frau Kuch zu Christina: Recken den frommen Menschen da rum, rein zum Die-Röcke-Vollmachen.

Immer der Bruder Barkowski, auf jedem Sommerfest: zuletzt dieses Lied.

Und dann, in kleinen und größeren Haufen, zurück ins Dorf. Die Frauen mit Gesang, bis auf die ganz alten, die mit Gutzureden: Werden wir müssen das Arschchen besehen.

Weil die Kinder noch nicht ins Bett wollen.

Na was heißt: kein Ausschank, sagt Rosinke, der soll mir man kommen!

Aber Adam kommt nicht. Jedenfalls nicht gleich. Dafür kommen andere.

Barkowski steht in der Tür und fuchtelt mit den Armen und ruft nach rückwärts, die Treppe hinunter: Wir sind doch womöglich nicht bei den Blaukreuzlern.

Na das nicht, sagt Kucharski von draußen, mit einer ganz finsteren Stimme.

Zu Rosinkes Ladentür hinauf führt eine gemauerte Treppe. Fünf Stufen. Und ein hölzernes Geländer, an dem sich dieser düstere Redner aus Gollub hinaufzieht. Er sagt: Nein, Blaukreuzler nicht, pfui Deiwel.

In Gollub nämlich gibt es diese Blaukreuzler, die nicht trinken, nicht einmal an Feiertagen, ja an Feiertagen ganz besonders nicht, pfui Deiwel.

Und denkt nur nicht, Barkowski und Kucharski und weiter nichts. Da kommen sie alle hinterher, Pusch und Puschinski, die von Linde, und die Golluber, Kuch und Puschke, und Kuchel und mein Großvater mit Bruder Gustav und Schwager Heinrich und Vater Fagin, Rocholl, Tomaschewski, Kossakowski, von denen wir nicht mehr reden wollten, und Kaminski. Der Sadlinker Fenske auch.

Feller kommt sogar noch später. Als letzter, wie wir sehen werden, Gendarm Adam. Dabei hat sich Feller schon ganz hübsch Zeit gelassen.

Sie sind trotzdem nicht die letzten, Feller nicht und Adam nicht. Aber die ersten, Barkowski und Kucharski, waren auch nicht die ersten. Da saßen schon in der Gaststube, am offenen Fenster, Zigeuner und Kossäten und Herumtreiber und Willuhn. Und Geethe pfiff zu einer entsetzlichen Ballade auf, die Weiszmantel mit vielen Ta ta ta und La la la und mit Unterbrechungen vortrug, weil das manchmal zu gräßlich hergeht in einem solchen Lied: Von dem großen Herrn Wiskowati, der am Pfahl herabhängt, den Kopf nach unten, und der Zar Basilowitsch, einen großen Stock in der Hand, schreit wie mit ausgerissener Zunge. Da treten nur die Bojaren vor, und haben also verstanden, was er will, und jeder mit dem Messer. Der eine haut ein Ohr ab, der nächste das andre Ohr, der die Nase, der schneidet die Lippen weg, das Haar nimmt ihm keiner, das trieft von Blut.

Mein Gott, am Sonntag! sagt Rosinkes Frau und beugt sich über die Tonbank, um vielleicht auch die Lalas und Tatas zu verstehen und womöglich sogar Weiszmantels Schweigen noch richtig zu deuten. Na weiter!

Nun der Bojar also, der ihm das Geschlecht abtrennt.

Da fliegt der Zar aber heran, die Augen rot, die Zarenmütze schmeißt er auf die Erde und stampft den Boden und röchelt hervor, durch den Schaum, der ihm den Mund füllt: Hund, friß es auf. Und hält seinen Zarendolch mit den Rubinen gegen diesen Bojaren, der ein mittlerer Mann ist von ruhigem Eifer und dasteht, verwundert: ihm soll das gleiche geschehen, wenn er jetzt nicht gehorcht?

Dazu Geethes Pfeifen.

Ich muß schon sagen! Willuhn streckt sich ein bißchen und kratzt sich im Kreuz, auf seiner Bank. So sieht Geschichte aus! Und wir erinnern uns: Willuhn ist ein Schulmeister, zwar ein fortgejagter, aber er wird es nicht los. Zum Glück ist er sonst manierlich.

Weiszmantel ja sowieso.

Da sind die Baptisten gekommen, also: Rosen blühen auf dem Heidegrab. Etwas Wehmütiges. Und hinterher:

> Opalinski kam gekrochen,
> lag im Modder sieben Wochen.

Also etwas Deutsches.

Als ob das etwas nützen könnte.

Was drückt ihr euch hier herum, sagt Rocholl.

Mein Großvater wird so nicht fragen, er sagt: Rosinke, wie war das, ich dachte Geschlossene Gesellschaft?

Nanu, sagt Rosinke, ist doch Platz genug, ihr setzt euch drüben, hab ich gedacht.

Also der Rosinke denkt auch, allerdings als Gastwirt.

Red mir nicht, sagt mein Großvater, und den Schwiegervater Fagin schiebt er mit einem Arm zurück, der sagt nämlich gerade: Machen doch hübsche Musik, die Zigahnchen.

Jetzt eben kommt Feller zur Tür herein und weiß gleich, was

hier vorgeht, und läuft auf Willuhn zu. Herr Willuhn, sagt er, wir begehen hier unser alljährliches Sommerfest.

In der Kneipe, fragt Willuhn. Wird ja immer netter.

Willuhn hat da falsche Vorstellungen. Weil es in Malken, bei den Evangelischen, Sommerfeste nicht gibt.

Herr Willuhn, sagt Feller noch einmal nachdrücklich.

Aber da mischt sich Frau Rosinke ein: Was meinten Sie da mit Kneipe, Herr Willuhn? Wir sind ein anständiges Haus.

Tatsächlich, es steht ja draußen zu lesen, über der Tür: Gastwirtschaft und Hotel von Hermann Rosinke. Und darunter, kleiner: Erstes Haus am Platze.

Na wie ist, setzen wir uns drüben, fragt Fenske und geht schon auf die Ofenecke zu.

Mein Großvater aber sieht nicht nur diesen Willuhn und diesen Flötisten aus Hoheneck, sondern diese Landstreicher und Zigeuner auch, und da sitzen außerdem Nieswandt und Korrinth, seine – freilich gewesenen – Arbeiter. Da sagt mein Großvater, und läßt seinen stolzen Blick über die ganze Menge der Versammelten schweifen: Ich setz mich nicht mit Polen.

Das ist ein Großvaterwort, das zählen wir auch, obwohl es so neu nicht ist: Nummer dreiundzwanzig.

Darauf antwortet Flötist Geethe. Er sagt: Sie könnten sich mal etwas benehmen, so als besserer Mensch, mein ich, wie ist doch ihr Name?

Mein Großvater faßt sich nicht sofort. Das ist ja wohl einfach die Höhe! Aber Feller steht schon vor ihm, sagt: Johann, laß mich mal, und fängt wieder an von Sommerfest, ist aber gleich beim Sonntagsfrieden, der dem frommen Gemüt wie ein Kornfeld sein muß und wie lauter Abendlicht darüber. Sehen Sie bloß hinaus, meine Lieben, Sie sitzen ja da am Fenster.

Da sitzen wir und da bleiben wir, sagt Lehrer a. D. Willuhn.

Aber na ja, bleibt doch, sagt Fenske verdrießlich. Es dauert ja so lange, bis man zu seinem Schnaps kommt. Der hat also gar nichts begriffen.

Herr Fenske, sagt Habedank und steht auf. Aber Rosinke schiebt sich jetzt auf den Schauplatz, das wird hier womöglich ernst. Er steht zwischen meinem Großvater und seinem Feller und diesen Musikanten und Polen und sagt: Keinen Streit bitte. Und da Adam gerade eben eintritt, sagt er, und sagt es gerade und fest, um allen eventuellen Absichten Adams zuvorzukommen: Herr Gendarm, kommen Sie doch mal her.

Adam legt zwei Finger an den Helm. Herr Rosinke, was gibts denn?

Wir brauchen hier keinen Gendarm, gehn Sie man zu Hause, sagt Rocholl und will, nach Fenskes Vorbild, hinüber in die Ofenecke.

So weit sind wir also schon, sagt mein Großvater bitter, man kann sich nicht mehr ungestört wo hinsetzen.

Stören dich die Zigeunerchen, ruft Fagin zu Bruder Gustav hinüber, von der Ofenseite her, ganzen Nachmittag haben sie doch gespielt?

Ruhe, sagt mein Großvater. Entweder die oder wir, Herr Rosinke!

Das verstehen nicht einmal alle Baptisten so ganz, nicht einmal alle Neumühler. Die Gäste schon gar nicht.

Na dann haut doch ab, sagt Korrinth und rüttelt Willuhn am Arm. Los, dreh einen auf!

Ruhe, sagt mein Großvater, aber das hört niemand mehr, Willuhn hat einen aufgedreht. Alte Kameraden: Habedank setzt gleich mit einem Doppelgriff ein, der sich wie ein dreidoppelter anhört, Geethe trillert kunstvoll obendrüber.

Und mit dieser schönen Marschmusik kommen die Deutschen von Neumühl, Linde und Gollub hinüber auf die Ofenseite. Einzig meinen Großvater muß Gendarm Adam ein wenig schieben, muß ihm zureden, wobei er ihm die Hand auf die Schulter legt, bis mein Großvater diese Hand wegwischt. Begrabschen Sie einen nicht so, Herr Gendarm, müssen Sie sich mal merken.

Dieser Kerl war mir gleich verdächtig, denkt mein Großvater, während er langsam auf den Ofen zugeht. Wenn einer schon so heißt. Der wird hier nicht alt.

Denkt er vielleicht, er wird hier alt? Das ist der vierundzwanzigste Satz. Und jetzt Schnaps.

Die Rosine bekommt zu tun. Hierhin und dorthin. Gastwirt Rosinke möchte an seiner Theke bleiben, aber die Frau schafft es nicht, da geht er also mit der Flasche hinüber, da muß er aber gut aufpassen, daß er nicht zu wenig Striche auf seine Tafel macht.

Die Damen kommen doch wohl noch, fragt die Rosine.

Aber gewiß doch, sagt Kucharski.

Die kommen uns holen, lacht Fagin, aber wir gehen nicht.

Stell man schon Limonadchen hin, sagt die Rosine zu ihrem Mann.

Doch so weit kommt das gar nicht. Erstens reden sich die Damen fest, bei Rocholls, wo noch die Tante zu Besuch ist, bei Christina, wo die letzten Tränen für Josepha geweint werden, man weiß gar nicht, wo überall. Und zweitens geht meinem Großvater diese Zigeunermusik auf die Nerven.

Da geht es ihm anders als dem Fenske, der schon eine Unterhaltung quer durch die Gaststube angefangen hat, anders als dem Puschinski und dem Kuchel, die Glas für Glas herunterkippen nach diesem ganzen trockenen Tag und flauen Gesinge, und anders auch als Schwager Heinrich aus Lisewo, der schon einen Vorsprung gewonnen hat, dasitzt, sein Glas gegen die Musikanten drüben erhebt und ruft: Herr Wirt, eine Lage für die Herren.

Da meint er also diese Zigeuner undsoweiter, da kann mein Großvater bloß knurren. Und auf einmal losschreien, zu Rosinke hin: Aber nicht für Polacken!

Für mich dann auch nicht, sagt Geethe.

Schwager Heinrich versteht noch nichts, aber es ist schon alles passiert. Hörst du, die lehnen deinen Schnaps ab, sagt Tomaschewski und springt auf. Und Kossakowski schreit, im Sitzen: Nun aber raus mit das Gesocks! Und steht ebenfalls auf und marschiert auf die Musik los und hält seine Ansprache im Gehen: Werden wir doch mal sehen, wer hier zu sagen hat.

Da marschiert auch schon mein Großvater und zieht den alten Fagin mit, der sich an seinen Rock gehängt hat.

Und Adam? Der hat sich verdrückt. Mit dem Malkener Gustav übrigens. Sie haben da etwas zu reden gehabt. Und sind plötzlich verschwunden.

Da kann nun also der in der deutschen Geschichte bekannte Nationale Abwehrkampf beginnen, oder schöner gesagt: aufflammen.

Immer gib ihm. Das sind Willuhns Worte.

Korrinth und Nieswandt erheben sich bedachtsam und schätzen kurz die Entfernungen ab und beziehen gleich die strategisch wichtigsten Positionen: einer vor der Musik, der andere im Mittelpunkt des Dreiecks Ofen – Tonbank – Tür.

Amen, sagt Feller, jetzt weiß er nichts mehr. Er wendet sich ab. Obwohl das nichts hilft. Was man nicht sieht, bekommt man zu hören.

Immer gib ihm hohohoho werden wir doch mal sehen aber du nicht verfluchtiger Hund.

Und jetzt Schritte von zwei oder drei Seiten.

Und ein Ächzen jetzt.

Ein Stampfen, wie vor einem Sprung.

Hohohoho

Da geht die Tür auf. Na ganz schön lustig!

Das sind Feyerabend und Abdecker Froese, nach den Stimmen zu urteilen.

Sommerfest, was?

Und da, durch den Lärm, ein dünner Tenor: Großes Wunder hat gegeben. Und drei, vier laute Stimmen: Hei hei hei hei.

Und eine ganz erstaunte: Na aber, aber nanu.

Da wieder, und noch einmal: Immer gib ihm, hohohoho.

Das Knirschen da kommt von meines Großvaters Gebiß.

Und was da jetzt so klatscht, ist eine Fußbekleidung.

Das eine flache Hand.

Das aber wohl eher Fäuste.

Hohohoho

Da wird wieder die Tür aufgestoßen, diesmal von innen.

Da ist Korrinths gleichmütige Rede: Reich mal rüber.

Da fliegt einer die Treppe hinunter.

Uij uij

Weiszmantel ruft freundlich zum Fenster hinaus: Sammel dir man wieder beisammen.

Da fliegt der zweite hinterher.

Uij uij uij

Noch einer. Noch einer. Nach dem Geschrei wohl Barkowski und Koschorrek. Oder Ragolski.

Aber so geht das doch nicht.

Und gleich darauf: Verzieh dich, Weib. Das war also Rosinke.

Und jetzt fliegt einer aus Linde, der strampelt mit den Beinen.

Weiter, sagt Korrinth.

Den, der jetzt eben mit schrecklichen Flüchen hinaussegelt, kennen wir genau. Und wissen also Bescheid:

Er kommt drunten auf, er stützt sich links, stemmt sich in Sitzhaltung, schreit, als er den vor ihm Stehenden erkennt: Was stehst du da so dusselig herum, Mensch!

Gendarm Adam legt zwei Finger an den Helm. Ich kenne meine Instruktionen.

Drin, am Ofen, sitzen noch Fenske und Fagin. Die haben wohl gar nicht viel bemerkt.

Ihr, sagt Nieswandt, holt euch man Karre, zum Abfahren. Aber deutsche Karre.

Unter der Tonbank hervor kriecht Feller, kommt auch unbemerkt an Korrinth vorbei, dreht sich aber schnell unter der Tür herum, sagt: Das gibt noch ein Nachspiel.

Dir tret ich im Arsch, sagt Korrinth, bleibt aber stehen. Lohnt nicht, wäre auch sowieso zu spät, Feller ist verschwunden.

Was der Rosinke jetzt brummt von Beste-Kundschaft-Verjagen, das stimmt nicht, er weiß es selber. Wenn die mal Geld ausgeben, diese besten Kunden, dann lieber gleich im Deutschen Haus in Briesen, wohin alle Wege führen, oder wenigstens in Gollub.

Da sagt auch die Rosine: Geben Sie mal her. Willuhns Ärmel hängt nämlich nur noch lose in der Jacke. Ist aber nur die Naht, das macht diese Rosine gleich.

Da steht Habedank, von dem wir nicht gesprochen haben, der aber, und ganz unauffällig, denken wir uns, die Operationen geleitet hat.

Willuhn muß es wissen, er zeigt mit ausgestrecktem Arm auf unseren Habedank und sagt: Scipio auf den Trümmern Karthagos.

Trümmer? Schauen wir uns um! Die Tische stehen, kein Stuhl entzwei, nicht einmal ein Glas. Saubere Arbeit, alles was recht ist.

Und etwas ganz Neues in Neumühl.

Weiszmantel steht am Fenster und weiß es. Er blickt Johann Vladimir Geethe an, und dieser Flötist aus Hoheneck spricht es aus, feierlich, versteht sich:

Etwas ganz Neues. Und wir verfluchtige Hundezucht können verdammtnochmal sagen, wir sind zum Deiwel noch eins dabeigewesen Donnerschlag.

Do stu piorunów!

14. KAPITEL

Was wissen wir eigentlich? Daß die Leute spazierengehen, in den Wald und an den Fluß, gegen Abend, daß sie beieinander sind und sich Wände drum herum bauen, und ein Dach über den Kopf setzen, fruchtbar sind, sich mehren, drüber alt werden.

Das wissen wir. Und daß vieles dazukommt, das wissen wir auch: einiges, das man erwartete, vieles, worauf man nicht gefaßt war, solche Dinge beispielsweise, von denen hier erzählt wird. Und dieses wenige wenigstens, das zu erwarten ist, könnte doch vielleicht gleich sein: dort und dort, im Posenschen oder im Löbauer Kreis, in Lautenburg und Ciborz und Neumühl und hinunter auf Rozan zu. Aber ist das denn so? Levin, der da Bescheid gewußt hat, hat es vielleicht vergessen, in dem einen Jahr hier im Culmischen. Da ist diese Marie, die hat das auch alles gewußt und vergißt es immer wieder. Da kommt der Levin und sagt: Marja.

Keiner fragt, wo Levin gewesen ist, gestern, vorgestern. Man fragt nicht so viel. Marie sagt: Komm, wir gehn.

Da gehn sie hinaus aus Feyerabends Abbauhäuschen, stehen noch ein bißchen am Steckenzäunchen, sagen Aufwiedersehn, wem eigentlich?

Da ruft der Feyerabend zur Tür hinaus: Wo willst hin? Und der Levin antwortet: Immer Nase nach.

Kommst wieder?

Gar nicht.

Da gehen sie los, Leo Levin und Marie Habedank. Der Feyerabend schreit hinterher: Und die Steine, die läßt hier?

Ja, die Steine lassen sie hier. Auch den Rest vom Mühlensteg. Mehr ist es ja nicht. Werden sie vielleicht Steine mitnehmen? Mühlsteine?

Maimon erzählt in seiner Lebensgeschichte von einem Großvater, der Dorfpächter war, unter dem Fürsten Radziwill, und, in seinem Bereich, für einen Flußübergang und ein paar Wege und eine Straße zu sorgen hatte. Wenn des Fürsten Leute kamen, Verwalter und Herren, vielleicht der Fürst selber, und im Morast steckenblieben, Pferde einsanken, Wagen stürzten und Räder zerbrachen, dann wurde der Pächter mit den Seinigen geholt, neben die Brücke oder an die Straße gelegt und bis zum Liegenbleiben karbatscht. Da hat sein Großvater an die Brücke einen Posten gestellt, immer mußte einer dastehen, und Alarm schlagen, wenn die Radziwillschen kamen. Dann sind sie alle davongerannt in die Wälder.

Jetzt kommt kein Radziwill so dahergefahren, obwohl es die Radziwills gibt wie früher, und Herren und Verwalter, und wenn er käme, na wenn schon, der Pächter bleibt in seinem Haus, nur vor des Zaren Kosaken läuft er allerdings fort, wenn er kann, und später baut er sich wieder ein Haus, denn das ist danach immer weggesengt. Aber die Straßen und die Bohlenbrücke, die sind so wie damals. Jede dieser Brücken, jede Straße ist dem Levin einen Zorn wert.

Da gehn sie auf der Straße nach Grudusk, hier sind die zwei, drei Brücken etwas besser, die Straße auch, aber was hat er schon hinter sich, der Levin! Wie lange sind sie schon unterwegs?

Sie kommen nach Tschernize Borowe, nach Choynowo, nach Obrembiec. Man hat Verwandtschaft, als ein Levin. Sie bieten einem mit der einen Hand den Gruß, mit der andern das Glas Branntwein. Sie fragen, am Anfang, dann erzählen sie bis in die Nacht, wenn sie erst die Läden vor die Fenster gebracht haben. Schlimme Zeiten.

Der Graf in Ciborz, sagen sie, hat sieben Pferde erschlagen, weil sie zurückgeschickt worden sind von der Remontierungskommission. Geschickter Mann, der Graf, der verfluchte Goj, immer einen Schlag zwischen die Augen, fertig. Als wenn das etwas wäre.

Sie sagen, der Gronacher will sich scheiden lassen, und keiner gibt ihm Pferde zum Rabbi nach Czerniatyn, und sie lachen dabei.

Was ist das schon?

Dein Onkel Schachne hat sich eine Schaukel gebaut, so ein Ding, ein ganzes Gestell aus Balken, und vor sein Haus gesetzt, einen Pelzkragen umgebunden und sich den Bart in lauter Zöpfe geflochten. Sitzt alle Tage in dieser Schaukel und singt Liederchen. Und Tante Henje geht um das Ding herum und redet mit ihm wie ein Ukrainer. Das ist schlimm, er hat Geld gemacht, früher, jetzt soll er also verdreht sein?

Und dem Berkowitz ist alles verbrannt, voriges Jahr.

Und du? Du willst zu deinen Leuten. Und mit wem ziehst du dich da herum?

Das letzte fragen sie hinter der Tür.

So kommen Marie und Levin bis Rożan.

Ein langer Weg. Was passiert nicht alles in dieser Zeit?

Herr Präsident bitten Herrn Regierungsrat zum Vortrag, Vorfall Neumühl.

Komme sofort, sagt Herr von Tittlack. Und wiederholt: Vorfall Neumühl.

Genug, Tittlack, sagt Regierungspräsident von Bahr-Uckley, einfach gesagt: wieder mal Ordnung nötig in Briesen.

Befehlen Exzellenz eine Kommission?

Mensch, Tittlack! Exzellenz grunzt. Gendarmerie!

Also dieser Landrat von Drießler, dieser Österreicher, hätte das ja von sich aus machen können, aber natürlich: läßt die

Geschichte anstehen, gibt Bericht nach Marienwerder, erwartet Weisungen. In Anbetracht der Bedeutung des Vorfalles.

Erlaube mir, Euer Exzellenz –

Schon gut, Tittlack, finden Sie übrigens, Tittlack, daß unser Grenzland hier das richtige Terrain für unfähige Staatsdiener sein dürfte, Tittlack, gewissermaßen Verschickungsgebiet?

Da antwortet Tittlack natürlich mit Ganz und gar nicht! und Exzellenz! Und fragt auch bezüglich Zusatzverfügung bezüglich Verordnung vom 1. Oktober 1863 betreffend Fremde Nationalitäten.

Ach was, sagt Exzellenz, Verordnung, Verfügung – Ansiedlungsgesetz. Es wird in Berlin zubereitet und kann ja auf keinen Fall so geschwind kommen, wie es gebraucht wird. Obwohl hervorragende Kenner der Materie damit befaßt sind: von Dragulski-Borchert, von Wojciechowski-Mehne, von Wnuk-Kostka, von Kuhlke-Kulesza und von Szwab.

Aber da wird es dann drinstehen, soviel ist schon bekannt geworden: Schluß, keine Polacken mehr in deutschen Dörfern, einfach Schluß mit diesen durcheinanderen Zuständen.

Sage ich Ihnen, Tittlack, das kommt, Tittlack, wie's Amen in der Kirche.

Da sagt Tittlack: Exzellenz, auf diesen Tag warten wir.

Da sagt von Bahr-Uckley: Und danach nehmen wir uns die alte Gewerbeordnung mal vor.

Und von Tittlack: Dann werden sich diese Liberalen aber wundern, dann kommen sie ran: Künstler und Zigeuner und Professoren, wird spaßig.

Na Zigeuner nicht, Tittlack, aber vielleicht?

Zukunftsmusik.

Zurückgelehnt also, ein bißchen mit den Fußspitzen getrommelt. Hätten wir wieder mal geregelt.

Regierungsrat von Tittlack geht zur Tür.

Moment, Tittlack, sagt Exzellenz, Ordensverleihung, hier, nehmen Sie mit.

Glinski bekommt also seinen Orden, wir wissen wofür: Hervorragende Treue. Steht nur noch die Superintendentur Schönsee aus. Kriegt er auch noch: als Dekorierter.

Und Neumühl kriegt auch etwas: sozusagen eine Garnison.

Genau eine Woche nach dem Neumühler Sommerfest, Montag früh, rückt Oberwachtmeister Plontke mit vier Gendarmen ein, nimmt direkt am Tatort Quartier, in Rosinkes Gastwirtschaft und Hotel.

Und was weiter?

Die sitzen da herum, reden, stecken die Beine unter den Tisch. Anfangs kommen noch Leute, die sich das ansehen möchten. Aber die Holzköpfe sitzen da, reden und tun nichts, haben große Schnauzbärte. Keine Frau, denken sie, kann soetwas übersehen.

Da gehen die Leute wieder. Und sagen es überall herum: Nichts los mit denen.

Als ob das nun gar nichts wäre: Am Dienstag gehen sie zu dritt, zwei bleiben in Rosinkes Gaststube mit Adam, den sie erst herangeholt haben, durch das Dorf und zu Germann hinein und halten sich ein paar Stunden dort auf.

Bei meinem Großvater sind sie schon gewesen.

Mein Großvater kennt die Welt, Thorn, Graudenz, Marienwerder, und er weiß sofort, als da die Kerle auf seinem Hof stehen: Das ist das Deutsche Reich, in schimmernder Wehr, aufgeboten zur Wahrung der Deutschen Ehre, die – das wissen wir ja – die Ehre meines Großvaters ist.

Mein Großvater bringt die Rede also ohne Umstände sogleich auf polnische Arbeiter und überhaupt polnische Elemente. Aber die Deutsche Ehre hat es mit höheren Gesichtspunkten, die Instruktion für Plontke lautet: Jede Unruhe in Neumühl unterbinden, inclusive nähere Umgebung, Unterstützung durch Fußgendarm Adam.

Nicht, daß mein Großvater nun Zweifel bekäme an der Deutschen Ehre, das gar nicht, er weiß schon, es handelt sich einfach darum, daß es sich hier bei diesen Gendarmen um untergeordnete Instanzen handelt, um niedere Ränge, einfach darum handelt es sich.

Was regen Sie sich so auf, fragt Plontke.

Na das wird ja wohl höheren Orts entschieden, sagt mein Großvater bedeutungsvoll, gibt auch nur zwei Glas Schnaps pro Person und erhebt sich und sagt: Ich habe noch zu tun, meine Herren, und Sie werden ja vielleicht auch irgendwelche Aufgaben haben, könnte ich mir denken.

Bei Germann also bleiben sie länger, geschlagene vier Stunden, wie im Dorf bemerkt und von Feller meinem Großvater berichtet wird, und kommen sogar am nächsten Tag wieder.

Bei Germanns ist es lustig.

Ja, sagt mein Großvater, aber er glaubt nicht, was er jetzt sagt, es ist für ihn mehr ein Akt der Selbstachtung. Die Burschen, sagt mein Großvater, sind ganz schön gerieben, die horchen jetzt die Polacken aus.

Seid klug wie die Schlangen, sagt Feller.

Jawohl, sagt mein Großvater.

Und ohne Falsch wie die Tauben.

Na gewiß doch.

Diese uniformierten Schlangen und Tauben horchen also jetzt den polnischen Ackerwirt Germann und seine Gemahlin und den gleichfalls polnischen Ackerwirt Lebrecht nebst Frau, die durch die Gartentür ein bißchen herübergekommen sind, aus.

Oberwachtmeister Plontke hat früher in Guttstadt gestanden, später in Stuhm, seit drei Jahren Standort Briesen. Er erzählt kurz und deutlich von diesen drei Städten und hat also jedesmal aufzuführen: Garnison, Schießstände, Truppenübungsplatz, Strafanstalt, beziehungsweise Militärarrestanstalt und Deutsches Haus.

Mit den Schnäpschen später differenziert sich dieses grundsätzlich richtige Bild.

Da hat der gewisse Napoleon Anno Kruck, genauer gesagt 1807, was aber nicht so wichtig ist, die letzte Kuh von ganz Guttstadt aufgefressen. Das ist also Geschichte.

In Stuhm, wenn man da mit einer Dame spazierengeht, am Teich im Dustern, sind solche großen Mücken, die stechen einen in den blanken Hintern. Das betrifft also das Verhältnis zur Zivilbevölkerung.

In Briesen endlich liegen jeden Tag dieselben Besoffenen im Rinnstein, jeder hat seine bestimmte Zeit, dieser gewesene Rittmeister um neun, Sekretär Bonikowski um zehn, Notar Willutzki um elf, kannst die Uhr danach stellen. Das sind also die dienstlichen Obliegenheiten.

Ich kenn' ein' edlen Höllenstein, singen die Gendarmen, und meinen damit das deutsche Herz, den bekannten hellen Edelstein, wie es im Dichterwort mit Noten heißt, taghell und edel sowieso.

Es sind aber verflucht fröhliche Menschen, diese Polacken. Und so deutsch.

Da gehn wir bald wieder hin, und ihr seid ganz schön besoffen, sagt Plontke zu seinem Kommando, nehmt euch zusammen, ihr habt dem Kaiser seinen Rock an.

Sie sind angekommen. Da hält Levin über dem Narew, auf dem grünen Abhang. Auf dem niedrigen Ufer drüben ist die Stadt. Hier auf der Höhe steht nur das Posthaus, unter den vier Bäumen, wie damals, nicht einmal größer sind sie geworden. In diesen anderthalb Jahren, in dieser ganzen langen Zeit.

Drüben die Stadt. Die zwei Türme. Die Steingebäude um sie herum. Die die vielen Holzhäuser gegen den Fluß vor sich her schieben, daß sich die Schilfdächer zusammendrücken und die Häuschen ihrerseits kleine hölzerne Buden und überdachte Stege bis in das trübe Wasser des Narew hinein vorschicken.

Das Wasser kommt und läßt sich aufhalten und zur Seite leiten, mit langsamen Drehbewegungen geht es vorbei und nimmt dünne Schaumstreifen mit, die aussehen, von hier oben, wie Weiszmantelsche Kränze aus Weißklee, zieht sie auseinander und zerpflückt sie und trübt sie ein, dann sind sie verschwunden.

Das sind die Gerbereien, sagt Levin, dort leben meine Leute.

Soll ich da mitkommen, fragt Marie.

Aber das muß schon sein.

Komm, sagt Levin.

Das Haus, das Levins Leute bewohnen, ist ganz alt. Die Tür wird von zwei steinernen Pfeilern eingefaßt, die einen Rundbogen tragen. Der Bogen ist älter als das Haus, er soll aus dem Morgenland stammen, einer soll ihn mitgebracht haben, man sagt es, aber es wird nicht wahr sein. Die Tür ist schwer und bewegt sich knirschend in den eisernen Angeln.

In dem dunkelen Raum, in den das jetzt einfallende Tageslicht einen breiten Streifen Helle legt, hat sich auf einem Sack ein altes graues Hündchen zur Ruhe gelegt, das hebt nur den Kopf, als Levin hereintritt und stehen bleibt auf dem Lichtstreifen, eine dunkle Gestalt.

Schlaf du man, sagt Levin, und das Hündchen steckt die Schnauze wieder ins Fell.

Erst losrennen und dann wiederkommen, sagen Levins Leute, aber freundlich und ohne zu fragen, der Leo wird schon ins Reden kommen. Sie müßten ja auch sonst nach diesem Mädchen fragen. Der Leo wird schon erzählen.

Levin hilft ein paar Tage in der Gerberei, Marie auch.

Am Tag nach dem Schabbes sagt Levin: Ihr habt nicht gefragt, und ich hab nicht geredet, so sag ich, wir gehen jetzt weiter, es ist hier nicht zu bleiben, für uns.

Tante Perel sagt: Aber Kindchen, ihr könnt doch. Was können sie, bleiben oder gehen, was denn nun?

Levin verneigt sich vor dem Tate. Der Tate legt ihm die Hände auf, er sagt: Geh.

Levin tritt aus dem Türbogen. Marja. Und Marie sagt: Komm.

Dort gehen sie. Onkel Dowid, der Kinderlehrer, schreibt mit seinem Stock Zeichen auf die Dielenbretter. Die wird niemand lesen. Er sitzt im Haus, alt, und erhebt das Gesicht. In dieser Welt, sagt er, gehen die Gesetze umher und stehen in unseren Stuben und haben große Augen und lange Ohren und sagen: Es ist Trennung und ist keine Gemeinschaft.

Tante Perel sitzt auf der Bank, die Hände vor dem Gesicht, und wiegt den Oberkörper hin und her. Und Onkel Dowid fährt fort: In der anderen Welt werden wir sehen die Getrennten, sie stehen beisammen und haben die Arme umeinandergelegt.

In der anderen Welt, sagt Onkel Dowid.

Dort wo wir nicht sind. Leb wohl, Marie. Leb wohl, Levin.

Morgen wird Marie reden wie Jan Marcin immer geredet hat, über Dinge von gestern und vorgestern: Das war doch aber früher, mein Herzblatt, das geht alles weg wie die Zähne.

Aber halt deinen Levin dabei an der Hand.

Neumühl, das war früher. Sag ihm das.

Jetzt blühen die Linden vor Rosinkes Krug. Wo diese Gendarmen immer noch herumsitzen. Plontke schreibt seinen zweiten Bericht.

Im ersten stand: Angekommen, Quartier gemacht, alles gesund.

In diesem zweiten befaßt sich Oberwachtmeister Plontke mit der Lage.

Da bekommen die Briesener also zu lesen: Die Stimmung ist sehr gut, die Zivilbevölkerung geht ihrer Tätigkeit nach, die Polen denken, Gott bewahre, an keinen Krawall nicht.

Einzig mein Großvater, dem Bericht zufolge, nimmt eine

renitente Haltung ein und führt obstinate Reden gegen die angeordneten Anordnungen.

Obsternatsches Gerede, hat Oberwachtmeister Plontke geschrieben, und was er da mit diesen angeblichen Anordnungen meint, das verstehen wir auch nicht. Aber wie drückt man sich denn aus, um der Polizeibehörde in Briesen ein Bild zu verschaffen, das ihr behagt? Wissen wir das besser als Plontke? Der seine Erfahrungen hat, aus Guttstadt schon und aus Stuhm. Lassen wir ihn also etwas hinschreiben, was sich gut macht, auf dem Papier.

Plontke, von Briesen aus aufgefordert, sich deutlicher über diese Renitenz meines Großvaters zu erklären, antwortet: der besagte Mühlenbesitzer wiegele, unter Mißachtung von des Kaisers Rock, die friedliche Bevölkerung auf.

Na na, sagen da die Herren. Es erfolgt Anfrage bei Amtsvorsteher Nolte, die der kranke Mann, so wie sie dasteht auf dem Stempelpapier, hinübertragen läßt zu meinem Großvater. Schönen Gruß, soll sich der Johann mal ankucken.

Soll ich, wer weiß, was bestellen, fragt Noltes alte Wirtin. Sie hat das Zettelchen abgeliefert.

Nein, sagt mein Großvater, nicht nötig.

Da kann sie wieder gehen, sitzt aber doch lieber noch eine Weile bei Tante Frau herum.

Christinachen, Kindchen, die wollen doch, mein' Zeit, nicht was von euch?

Aber nein, sagt Christina, was denn schon?

Mein Großvater kommt in die Küche. Er sagt zu der alten Frau: Du geh man nach Hause. Und zu Christina: Du komm man rein.

Ich fahr morgen nach Briesen.

Da sitzt er und macht sich sein finsterstes Gesicht zurecht.

Mal bißchen Ordnung beibringen. Was denken die sich?

Nein, eine Stimme wie nachts um zwölf der Konopka!

Aber damit wir wieder einen Satz in unsere Liste bekommen: Nummer fünfundzwanzig.

Meinst du, das muß, fragt Tante Frau.

Muß ist vielleicht zuviel. Sagen wir mal: Kann nicht schaden.

Na mach Abendbrot, sagt mein Großvater gerade, da kommt der Feller zur Tür herein.

Eine Nase hat der, wie Deiwelinskis Schießhund!

Christinchen, sagt Feller.

So freundlich zeigen sich die Leute, wenn sie neugierig sind.

Da sagen wir dem Feller aber: Du sei still und warte ab. Was für dich gut ist, wird dir mein Großvater schon erzählen.

Setz dich hin, sagt er.

Da sitzen sie. Mein Großvater, mit grämlicher Miene, säbelt am Speck herum und salzt sich das ohnehin salzige Zeug noch einmal vor lauter trüben Gedanken.

Du bist ganz schön schlau für einen Prediger, denkt er, aber ich werd dir was scheißen. Er ist, als mein Großvater, ein Mann einsamer Entschlüsse. Er sagt also dem Bruder Feller nur, was er Tante Frau schon eröffnet hat: Morgen fahr ich nach Briesen.

Da denkt der Feller: Noch immer die Mühlengeschichte. Und sagt: Der Levin, der Jud, ist abgehauen, der Feyerabend meint: für immer. Soll er ihm selber gesagt haben.

Na ja, sagt mein Großvater, kann aber nicht verhindern, daß ihm der Mund plötzlich ein bißchen eiliger geht, na ja, ist er eben abgehauen, der Labommel, huckte hier ewig herum, was wollte der noch, war ja nun nichts mehr zu gewinnen für ihn.

Und Feller denkt: Red du man so geschwollen, wenn die Richtigen ausgesagt hätten, wär schon genug zu gewinnen gewesen: für den Jud.

Na dann sag denen mal Bescheid in Briesen, sagt Feller mit starkem Ton und packt sich den Teller voll, dann ist die Ge-

schichte aus und vergessen. Und denkt: Eigentlich dumm
von dem Levin, mit mir hätte der Alte das nicht machen dürfen.

Briesen, sagt mein Großvater, ist das Richtige, wenn ich alt
bin, zieh ich nach Briesen.

Was, sagt Christina erschrocken, was willst du, nach Briesen?

Da sagt mein Großvater gut gelaunt und wischt sich den
Mund: Du denkst vielleicht, ich bin alt, das gewöhn dir bloß
ab.

Aber na, sagt Feller, Mann in den besten Jahren. Und zu
Tante Frau gewendet: Wo er recht hat, hat er recht, Briesen
ist eine vortreffliche Stadt, wenn ich alt bin, ich weiß nicht.

Nun hört ihr beiden schon auf, sagt Christina, wenn ich das
schon hör: Briesen, Briesen.

Der Alte, na ja, der redet manchmal solche Sachen, aber der
Feller, der fromme Bruder, der sollte doch still sein: Briesen!
Dabei weißt du, Christina, nicht einmal, was der Feller weiß:
was ihm dieser versoffene Rittmeister eröffnet hat: Weiber
wie Sand am Meer.

Wie oft seid ihr denn schon in Briesen gewesen, fragt
Christina.

Früher viel, sagt mein Großvater. Wie die Mühle gebaut
wurde. Hat damals alles der König geliefert, feine Firma, als
alles da war und ausgeladen, gab es Freibier.

Weißt du, sagt Feller, es sieht hübsch aus in Briesen. Wie auf
Bildern. Du sitzt am Fenster, da ist der Markt, große Häuser,
der Kirchturm von diesen Evangelischen. Kapelle haben sie
auch, aber auf dem anderen Ende, aber auch nicht zu weit
weg, aber mit Taufbad, wie es sein soll, zu beiden Seiten
gehen Treppen hinunter.

Hast du schon mal erzählt, sagt Christina.

Über Briesen, natürlich, kann man endlos reden. Wo doch
alle Wege dorthin führen.

Morgen jedenfalls fährt mein Großvater nach Briesen.

Werden wir schlafen gehen, wird ein langer Tag morgen.

In dieser Nacht träumt mein Großvater, er gehe durch ein wildfremdes Haus.

Schwarze Balken, unbehauen, eiserne Haken in den Wänden, von denen sich Kienlichter schräg in die finsteren Räume strecken, eine beißende Luft. Da gehen Leute umher, ohne Gesichter, keiner redet, lautlos ist das alles, wenn er auf einen zutritt, ist der verschwunden. Da bleibt er stehen und sagt: Morgen. Und hört seine eigene Stimme, als hätte er sie nie vernommen, eine helle Stimme. Auf der Liegebank an der Wand, aus den Tierfellen richtet sich einer auf, das ganze Gesicht zugewachsen wie mit langem weißem Fell, mit großen Augen, in denen der Widerschein eines Feuers steht. Jastrzemb. Er redet da etwas von Habichten. Er erhebt ein silbernes Hufeisen, er nestelt ein Kreuz von der Brust, ein bläuliches Licht breitet sich hinter ihm über die Wand aus und fliegt auf und überzieht wie ein Himmel die Decke, und jetzt erhebt sich draußen Geschrei, hundert Stimmen, in der aufschlagenden Tür steht das Feuer.

Heute. Das ist wieder die helle Stimme.

Er sieht sich über die Schwelle treten, er hört dieses Heute, wie es hinauffährt über die hundert Stimmen, er hebt die Hand, es ist still, das Feuer erstarrt.

Ein grauer Haufen, Reiter und Wagen. Das zieht alles vorüber an ihm.

Am Tor Weiber und Kinder. Der Hof bleibt zurück. Eine Straße, die er nicht kennt. Jetzt tun sich die Wälder auf. Über der Schwärze das erste Licht. Noch stehen die Sterne, und zittern, im Eis.

Kalt, sagt mein Großvater.

Mit diesem Wort beginnt er den Tag.

Er steht auf, Christina hantiert schon in der Küche. Wie abwesend steht er in der Tür. Mann, was ist? Er winkt ab. Drei,

vier Worte heute morgen. Aufwiedersehn. So fährt er los.
Nach Briesen.

Christina hat ihm alles unter dem Sitz verstaut, Kaffee,
selbstgemachtes Bier, Holundersaft. Was hat der bloß schon
wieder? Damit geht sie ins Haus zurück.

Was wird schon sein? Da hat einer sein Haus verlassen, vor
langer Zeit, einer, der nicht mehr wiedergekehrt ist. Mein
Großvater hat ihn gleich erkannt, den Poleske.

Da sitzt er auf seinem Wagen, mein Großvater. So war das,
ganz gewiß, der kam nicht mehr. Dann erhebt er die Peitsche,
zieht sie einmal links einmal rechts über die Pferderücken,
setzt sich noch einmal zurecht, sagt: Schluß. Und ist so mir
nichts, dir nichts über diesen Traum weggekommen, über
diese

5. Geistererscheinung

In Briesen geht alles höchst einfach. Mein Großvater sagt
nichts von dem Stempelpapierchen, das ihm der Nolte zuge-
steckt hat, erwähnt nur eben, aber an der richtigen Adresse,
daß er hier sei, zufällig, in Geschäften, daß dieser gewisse
Levin aber abgezogen, neulich, bei Nacht und Nebel, nach
Kongreß-Polen.

Wo er auch hingehört, sagen diese Briesener Herren dazu.

Nebenzahl läßt die Akte schließen. Oberwachtmeister Plont-
kes dritter Bericht ist ebenfalls eingetroffen. In dem freilich
wieder zu lesen steht, daß diese Polen doch äußerst deutsch
sind. Aber eben auch: Der gewisse Levin ist fort, gemeinschaftlich mit der gewissen Marie, des hiesigen Pferdezigeu-
ners und Musikanten Habedank Tochter. Über die grüne
Grenze, wie man sagt, obwohl es sich um einen Fluß handelt.
Aber, wie man weiß, die Drewenz ist ebenso grün, wenn
nicht, jetzt gerade, grüner als die Wiesen, die sie begleiten.

Und dann hat mein Großvater, dieser Mann einsamer Be-
schlüsse, noch ein paar andere Dinge. Derentwegen er ande-

ren Tags bei der Firma König, Sägewerk und Kistenfabrik, mal ins Kontor schaut. Der damalige Junior ist ein schwerer Mann geworden, Backenbart und runde Bewegungen, kaum wiederzuerkennen.

Am Nachmittag sitzt mein Großvater dann mit Makler Schwill in Wiezorreks Deutschem Haus. Schwill holt einen Zettel aus der Westentasche, aber es ist alles so einfach, daß er nichts zu notieren braucht.

Ja, und am dritten Tag ist mein Großvater wieder in Neumühl. Abends.

Er steht noch im Mondschein auf dem Hof. Schließt selber alle Türen, legt den Riegel vor das Tor.

Er kommt ins Haus. Wir ziehen nach Briesen.

Tante Frau läßt die Schüssel mit den zubereiteten Blaubeeren fallen, auf den Steinboden. Da liegen die Scherben. Da liegen die Beeren. Da fließt die rötlich-blau-gefärbte Milch.

15. KAPITEL

Hui, ruft Maler Philippi und rennt mit ausgebreiteten Armen über den ganzen Platz, springt in einem Satz über den Rinnstein, steht vor meinem Großvater, sagt: Ja, wer bist du denn, dich kenn ich noch gar nicht?

Da tritt mein Großvater einen halben, eher einen Viertelschritt hinter sich, sozusagen, gerade solch eine Bewegung, nach rückwärts oder sonst wohin, man kann es nicht richtig erkennen, unter gleichzeitigem Strecken des Oberkörpers, eine Art Schreckstellung, wie sie bestimmte Käfer und andere Insekten einnehmen, bei unliebsamen Überraschungen, oder überhaupt bei unvermuteten Begegnungen, genau soetwas, gar nichts anderes.

Das hat er also getan, mein Großvater, abgefangen die Überraschung, wiedergewonnen die Würde, jetzt kann nichts passieren, jetzt kann er sagen, mein Großvater, leicht auf den Spazierstock gestützt, mit halb geschlossenem Mund: Sie wünschen, mein Herr?

Also ein vollendeter Städter, mein Großvater, eine Zierde für dieses Nest Briesen. Muß man schon sagen.

Ach red doch nicht, sagt Maler Philippi. Er hat die ganze hübsche Vorführung durchaus genossen, jetzt ärgert ihn nur, aber wirklich nur ein klein wenig, der schnöde Ton, mit dem mein Großvater ihn mit Herr tituliert.

Komm, mach keinen Unsinn, sagt Philippi. Da stehen sie genau vor Wiezorreks Deutschem Haus, genau vor der Tür. Komm, du kriegst erst mal zwei Bierchen.

Grauenhafte Kneipe, ganz grauenhaft. Maler Philippi schüttelt sich. Er streckt beide Arme in halber Höhe von sich, die Hände mit gespreizten Fingern, macht ein so angewidertes Gesicht, wie es mein Großvater vielleicht noch nie gesehen hat, in seinem ganzen Leben nicht, ein Gesicht, wie es höchstens noch mein Großvater selber ziehen könnte: also ein ganz ungeheuer angewidertes Gesicht. In eine solche Dreckbude muß man sich setzen. Deutsches Haus. Einfach zum Lachen!

Herr Philippi, sagt Wiezorrek, der herbeieilt, noch das Geschirrtuch in den Fingern, Herr Philippi, Sie werden mir doch keine Ungelegenheiten bereiten.

Er sagt es mit gedämpftem Ton, beinahe ein bißchen beschwörend, legt zwei Finger vor den Mund, aber Philippi faßt ihn bei den Westenknöpfchen, zieht ihn näher zu sich heran. Ach du lieber Mensch, sagt Philippi, was flüsterst du da so?

Wiezorrek entschließt sich zu lächeln, zuckt entschuldigend, man weiß nicht: für sich oder für Maler Philippi, die Achseln, sagt, zu meinem Großvater gewendet, doch auch zu den vier oder fünf anderen Gästen, die das aber wohl schon alles wissen und gar nicht hinhören: Ja, Künstlerblut. Die Herren kennen sich?

Nicht die Spur, sagt Philippi. Dieser arme Mensch kommt eben vom Friedhof.

Aber iiwoh nein doch, sagt mein Großvater, wie kommen Sie darauf?

Halt den Mund, sagt Philippi und angelt sich jetzt noch meinen Großvater dazu, da hält er also zwei bei den Knöpfen. Ja, warum hast du denn solch ein Samt-und-Seidegesicht aufgesetzt?

Was soll man da sagen?

Bier, ruft Philippi aufseufzend, läßt die beiden los, wirft sich in den nächsten Lehnstuhl, pfeift auf zwei Fingern, winkt meinen Großvater heran, der dasteht, als habe er eine Erscheinung.

Gehn Sie man schon, sagt Wiezorrek. Wie sind Sie an den geraten?

Aber wer ist denn das, fragt mein Großvater.

Akademischer Maler Herwig Philippi, noch nie gehört?

Aha, Künstler also. Und hier in Briesen. Nicht zu glauben. Etwas ganz Neues für meinen Großvater.

Wiezorrek hat ihn stehen lassen. Jetzt kommen die Biere, diese sogenannten Bierchen. Was drückst du dich da noch herum, schreit Maler Philippi, komm, dein Bier.

Unsere Geschichte befindet sich, gewissermaßen, in Liquidation. Einer nach dem anderen verschwindet aus ihr, wir lassen ihn einfach gehen, oder auch wieder nicht so einfach, ja, es fällt uns manchem, offen gesagt, schwer: jetzt sollen sie fortgehn, wer weiß wohin?

Aber gerade jetzt, in diesem leidigen Geschäft jetzt, führen wir eine neue Person daher: diesen Künstler, und das muß einen Grund haben, der Grund heißt: Es ist nämlich Herbst.

Herbst. Keine Rede mehr von den fünf oder sechs oder sieben Sommerwochen, in denen sich unsere Geschichte bisher abgespielt hat. Es ist Herbst, mein Großvater hat seinen Besitz in Neumühl verkauft, sehr günstig, Hof und Land, alles Vieh, und die Mühle auch, jetzt die Mühle! jetzt vor dem großen Mahlgeschäft! Übrigens an Rosinke. Der nun zu seinem Hotel noch eine Wassermühle hat, die einzige in Neumühl, wie wir wissen. Nieswandt und Korrinth stellt er sofort wieder ein.

Er hat also verkauft, mein Großvater. Warum eigentlich? Ist er geschlagen? Und gibt er das zu? Oder ist er nur müde geworden? Aber fragen hat, scheint mir, keinen Sinn.

Fragen hat keinen Sinn.

Das könnte eigentlich wieder einer dieser bewußten Sätze sein. Könnte, und könnte auch wieder nicht. Meinetwegen also: sechsundzwanzigster Satz.

Und warum wir die lustige Person daherführen?

Wir brauchen immer lustige Personen.[1] Sehr nötig sogar. Diese hier, dieser akademische Maler Philippi, hat gut seine zwei Zentner Gewicht, doch er trägt sie wie nichts, wie gar nichts, auf kleinen Füßen, er tanzt die Straße herab, erzählt: Meine Mutter sagte immer zu mir, dann folgt da noch etwas, jedesmal etwas anderes, dreht ein Stöckchen mit Elfenbeingriff und ebensolcher Spitze zwischen drei Fingern oder schwenkt ein weißes Schild *Kinder und Militär zahlen die Hälfte*, irgend soetwas, aber mit Streublümchen verziert und einem dicken buntgemalten Dahlienkranz drum herum. Und jetzt eben sitzt er meinem Großvater gegenüber. Und wir brauchen ihn.

Mein Großvater hat verkauft. Er ist nun Bürger zu Briesen, Rentier. Wie ist das aber mit dem ganzen Geld?

Eines Tages kommt Feller angereist. Mit Abdecker Froese. Mein Großvater sitzt in seiner Guten Stube und liest seine Gartenlaube. Das ist ein gutes Blatt, in Berlin gedruckt, unter den Augen Seiner Majestät. Er liest, und es wird ihm sonderbar. Da ist ein Artikel, wie heißt der Mann, der ihn geschrieben hat, der Verfasser? Glagau, Otto Glagau, so heißt er, und das ist ein höchst wichtiger Artikel, mein Großvater hat schon rote Ohren, als Christina mit dem Bruder Feller hereinkommt. Sieh bloß, Johann, was wir da für feinen Besuch kriegen.

Sie freut sich wirklich, Christina, soll sie sich freuen, hat bisher nur mit Umziehen und Einrichten, Zurechtfinden und neuen Gardinen zu tun gehabt, alle Tage, und mein Großvater freut sich ja auch. Na du, sagt er. Und: Setz dich hin.

Schönen Gruß aus Neumühl, sagt Feller. Setzt sich. Hat sein bedeutendstes Gesicht.

---

[1] Siebenundzwanzigster Satz.

Na schieß los, sagt mein Großvater.

Und jetzt geht es also schön der Reihe nach, so wie es sich Feller auf der langen Wagenfahrt überlegt hat, erstens, zweitens, drittens.

Johann, sagt Feller, da ist die Sache mit der Gemeinde. Du bist doch Ältester gewesen bei uns.

Bin ich eigentlich noch.

Naja, ging eben alles zu schnell, und gerade in der Ernte.

Wir dachten, sagt Feller, die Verabschiedung könnte nachgeholt werden, Weihnachten vielleicht.

Sieh mal an, sagt mein Großvater, deswegen fahr ich, Gott behüte, womöglich nach Neumühl, wie? Ich bleibe eben Ältester, fertig.

Das geht doch nicht, Johann, weißt du doch selber.

Na dann, sagt mein Großvater strahlend, werdet ihr mich zum Ehrenältesten machen, das gibt es, dem Rocholl sein Vater, wenn du das weißt, war auch sowas.

Das weiß ich, antwortet Feller und faßt sich in den Kragen. Doch dann sagt er tapfer: Aber der hat damals, wie ich weiß, auch das ganze Dach für die Kapelle bezahlt.

Na und? Wie meinst du das?

Vielleicht, wenn du das Taufbad, Tauchbad oder Taufbad, ist ja dasselbe, wenn du das also übernehmen würdest.

Also Geld.

Immer dieselben Geschichten bei dir, sagt mein Großvater.

Komm mir bloß nicht von der Seite, sag ich dir, das kann ich überhaupt nicht leiden, Taufbad oder Tauchbad, ist ja genau dasselbe, also auf dem Ohr hör ich nicht.

Johann, sagt Feller.

Red mir nicht, sagt mein Großvater, hab ich nicht genug getan für dich? Was willst du noch?

Aber Johann, ich sag doch nichts, ich nicht, bloß die Gemeinde, die muß doch zustimmen, und da muß doch was sein!

Ihr ja! sagt mein Großvater. Unersättlich! Und hat ein Gesicht, das dem angewiderten des Malers Philippi vorher sehr ähnlich ist, von außen gesehen: die Augenlider senken sich halb, die Brauen heben sich, besonders nach den Schläfen zu, die Mundwinkel ziehen sich tief hinab, auf der Stirn entsteht eine Steilfalte. Ihr ja!

Und da Feller schweigt: Weiter, was hast du noch?

Johann, sagt Feller, deine Tochter Lene hat mir geschrieben.

Mir auch, sagt mein Großvater.

Na dann weißt du ja. Feller ist erleichtert. Aber nicht lange. Mein Großvater erläßt ihm nichts: Nein, nein, sag du man.

Also die Lene in Dortmund, verheiratet an einen Braumeister dortselbst, hat geschrieben: wie es denn mit dem Geld ist. Wo der Vater doch verkauft hat. Und wo doch ein Anteil für sie eingetragen worden ist, damals.

Die soll sich bloß nicht so haben, die Trine, große Aussteuer und noch was in bar, und ihr Alter verdient doch schönes Geld. Meinem Großvater wird es ungemütlich.

Und da steckt sie sich hinter dich, Alwin, und du läßt dich aufhetzen, natürlich. Ich denke, Alwin, du schreibst ihr da mal was vom vierten Gebot. Das ist das einzige Gebot, übrigens, das Verheißung hat: Auf daß es dir wohlergehe und du lange lebest auf Erden.

Johann, sagt Feller.

Aber na natürlich, ich weiß ja, ihr seid alle von einer Sorte, vom Stamme Nimm.

Meinem Großvater wird es heiß, er rennt ans Fenster und reißt beide Flügel auf. Da steht er und möchte es am liebsten auf den Markt hinunterschreien: Solche Kinder hat man, sowas hat man sich großgezogen!

Beruhige dich doch, Johann, sagt Feller.

Na weiter, sagt mein Großvater und macht das Fenster wieder zu.

Dein Sohn Gerhard hat mir geschrieben.

Natürlich, der natürlich auch, schreit mein Großvater. Wer denn noch alles?

Der Albert und die Frieda.

Tante Frau, Kaffee, sagt mein Großvater erschüttert. Und nachdem er sich gesetzt hat: Der Erwin fehlt noch.

Nein, der nicht, sagt Feller, der nimmt ja wohl nichts von dir.

Kaffee!

So geht es also zu, seit mein Großvater in Briesen sitzt. Er braucht eine lustige Person.

Na, du hast wohl Ärger, fragt die lustige Person. Ärger macht häßlich.

Trinken wir noch ein Bierchen, sagt mein Großvater.

Da sitzt er nun öfters, in Wiezorreks Deutschem Haus. Und einmal hat ihn die lustige Person, dieser akademische Künstler, auch schon in eine ganz andere Kneipe geschleppt, eine mit zwei Damen. Ganz hübsch dort, obwohl sich mein Großvater da etwas anderes vorgestellt hatte. Es gab auch bloß Bier.

Aber jetzt sitzt mein Großvater zu Hause, in seiner Guten Stube. Dieser Artikel, dieser Gartenlaubenartikel, von diesem Herrn oder Schriftsteller Glagau, Otto. Also da steht es:

Nicht länger dürfen Toleranz oder leidige Schwäche uns Christen abhalten, gegen die Auswüchse, Ausschreitungen und Anmaßungen der Judenschaft vorzugehen.

Tante Frau, komm mal rein, hör dir das an.

Vorzugehen. Nicht länger dürfen wir dulden, daß die Juden sich überall – allüberall – in den Vordergrund drängen. Sie schieben uns Christen – also da hörst du es – stets beiseite, sie drücken uns an die Wand, sie nehmen uns die Luft und den Atem.

Nun hör dir das an: in Berlin also auch!

Ja wieso? Christina ist verwirrt. Was meint der da?

Na aber, erklärt mein Großvater, doch genau wie hier. Wenn du an diesen Laban von Levin denkst.

Und jetzt kriegt mein Großvater einen geradezu glücklichen Ausdruck und sagt langsam, Wort für Wort: Die sind, mir scheint, in Berlin nicht Manns genug.

Und fügt nach einem langen, hörbaren Atemzug hinzu: Unter den Augen Seiner Majestät, und wissen nicht, was man da macht!

Mein Großvater also schreibt, als ein Mann und Deutscher, einen Brief. An den Herrn Schriftsteller, den gewissen Glagau, Otto Glagau, hochwohlgeboren, an der Gartenlaube zu Berlin.

Erst ein Langes und Breites, aber dann: Und fordere ich Sie hiermit auf, die ganze Frage nach meinem Beispiele unverzüglich zu lösen. Unterschrift. Darunter: Rentier zu Briesen, Mühlenbesitzer a. D., Ehrenältester der Gemeinde Neumühl.

Das bist du doch gar nicht, sagt Tante Frau.

Wirst schon sehen, sagt mein Großvater. (Achtundzwanzigster Satz.)

An diesem Abend, in Wiezorreks Gaststube, sagt Maler Philipp: Ich kenn dich schon, heut bist du guter Laune, da hast du was berissen.

Und als mein Großvater nun erzählt, was er heute nach Berlin geschrieben hat, an diese Gartenlaube nach Berlin, an diesen Schriftsteller, da springt Maler Philippi auf und spuckt auf den Tisch. Mit sowas hab ich Bier getrunken, hol dich der Teufel!

Weg ist er.

Komischer Mensch. Wurde auch schon lästig. Besser so.

Aber mein Großvater kann nicht verhindern, daß ihm dieser Maler noch öfters in Briesen begegnet. Das ist nicht so erfreulich.

Da tanzt dieser dicke Mensch einen weiten Bogen um meinen Großvater, tippt sich gegen die Stirn, greift eine Locke aus seinem ziemlich langen Haupthaar, zieht sie in die Höhe, faßt sich mit der andern Hand an den Hintern und pfeift eine alberne Melodie, und dreht sich dazu, streckt endlich die Zunge aus, steht auf einmal mit hängenden Armen da und sieht ganz betrübt aus, macht plötzlich auf dem Absatz kehrt und läuft davon.

Soll das heißen, daß hier einer ist, der meinen Großvater noch nicht aufgibt? Er kennt ihn ja doch kaum.

Komischer Mensch! Na ja, Künstler. Was in solchen Köpfen nur vorgehen mag? In solchen Künstlerköpfen.

Das sind aber gewiß zwei Sätze, neunundzwanzig und dreißig. Es geht eigentlich ein bißchen zu flott jetzt. Wo wir doch zum Schluß kommen.

Maler Philippi sitzt vor dem Städtchen, draußen, gegen Abend, vor dem kleineren der beiden Seen, dahinter fangen die Falkenauer Wiesen an. Er hat ein Papier vor sich, und schreibt darauf, statt zu zeichnen:

> Kraut, gelb, Wölbung,
> der Lippen im Mittag,
> trockne Gewässer
> die Düfte, Nebel und einst
> der Schnee,
> ich sprech in den Wind.

Hübscher Mensch, der Philippi. Lebt so für sich, versteht mit niemand zu reden, jedenfalls nicht mit Leuten, obwohl er viel redet, dies und das, zum Bürgermeister Alter Kunde sagt und zum Polizeimeister: Nimm dir nicht zu wenig raus. Keiner versteht, was er sagen will, wenn er so daherredet.

Er schaut sich seine Hose an. Wie schön ist das, wenn man eine Hose hat, man geht nicht so mit nackten Beinen.

Guter Maler übrigens.

Da kommt er zurück in die Stadt, durch die Untere Schloßstraße, Kalabreserchen auf, das ist solch ein Hütchen. Und trifft auf meinen Großvater. Aber es ist ihm jetzt nicht nach Tanzen.

Und mein Großvater sieht gar keine Möglichkeit, diesem Herrn Maler ohne unwürdige Eile auszuweichen, da faßt er sich also, sagt, etwas zu laut: Der Herr Künstler waren mir scheint ein bißchen auslüften.

Hast recht, sagt Philippi, tut gut, solltest du auch mal.

Wieso ich? Mein Großvater ist weniger entrüstet, dafür mehr verwundert. Wie meinen Sie das?

Ich erklär dir das mal.

Philippi ist müde. Als sich mein Großvater anschließen will, winkt er ab. Morgen.

Na dann zieh doch ab, denkt mein Großvater, ich dränge mich ja nicht auf.

Obwohl es vielleicht besser wäre, für meinen Großvater, wenn er sich aufdrängte, diesem Künstler regelrecht aufdrängte. Denn bei uns kann er das nicht mehr, wir haben ihn aufgegeben.

Dieser Maler, der hier immer herumläuft, sagt mein Großvater.

Er sitzt da mit Rittmeister von Lojewski, im Deutschen Haus.

Ach den meinen Sie, sagt dieser Rittmeister, gebildeter Mensch, in gewisser Weise. Hat die hiesigen Altarbilder, alle beide, das evangelische wie das katholische, seltener Fall, gemalt, vorzüglich sage ich Ihnen, sollten sich mal ansehen, erstaunlich, nach lebendem Modell, habe die Ehre, die Damen zu kennen.

Da sind also die beiden Marien gemeint und Maria und Martha, das heißt: deren Urbilder, die jetzige Frau Thulewitz und Fräulein von Binkowski im Damenstift und die verwitwete Frau Schulz in Trutenau und die Forsträtin Myszkowski, jetzt in Marienwerder.

Der Lojewski soll ruhig reden, von Philippi hat er noch keine

Ohrfeigen bezogen, der haut nicht. Bier allerdings kriegt er von ihm auch nicht, längst nicht mehr.

Lojewski geht es mit diesem Künstler ähnlich wie meinem Großvater, bei ihm ist es wegen der Polen. Gebildeter Mensch, der Philippi, aber ganz komische Ansichten, leider. Wenn man hier in der Provinz sitzt, sagt Lojewski, ist jeder gebildete Mensch eine Erholung, in gewisser Weise.

Na Bier können Sie auch von mir kriegen, sagt mein Großvater grob. Was redet der Kerl da von Provinz. Briesen – und Provinz!

Aber das ist wohl zuviel für einen Edelmann.

Ersuche Sie, Ihren Ton zu ändern, sagt der Rittmeister, haben wohl nicht gedient?

Das kostet meinen Großvater nun mindestens sechs Biere, drei Machandel dazu. Mit solchem Volk gibst du dich ab, Großvater. Doch uns ist es nun schon gleich.

Wenn alle Wege nach Briesen führen, dann führen auch alle Wege von Briesen fort. Den, der nach Neumühl führt, über Falkenau, Polkau, Linde, Garczewo, über die Bahnstrecke weg, über das Flüßchen Struga, an den Schilfteichen entlang, den Weg sind wir schon gegangen und gefahren. Jetzt kommen wir zum letzten Mal hier vorbei. Im Herbst. Die Felder sind leer. Über den Gewässern ist es still. Um die Gehölze versammeln sich die Vögel. Die Luft ist feucht und riecht herb.

Da liegt Neumühl. Auch Neumühl ist still. Die Gendarmen, Plontke und die vier anderen Schnauzbärte, sind abgezogen. Rosinke lehnt in der Ladentür, Mühlenbesitzer jetzt, aber den Krug wird er nicht aufgeben. Er sagt zu Gendarm Adam, der hinter ihm steht: Sie können es gut haben, Sie können hier alt werden. Der Vorige stänkerte zuviel herum, das bekommt keinem.

Wir werden sehen, sagt Adam vorsichtig.

Was heißt: sehen? Da hat dieser Adam doch schon seine Erfahrungen gesammelt, in der kurzen Zeit: Immer schön heraushalten, überall heraushalten, einfach nicht da sein, besagen diese Erfahrungen. Es ist ja wirklich alles im Sande verlaufen, einfach so verlaufen und einfach so im Sande, was zuerst doch ganz gefährlich aussah. Diese Malkener Union wie diese Neumühler Geschichte, erst im Zirkus, dann in Rosinkes Krug. Jedenfalls sieht es so aus. Aber der Adam wird hier doch nicht alt werden, mit dieser Taktik jedenfalls nicht.

Jetzt freilich ist Neumühl still. Die Deutschen und Frommen hat der Abzug meines Großvaters durcheinander gebracht, am meisten wegen seiner offenbaren Grundlosigkeit. Und die andern?

Lebrecht und Germann sind, nach amtlichem Zeugnis, deutsch gesinnt, wenn auch vielleicht nicht gesonnen. Nieswandt und Korrinth können wieder ein Arbeitsverhältnis nachweisen, da kann ihnen keiner. Für Feyerabend, für Olga Wendehold, für den Sadlinker Fenske ist der personifizierte Unfriede, mein Großvater also, auf und davon, man redet noch mal darüber.

Tante Huse hört auch davon. Ihr ist er also nähergerückt. Doch das ficht sie nicht an. Sie wird ihn mal besuchen.

Und die andern, da waren doch noch mehr?

Habedank sagt: Wo mag die Marie jetzt sein?

Vorige Woche ist Geethe aus Hoheneck wiedergekommen, hat dort seine Wirtschaft aufgelöst, und hat gehört, die beiden sollen in Ciechanow sein. Einer hat es erzählt, der es wissen kann, ein Ratzkefaller, so ein Zigeuner, der Ratten- und Mäusefallen baut, aus Draht, und Töpfe flickt.

Wird schon stimmen, sagt Jan Marcin, fleißige Menschen. Man weiß nicht, ob er Levin und Marie meint oder diese Ratzkefaller, die es überall gibt.

Es hat sich alles versammelt in Jan Marcins Häuschen. Da ist es hübsch voll, der bunte Hahn begrüßt seine Freundin Fran-

cesca, und Jan Marcin ist ganz glücklich: die Kinderchen sind
da. Der Italienische Zirkus in voller Besetzung. Nächste
Woche noch ein Gastspiel in Gollub, mit Gala-Schlußabend,
dann geht es ins Winterquartier, hier bei Jan Marcin. Und in
Gollub werden schon die neuen Zirkusleute dabei sein:
Habedank, Geethe, Willuhn.

Eine große Musik.

Nur Weiszmantel nicht.

Nein, Kinderchen, sagt Weiszmantel, singt ihr man, singen könnt ihr doch viel schöner. Er hält Jan Marcins Kater
auf dem Schoß, kraut ihm hinter den Ohren und auf der
Stirn, da kann sich solch ein Tier ja nicht lecken. Nein,
Kinderchen, ich geh weiter, wir treffen uns schon noch
mal.

Da zieht er davon, der alte Weiszmantel. Er wird singen, dort
und dort, überall, wo er Unrecht findet, davon gibt es übergenug, er wird also übergenug zu singen bekommen. Manchmal sieht man es nur nicht gleich, weil der Teufel seinen
Schwanz drüberhält. Beim Kaplan in Strasburg wird er auch
hereinschauen, der Weiszmantel, da werden sie einen kurzen
Abend reden. Da wird der Kaplan Rogalla zum Schluß sagen:
Welcher Deiwel hat mich geritten, daß ich in dieses Nest gekrochen bin?

Und Weiszmantel wird antworten: Deiwel oder nicht Deiwel, bleiben Sie man hier, besser als es kommt ein andrer.

Und Kaplan Rogalla wird schon wissen: Der Weiszmantel
hat das so an sich: spricht aus, was die Leute denken. Da sagt
der Kaplan zum Abschied: Gott wird Sie schützen, und:
Kommen Sie wieder, Herr Weiszmantel.

Es ist Herbst. Und der Weiszmantel will nach Löbau hinauf.
Nicht direkt nach Löbau, mehr über die Dörfer, also nicht
über Neumark und Samplau, mehr östlich über Gwistzyn und
Tinnewalde, in Zlottowo hat er einen Bruder, dort geht er
hin, aber das hat noch Zeit, bis zum Winter.

Er singt noch. Jetzt im Herbst.

Wie kommt es, daß seine Lieder fröhlicher geworden sind?

Es ist doch da etwas gewesen, das hat es bisher nicht gegeben. Nicht dieses alte Hier-Polen-hier-Deutsche oder Hier-Christen-hier-Unchristen, etwas ganz anderes, wir haben es doch gesehen, was reden wir da noch. Das ist dagewesen, also geht es nicht mehr fort. Davon wird der Weiszmantel wohl singen. Und Gott wird ihn schützen. Ihm wird es, denke ich, ganz recht sein, so, wie es der Weiszmantel macht.

Da geht er, die Lappen um die Beine sind über Kreuz mit Bändern beschnürt, Weiszmantel, der die Lieder weiß, und schwenkt ein bißchen den linken Arm. Da lehnen wir am Zaun und sehn ihm nach, bis es dunkel wird. Dort geht er noch, ganz in der Ferne.

Und nun überlege ich nur, ob es nicht doch besser gewesen wäre, die ganze Geschichte weiter nördlich oder noch besser viel weiter nordöstlich spielen zu lassen, schon im Litauischen, wo ich alles noch kenne, als hier in dieser Gegend, in der ich nie gewesen bin, an diesem Fluß Drewenz, am Neumühler Fließ, an dem Flüßchen Struga, von denen ich nur gehört habe.

Aber warum denn? Die Geschichte hätte an so vielen Orten und in so vielen Gegenden passieren können, und sie sollte hier nur erzählt werden. In vierunddreißig Sätzen. Da stehen also noch vier Sätze aus. Hier sind sie:

Komm, wir singen.

In Gollub spielen die Zigeuner.

Wenn wir nicht singen, singen andere.

Nun fehlt noch ein einziger Satz. Da springt Maler Philippi mit einem kleinen Hüpfer über den Rinnstein, steht da mit ausgebreiteten Armen: Na, muß ich dir noch etwas erklären?

Da sagt mein Großvater: Ich wüßte nicht. Und tritt einen Schritt zurück. Und sagt mit ganz unsicherem Blick: Lassen Sie mich doch in Ruhe.

Nein, ruft Maler Philippi, dreht sich wie ein Kreisel auf dem Absatz und klatscht, dicht vor meines Großvaters Nase, in die Hände. Als habe er eine Fliege gefangen.
Und dieses Philippische Nein, das soll gelten. Uns gilt es hier für einen letzten Satz.

Personen und Handlung sind frei erfunden.
Eventuell auftretende Ähnlichkeiten sind zufällig.